HEYNE
BÜCHER

Das Buch

Ganz neue Horizonte eröffnen diese anregenden und aufre-
genden Kurzgeschichten der Autorin Fabienne Pakleppa. Sie
berichten vom sinnlichen Leben in der Großstadt, vom Einkaufen am Samstag, vom Taxifahren in der Nacht, von
Schlampen, von Bräuten, von Singles und von Paaren und
von den lustvollen und gefährlichen Dingen, die zwischen
ihnen geschehen.
Eine erotische Erzählungssammlung für Liebhaber des Unverschämten ...

Die Autorin

Fabienne Pakleppa wurde 1950 in Lausanne in der Schweiz
geboren. Sie lebt seit 1972 in Deutschland, seit 1977 in München. Sie arbeitete in der Filmbranche und schreibt seit vielen
Jahren für Zeitungen und Zeitschriften. Fabienne Pakleppas
Muttersprache ist eigentlich Französisch, aber sie schreibt auf
deutsch. Die Autorin hat mehrere Romane veröffentlicht und
wurde mit zahlreichen Preisen ausgezeichnet, darunter den
Gratwanderpreis für erotische Literatur.

FABIENNE PAKLEPPA

MEIN UNVERSCHÄMTER LIEBHABER

Erotische Geschichten

WILHELM HEYNE VERLAG
MÜNCHEN

HEYNE ALLGEMEINE REIHE
Band-Nr. 01/13170

Redaktion: Birgit Groll

Originalausgabe 9/2000
Copyright © 2000 by Wilhelm Heyne Verlag GmbH & Co. KG,
München
Printed in Germany 2000
Umschlagillustration: ZEFA Visual Media/Index Stock/
Wendi Schneider
Umschlaggestaltung: Nele Schütz Design, München
Satz: Buch-Werkstatt GmbH, Bad Aibling
Druck und Bindung: Pressedruck, Augsburg

ISBN: 3-453-17325-2

http://www.heyne.de

Inhalt

Die Hüterin des Hauses

Deine Romanfiguren entziehen sich dir, die Jugendlichen toben sich auf Ibiza in einer Wahnsinnstechnodisco aus, danach liegen sie ermattet am Strand, schlafen bis in die Puppen und sind rundherum zufrieden. Über sie gibt es nichts zu erzählen. Die untreue Ehefrau deines Helden ist mit ihrem Liebhaber gen Osten gefahren, die beiden sind zum Gähnen langweilig, quasseln dir Ohren voll – wie billig alles ist, in Polen, Rumänien und Bulgarien, doch das interessiert dich nicht, du möchtest nur wissen, wie oft sie niesen mussten, als sie auf einem Berg roter Paprika miteinander schliefen. Ein Bett aus Rosenblättern gönnst du den beiden nicht, das gönnst du nur dem gehörnten Ehemann, dem es egal ist, wie sich die Gattin vergnügt.

Er ist in München geblieben, du auch, aber im Gegensatz zu dir hat der Glückliche nichts zu tun, er darf den Sommer in Terrassencafés und Biergärten genießen, umgeben von hübschen Mädchen, die nicht nur den nackten Bauchnabel spazieren führen, sondern sich alle Mühe geben, deinen Helden in kühlen Gartenlauben zu verführen. Du magst gar nicht daran denken, nicht bei dieser Hitze, seit Tagen hat es früh morgens 25 Grad im Schatten, danach steigt das Thermometer bis weit über 30 Grad, kein Wölkchen am Himmel, kein Gewitter in Sicht, ein Wetter für die Götter, leider bist du eine Frau, und diese Temperaturen lassen deine Arbeitsmoral in nie erreichte Tiefen sinken und Schweißtropfen zwischen deine Brüste rinnen.

Der Jasmin duftet bis in den dritten Stock herauf, du sitzt allein auf dem Balkon, die Füße auf dem Geländer, der Mond steigt eben über deiner großen Zehe auf, morgen wird er voll sein. Hoffentlich fällt dir danach das Schreiben leichter. Im Hof jault ein liebeskranker Kater, er ruft herz-zerreißend nach Chloe, die sich im Badezimmer allein vor sich hin rollen muss, die schöne Persianerin mit edlem Stammbaum, sie darf sich nicht mit einem dahergelaufenen Kater im Liebestaumel wälzen. »Lass sie bloß nicht hinaus«, hat Beate aus dem Taxi gerufen, »sie ist noch Jungfrau.« Deine Freundin fand es super, dass du auf Urlaub verzichtest, um deinen Roman zu schreiben, sie fährt nach Rom, dort wartet ein glutäugiger Liebhaber auf sie, der hat zwar keinen Stammbaum, dafür aber andere Qualitäten und ein Häuschen am Meer. Beate hat dir kein Detail erspart, sie hatte wohl vergessen, dass du dich seit Wochen von den fleischlichen Gelüsten verabschiedet hast, um die Kunst des Sublimierens zu pflegen. Angeblich ist das gut für die Kreativität, doch davon hast du noch nichts gemerkt. Seit du bei Beate wohnst und ihrer neurotischen Katze Gesellschaft leistet, hast du den Laptop noch nicht einmal angeworfen.

Das Haus ist leer, die Bewohner sind ausgeflogen und haben dir ihr Hab und Gut anvertraut, die Danke-Schön-Pralinen-Schachtel hast du gleich am ersten Abend vernichtet, vor lauter Frust. Sieben Wohnungen musst du hüten, im Erdgeschoss gibt es bloß Kakteen, je höher du steigst, desto schlimmer wird es mit der durstigen Blumenpracht. Eine geschlagene Stunde bist du morgens und abends mit Gießen, Düngen und Sprühen beschäftigt, und Haustiere gibt es auch. Einen Kanarienvogel namens Benny, den sollst du aus dem Käfig nehmen und herumfliegen lassen, damit er nicht depressiv wird, zwei fette Meerschweinchen, nur mit frischer Kost vom Reformhaus zu füttern, eine weiße Ratte, streichelbedürftig. Den Glasbehälter voller Mäuse hatten die Leute vergessen zu erwähnen, als du ihn entdeckt hast, war eine Maus schon gestorben, die hast du im Hof unter dem Jasmin beerdigt. Der alte Köter von Georg musste in die Hundepension, da bist du hart geblieben, das hätte dir gerade noch gefehlt.

Den ganzen Tag bist du um den Computer herumge-
schlichen, als es dunkel wurde, hast du es aufgegeben,
auch nur einen Satz zu schreiben. Unten jault der Kater ununterbrochen, im Badezimmer schreit sich Chloe die Seele
aus dem Leib, das arme Tier wird noch verrückt vor Sehnsucht, du bald auch, wenn das so weitergeht. Im Haus gegenüber stimmen sich die Nachbarn ein, die Frau stöhnt
und seufzt ziemlich melodisch, den Mann hörst du erst,
wenn er kommt, dafür umso lauter. Die beiden treiben es
jede Nacht bei offenem Fenster, sie sind unermüdlich, gestern hast du sie bis ein Uhr morgens durchgehend gehört,
du bist fast vor Neid geplatzt, allein auf deinem Balkon,
mit diesem Jasminduft in der Nase.

Heute hast du dich mit einem Krimi von Friedrich Ani
dagegen gewappnet, der heißt *Brennender Schnee* und sollte für Abkühlung sorgen, tut er aber nicht. Dir wird von
Seite zur Seite immer heißer, im Martiniglas sind die Eis-
würfel längst geschmolzen, die Flasche ist leer, die Kneipe
um die Ecke hat schon geschlossen, der Italiener in der
nächsten Straße auch. Es ist halb zwei, in einer solchen
Nacht ist an Schlafen nicht zu denken, lesen magst du auch
nicht mehr, und die Nachbarn legen eine Sonderschicht
mit Sambahintergrund ein. Das muss der nahende Vollmond sein, der ihre Hormone zum Rasen bringt. Nicht nur
ihre, auch deine.

Du gehst kalt duschen, heute bereits das vierte Mal, du
lässt das Wasser so lange laufen, bis sich deine Haut kräu-
selt, doch in deinem Inneren lodert es umso mehr. Du
hältst es nicht mehr aus, stürzt aus der Wohnung, die Treppe hinunter, Chloe wie ein Pfeil hinter dir her. Du ver-
suchst nicht mal, die rollige Jungfrau aufzuhalten, der Kater wartet vor der Tür und mit einem Satz verschwinden
die beiden ins Gebüsch. Sie sollen ihren Spaß haben, auch
du hast genug von der Askese. Auf deiner Vespa sitzt ein
Pärchen fest ineinander verschlungen, der Rock des
Mädchens auf Taillenhöhe hochgeschoben, sie sind so in-

tensiv bei der Sache, dass du sie hinunterschubsen musst. Sie lassen sich jedoch nicht stören und machen im Stehen weiter. Kurz siehst du einen nackten Hintern im Mondschein schimmern, blickst lieber weg, lässt den Roller an, flüchtest vom Hof, gerade als oben der Nachbar kommt.

Du rast davon, an der roten Ampel küssen sich zwei im Cabrio, als wären sie am Verdursten, dir läuft schon das Wasser im Mund zusammen, du drückst aufs Gas, dein Helm baumelt am Handgelenk, der Wind bläst deine langen Haare nach hinten, die laue Sommerluft flattert unter deinem Kleid, rieselt deine Beine entlang, streichelt deinen Bauch, schiebt sich zwischen deine Brüste. Irgendwo in dieser Stadt wirst du schon einen finden, der auf deinen Rücksitz steigt und die Arme um dich legt, aber wo? Du fährst langsamer, am Nymphenburger Kanal ist jede Bank von Liebenden besetzt, die Radfahrer halten Händchen, einer vollführt mit der Freundin auf der Lenkstange Kurven vor deiner Vespa. Du biegst nach links ab, Richtung Innenstadt, dort wirst du Glück haben, das spürst du.

Auf der Leopoldstraße kaufst du dir ein Eis. Der Verkäufer heißt Mario, er hat um fünf Feierabend und ruft dir »Ciao bella« nach. Er hat schöne Augen, du hast versprochen, später zurückzukommen, ob es tust, steht in den Sternen. Der Mango-Vanille-Geschmack auf deiner Zunge ist Zündstoff für die Sinne, du sitzt auf einem Geländer, leckst genüsslich am süßen Gift, wunderst dich nur, wer sich alles um dich schart. Bei deinem Roller parkt ein Polizeiwagen, sogar die Beamten sind von Liebeslust angesteckt, ganz unmartialisch führen sie dir zu Füßen den Balztanz vor, nach der Schicht fahren sie zum Baggersee und würden zu gern mit dir baden gehen. Ohne Uniform sind die beiden ganz sicher schnuckelig, du müsstest dich bloß noch gedulden, du lässt dir für alle Fälle den Weg erklären. Ein Kerl ganz in Leder steigt von seiner Harley ab, er wäre sofort bereit, möchte dich mit seiner Maschine zum Ammersee entführen, er bietet dir Bier und Gegrilltes an, dazu allerlei Wonnen mit ihm am Lagerfeuer. Das klingt nicht schlecht, ist dir aber viel zu weit. Eine knackige Australierin lässt sich schnell zur Landpartie überreden, sie braust mit dem wilden Mann davon. Dir bleibt noch die ganze Stadt als Jagdrevier.

Es hört nicht auf, aus dem Augenwinkel siehst du einen Jungen, der sich mit hoffnungsfrohem Lächeln anpirscht, süß ist er, aber viel zu jung, hinter ihm kommen in Scharen die Touristen, ein paar Israelis, zwei angetrunkene Amerikaner aus Wyoming und fünf Japaner. Nach den Fotos wollen sie mit dir ins Hotel, zücken schon die Brieftasche, das war noch nie dein Ding, und mit fünf auf einmal schon gar nicht. Kaum sind sie weg, setzt sich ein Engländer mit seiner Gitarre zu dir auf das Geländer, für Musik bist du empfänglich, er singt schön, kehlig rau wie Tom Waits, nur die Lieder, die er singt, sind nicht die richtigen. Zum Abschied küsst du ihn trotzdem, es hat nicht viel gefehlt.

Unerschöpflich knattert die Vespa durch die Nacht, bei jedem Brunnen hältst du an, das Wasser erfrischt dich kaum, die Sehnsucht wird immer größer. Wo bleibt er denn, der Mann, nach dem du suchst? Unzählige Nachtschwärmer sind noch unterwegs, am Königsplatz tanzen Paare, Wange an Wange, ein großer Mann steht am Straßenrand, er winkt dich herbei, dein Herz macht einen Sprung, du bremst, doch du erkennst ihn nicht und gibst wieder Gas. Unweit davon sitzen unter bunten Lampionketten viele andere Herren, als du anhältst, bejubeln sie dich hocherfreut und laden dich auf einen Prosecco ein. Du trinkst nur einen Schluck, es prickelt nicht. An der Isar teilst du ein ganzes Bier mit einem Obdachlosen, der dich Prinzessin nennt, er würde dich sofort heiraten, wenn er nicht schon verheiratet wäre. In der Ferne spielt einer Akkordeon, die Töne machen deine Glieder schwer, dein Herz beginnt zu trauern. Du denkst an deinen Roman, den du wohl nie zu Ende schreiben wirst, er ist voller Liebesgeschichten, aber du bist immer noch allein.

Du gehst zu Fuß durch den Englischen Garten, das ist deine letzte Chance. Aus den Büschen tritt eng umschlungen ein Liebespaar hervor, die Kleider verknittert, die Haare voller Blätter, die Lippen vom Küssen wund, das tut dir weh. Die Glühwürmchen gehen schlafen, der Mond ist blass geworden. Es dämmert schon, am Chinesischen Turm rollt der erste Lastwagen das Bier für den nächsten Tag heran. Ein Mann kehrt unter den leeren Tischen, außer ihm ist keiner da, du hast genug und willst nach Hause.

Die Vespa mag nicht recht, nur widerwillig springt sie an, zieht nach links, als du geradeaus willst. Das sture Ding verweigert sich, du verstehst es nicht und ärgerst dich. Plötzlich kribbelt es dir in den Armen, von der Fußsohle bis zu den Haarspitzen wird es dir ganz anders, dein Wille schmilzt, du biegst links ab, kommst um die Kurve: Da steht er endlich, du erkennst ihn auf den ersten Blick, das ist der Held aus deinem Roman.

Mitten auf der Straße wartet er auf dich und lächelt verlegen, weil er sich nie traut, den ersten Schritt zu machen, wenn er ein hübsches Mädchen sieht. Seine Augen sind voller Sehnsucht, er sagt kein Wort, das braucht er nicht, gar keine Frage, du nimmst ihn mit. Von hinten presst er sich an dich heran, im Fahren liebt ihr euch schon, seine Schenkel um deine Hüften, seine Hände auf deinem Bauch, auf deinen Brüsten, seine Lippen auf deinem Nacken. Die Vespa hebt ab und fliegt, ihr habt es eilig, die Nacht ist fast um.

In seinen Armen vergisst du die Zeit, den Rest auch. Am Morgen bleibt ihr liegen und treibt es bei offenem Fenster in seinem Bett, einen ganzen Tag lang, in der Nacht wird der Vollmond ausgiebig in einer Gartenlaube gefeiert. Am nächsten Morgen steigst du auf die Vespa und fährst mit ihm zusammen in Beates Wohnung zurück. Es sind schon 29 Grad im Schatten, in deinem Kopf sind die nächsten Seiten längst geschrieben, ganze Kapitel drängen heraus. Vor der Haustür sitzt Chloe, das Fell struppig und voller Blüten, sie jault nicht mehr, streicht schnurrend um deine Beine. Im Briefkasten sind lauter Postkarten mit Bildern von Palmen und Stränden. »An die brave Haussitterin«, schreibt einer, du liest nicht weiter. Die Blumenpracht hat gelitten, die Mäuse sind alle tot, die Meerschweinchen und die Ratte sind hungrig. Dein Held nimmt dir die Arbeit ab, das kann er gut. Den Kanarienvogel lässt du davonfliegen und wirfst den Laptop an.

Jasmin wacht verzweifelt auf. Sie hört das Rauschen des Meeres. Ihr Gesicht ist nass, ihre Lippen schmecken salzig, das Bett ist voller Sandkörner. Plötzlich hört sie ein Martinshorn und atmet auf. Sie ist zu Hause, in der schönen neuen Wohnung, die direkt am Mittleren Ring liegt. Jeden Tag fahren Tausende von Autos unter ihrem Balkon vorbei, daran hat sie sich schon gewöhnt. Sie dreht sich auf die Seite und lässt sich vom Verkehrslärm in den Schlaf wiegen.

Im alten Botanischen Garten liegt ein Mann ausgestreckt auf einer Parkbank. Er ist müde, hundemüde. Er hat die ganze Nacht gespielt, zuerst draußen auf der Straße Musik gespielt, danach das verdiente Geld in einem verrauchten Hinterzimmer beim Backgammon verspielt. Dabei wollte er weiterziehen, in einer anderen Stadt sein Glück versuchen. Manchmal, wenn die Amseln in den Bäumen zu laut singen, öffnet er kurz die Augen, dann berührt er den großen Kasten, der unter der Bank liegt, und döst unruhig weiter.

Gegen neun landet mit einer Stunde Verspätung ein Flugzeug aus London in München. Bei der Gepäckausgabe herrscht vollkommenes Chaos, sämtliche Koffer sind nach Düsseldorf weitergeschickt worden. Sie würden noch am selben Tag nachgeliefert werden, verspricht die Stewardess und fordert die Passagiere auf, sich in die Liste einzutragen. Philipp gibt als Adresse das Hotel Raphael an, es liegt zentral, aber ob er da wirklich übernachten wird, das weiß er nicht. Schöner wäre die kleine alte Pension am Englischen Garten, deren Name ihm nicht mehr einfällt. Dort hat er vor vielen Jahren eine Wahnsinnsnacht verbracht mit – wie hieß sie wieder? Sie trug einen ausländischen Namen – Irina oder Shirin, komisch, auch ihren Namen hat er vergessen.

»Hier macht es mir keinen Spaß«, sagte Markus zu Jasmin, »aber in der Südsee bin ich ununterbrochen scharf, im Meer zu vögeln ist das Allergeilste, das wirst du sehen.« Seine Wohnung war ein Albtraum, das Bad türkisblau gestrichen mit einem Fischernetz an der Decke und im Schlafzimmer hing ein Surfbrett an der Wand. Unter dem Bett war der Taucheranzug zwischen den Reisekatalogen verstaut. Abend für Abend zog er sich stundenlang Unterwasservideos rein, zum Schlafen trug er eine Hawaiibadehose, der ganze Mann war ein Albtraum. Jetzt surft er mit einer muskulösen Wasserratte irgendwo in Australien, und Jasmin schaukelt in der Hängematte auf dem Balkon. Wenn sie die Augen schließt, sieht sie keine Wellen. Nur Haie, die um ein braun gebranntes Paar kreisen, immer näher kommen, zubeißen. Das Meer färbt sich rot. Ein schönes, kräftiges Rot.

Als das Taxi auf dem Mittleren Ring im Stau stecken bleibt, beginnt der Fahrer im breitesten Bayerisch zu zetern, und Philipp spürt sein Herz vor Freude springen. Nach drei Jahren im Ausland ist er endlich zu Hause, in seiner Stadt. Der Taxifahrer schimpft immerzu gegen die Baustellen und diese damischen Urlauber, die alles verstopfen.

»Ich bin hier geboren«, unterbricht Philipp glücklich, »ich kenne das«.

»Ja mei«, sagt der Fahrer düster, »aber dieses Jahr ist alles viel schlimmer, schuld an der ganzen Misere sind die Grünen, die Roten, die Schwarzen und der neue Kanzler sowieso.«

Er grantelt weiter, Philipp hört nicht mehr zu. Er schaut aus dem Fenster und sieht einen grauen Bauzaun, dahinter mehrere Reihenhäuser. Auf einem Balkon steht eine junge

Frau, die sich kämmt und in seine Richtung blickt. Er winkt ihr zu. Sie lacht und winkt zurück.

Zwei Polizisten rütteln den Mann wach, verlangen nach seinem Ausweis. »Gehen Sie bitte weiter«, befehlen die Beamten, »im Park darf keiner schlafen, wegen der Touristen und der Kinder, das macht einen schlechten Eindruck.«

Der Mann wartet hinter den Büschen; als sie weg sind, kehrt er zu seiner Bank zurück. Der Platz ist gut, unter dem Akkordeonkasten hat er eben ein Fünfmarkstück gefunden, das bringt ihm bestimmt Glück. Er schiebt den Kasten genau an dieselbe Stelle zurück, wer weiß, vielleicht liegt darunter später noch ein Geldstück oder gar ein Schein. Inzwischen ist es warm geworden und so zieht er seine Jacke aus, rollt sie zum Kopfkissen zusammen, zieht Schuhe und Socken aus, knöpft das Hemd auf und legt sich wieder hin. Zum Spielen ist es noch zu früh.

Rot. Richtig rot. Nicht Kupfer, nicht Kastanie, künstlich rot. Dass es auf hundert Meter Entfernung leuchtet, und kürzer, viel kürzer. In Kinnlänge schneiden, erklärt Jasmin vor dem Spiegel. Der Meister hat schwarzgelbes Haar im Pantermuster und ist dreifach gepiercht, im Salon läuft Techno, ziemlich laut, der Bass geht ihr in die Beine, stößt zwischen ihre Hüften, schmerzt im Unterleib, an den Brustwarzen zündeln die hohen Töne. Sie hatte seit Wochen keinen Sex, sie darf gar nicht daran denken, das ist zum Schreien. Unter dem dunklen Umhang drückt sie die Schenkel aneinander, ihr steigt die Hitze ins Gesicht, sie wirft die Sandaletten ab, ihre Zehen tanzen wild auf glattem Parkett. »Bitte zurücklegen«, sagt eine weiche Frauenstimme. »Zurücklegen und entspannen, ja, so ist es gut.« Kühle Finger streicheln Jasmin die Haare von der Stirn, lauwarmes Wasser fließt über ihren Kopf, zwei Hände massieren ihn, zärtlich und kräftig zugleich. Sie gibt sich hin, driftet ab.

Mit dem Akkordeonkasten auf dem Rücken zieht der Mann durch die Straßen. Überall dudeln schon die Kollegen, das Geschäft scheint zu laufen. Die Sonne brennt, er sucht einen schattigen Platz, klappt unter einer Platane seinen Hocker auf, spielt etwas Russisches. Nach zwei Liedern hört er auf, bei dem Wetter ist das wohl nicht das Richtige, in seinem Kasten liegen nur dreißig Pfennig. Er zückt das Fünfmarkstück aus der Tasche, schlendert bis zur nächsten Eisdiele, gönnt sich Vanille, Schokolade und Sahne. Das Restgeld gibt er einem Penner, die Waffel einem Köter, dann legt er wieder los, diesmal französische Musette.

Auf einer Terrasse in Schwabing nimmt Philipp sein Handy aus dem Aktenkoffer und hinterlässt zum zweiten Mal eine Nachricht auf dem Anrufbeantworter des Maklers. Er hat keine Lust, ins Hotel zu gehen, keine Lust, sich bei irgendwelchen Bekannten zu melden, und schon gar nicht bei seiner Familie. Das hat Zeit. Jetzt mag er nur hier sein und nichts tun. Campari mit Sodawasser trinken, die schönen Frauen, die vorbeispazieren, anschauen, mit ihnen ein paar Blicke austauschen, mehr nicht. Faulenzen, den Rest der Welt vergessen. Selig blättert er in der *Abendzeitung*. Sie berichtet nur von Openair-Konzerten und Sommerfesten, auf der Rückseite strahlt eine Badenixe mit appetitlichen Brüsten. Bei dem Anblick kommt er ins Schwitzen. Der Anzug ist viel zu warm, er sollte sich einen neuen kaufen, etwas Helles aus Leinen, doch er hat keine Lust, allein durch die Läden zu gehen. Irgendwann kommen die Koffer an, irgendwann ruft der Makler zurück, und irgendwann lerne ich eine Frau kennen, die mich beim Einkaufen begleitet, denkt er. Und vielleicht verliebe ich mich sogar in sie. Daraufhin bestellt er einen zweiten Campari. Mit Eis und ohne Mineralwasser.

Kaum kommt sie mit ihrem neuen roten Kopf aus dem Friseursalon, schon bleibt ein Mann stehen und starrt sie mit offenem Mund an. Jasmin geht weiter, nur ein paar Schritte. An der Ecke ist eine Boutique, im Schaufenster hängt ein süßes Nichts aus buntem Chiffon, das muss sie haben. Sie zieht es an, zieht es nicht mehr aus, zahlt mit Plastik. Das sandfarbene Leinenkleid vom letzten Jahr lässt sie in der Umkleidekabine liegen. »Werfen Sie es weg«, sagt sie zu der Verkäuferin, »ich mochte es nie, das war mir schon immer viel zu steif.« Der neue Stoff fühlt sich an wie Schmetterlingsflügel auf nackter Haut. Im nächsten Laden kauft sie ein Seidenhöschen, feuerrot und sündhaft teuer, auch das zieht sie sofort an. Fünf Schritte weiter steckt sie souverän den biederen weißen Baumwollslip zwischen zwei Bierflaschen in einen Mülleimer und läuft mit hoch erhobenem Haupt die Straße hinunter. Die Leute drehen sich nach ihr um, ein Mann stürzt fast vom Rad, an der Ampel hupt ein Ferrarifahrer, der ihr auf italienisch Komplimente zuruft. Dann lässt er wie ein Irrer den Motor aufheulen und schickt ihr unzählige Küsse. Jasmin schenkt ihm bloß ein Lächeln, das muss reichen. Lust hat sie schon, aber nicht auf ihn, außerdem hat sie Hunger. Im Venezia ist der Ober von ihr so begeistert, dass er Cappuccino und Croissant spendiert, danach lädt sie der Tischnachbar auf einen Campari ein. Er ist witzig, mehr nicht, und zieht mit einer falschen Telefonnummer beglückt davon. Vier Camparis und vier Verehrer später steht Jasmin leicht beschwipst auf. »Tut mir leid«, sagt sie zu einem Herren, der sie unbedingt nach Starnberg zum Segeln mitnehmen möchte, »ich muss jetzt ins Büro.«

Als sich ein Typ im Anzug von der Menschentraube löst und zehn Mark auf die Münzen legt, schließt der Akkordeonspieler die Augen. Er hält den Atem an. Den Kopf zur Seite gelegt horcht er den Geräuschen der Straße, das Instrument ruht auf seinem Schoß, ein paar Takte lang streicheln seine Finger lautlos über die Tasten. Auf einmal holt er Luft und spielt wie besessen nur noch eigene Lieder, sie erzählen von Liebe, Sehnsucht, Einsamkeit und schon wieder von Liebe. Am Ende spielt er ein Stück über den Tod und sieht dabei den Leuten ins Gesicht. Der Typ im Anzug ist weg. Ganz vorne stehen zwei Polizisten und applaudieren beide.

Dieses Jahr hat Jasmin den besten Ferienjob überhaupt. Alle paar Tage gießt sie den Farn der Sekretärin, sortiert die Post und hört den Anrufbeantworter ab. Das alles ist schnell erledigt, denn die Leute sind alle im Urlaub. Wenn es regnet, liest sie im Büro die Zeitungen und schreibt die Stunden auf, die sie dafür braucht. Der Immobilienmakler, der sie engagiert hat, kann sich das leisten, er erholt sich gerade auf den Bahamas. Und manchmal schickt sie ein paar Prospekte mit den schönen Häusern einfach so an Leute, die gar nicht danach gefragt haben. Nur heute ist es anders. Jemand hat bereits drei Mal auf Band gesprochen, den muss sie wohl irgendwann zurückrufen. Morgen oder übermorgen vielleicht, das hat Zeit.

Vier Uhr nachmittags, die Hitze staut sich in der Stadt, im Englischen Garten unter den Bäumen ist es kaum kühler. Auf einer Parkbank knutscht ein Pärchen, innig ineinander verschlungen, der Junge schiebt die Hand unter die Bluse seiner Freundin und entblößt dabei ihren süßen Busen. Überall auf den Wiesen liegen nackte Körper in der prallen Sonne, ganze Schwärme von Mädchen in leichter Kluft raddeln lachend an Philipp vorbei. Eine Weile folgt er einer einsamen Schönen mit großem Strohhut. Sie wiegt so wunderbar die Hüften, dass er überlegt, wie er sie ansprechen soll, aber plötzlich mag er nicht mehr. Er kommt sich lächerlich vor, mit seiner blöden Aktentasche und dem Anzug; sein Hemd klebt an ihm, der Schweiß rinnt ihm über das Gesicht und er will nur noch ins Hotel und ab unter die Dusche.

Jasmin sitzt am Eisbach und blättert in der Zeitschrift *Home and Garden*. Im nächsten Sommer soll ihr Balkon zur grünen Laube werden. Sie braucht Pflanzen, die schnell und wild hochranken, will nur welche, die ewig lange blühen und jeden Winter überstehen.

»*Excuse me, do you speak english?*«, fragt jemand. Schon wieder so ein Anmacher, denkt sie und stellt sich taub, doch plötzlich bekommt sie Gänsehaut und weiß nicht warum. Vor ihren Augen verschwimmen die Bilder, das Heft rutscht ihr aus den Händen. Sie schaut kurz hoch, sieht erst eine Aktentasche, dann den ganzen Mann, bricht in Lachen aus. Vor ihr steht ein superkorrekter Engländer, perfekt auf Gentleman gestylt. Bei zweiunddreißig Grad im Schatten trägt der verrückte Kerl Nadelstreifen und Krawatte! Unter seinem Blick verschluckt sie sich, ihr Atem stockt, ihr wird leicht schwindlig und warm im Bauch, so grüne Augen hat sie in ihrem ganzen Leben noch nie gesehen, so grün und mit Gold gesprenkelt. Sehr höflich bittet er sie im feinsten Oxford-Englisch, auf seine Aktentasche aufzupassen. Jasmin nickt, bekommt kein einziges Wort heraus, spürt nur, wie das Blut ihr in die Wangen schießt. Der Mann zögert, als wollte er noch etwas sagen. Bitte, tue es doch, denkt sie, aber er zuckt mit den Schultern und lächelt. Die Luft vibriert, der Boden bebt, ihr Herz trommelt, oh, bitte, küss mich jetzt, denkt Jasmin und öffnet schon die Lippen. Der Mann bückt sich, stellt die Aktentasche einen Meter vor ihr ab, dreht sich um, geht drei Schritte, zieht Schuhe und Socken aus, legt Stück für Stück all seine Kleidung am Ufer ab. Mit offenem Mund starrt Jasmin auf seinen wohl geformten Hintern. Nur wenige Sekunden sind ihr vergönnt, schon steigt er splitternackt in den Bach. Er kämpft gegen die Strömung, hält sich an einem Ast fest, lässt ihn los, taucht unter, taucht wieder auf, steigt aus dem Wasser. Bei seinem Anblick schmilzt sie auf der Stelle, aber nein, was tut er denn? Er zieht alles wieder an, bedankt sich höflich und eilt triefend davon. Jasmin springt auf, sie möchte schreien: *please, come back, oh, please, come back to me.* Aber aus ihrem Mund kommen nur klägliche Seufzer. Sie will ihm hinterherrennen, erstarrt zur Salzsäule, sinkt auf die Knie. Als der Mann endgültig verschwunden ist, richtet sie sich mühsam auf. Sie fühlt sich alt, elend und tonnenschwer. Ein Knoten sitzt in ihrer Brust, der wächst und wächst, und auf einmal platzt er. Sie beginnt am ganzen Leib zu zittern; alles, aber auch alles, hat sie falsch gemacht; so dumm gelacht, so dämlich geschwiegen, sie könnte sich selber verprügeln und hasst sich so sehr, dass ihre Stimme zurückkehrt. *»You are a stupid cow«*, brüllt sie sich an, so laut sie kann, *»Jasmin, you are a fucking stupid cow, you are an idiot, an asshole, a piece of bullshit, you are the last piece of bullshit in the world.«* Als ihr keine englischen Schimpfwörter mehr einfallen, fährt sie genauso laut auf deutsch fort. Da merkt sie mitten im Fluchen, wie die Leute am Wegrand sie anglotzen. Sie brüllt die Spießer kurz an und flüchtet aus dem Park.

An der Münchener Freiheit sitzt der Akkordeonist auf einer Steinmauer und beobachtet die Schachspieler. Von diesem Spiel versteht er nichts, er kennt nur die Figuren, die meisten haben schon das Feld geräumt. Ein alter Mann schiebt seine Dame nach vorne, ein anderer lässt seinen König zur Seite ausweichen. Es passiert lange nichts. Keiner spricht. Der Akkordeonspieler berührt das Geld in seiner Tasche; heute war ein echter Glückstag, er hat sehr viel verdient. Gegen zehn findet in einer Spelunke ein Backgammonturnier statt, diesmal gewinnt er sicher. Ein weißer Springer wird bewegt, schlägt einen Bauer. »Schachmatt«, sagt der erste Mann. Der schwarze König fällt um. Auf dem Feld bleiben nur ein paar Bauern, der weiße Springer und das weiße Königspaar.

Jasmin wartet an der Bushaltestelle, doch als der Bus kommt, steigt sie nicht ein. In der Nähe hat jemand angefangen, Akkordeon zu spielen. Eine schaurig melancholische

Musik, die sie ruhiger werden lässt. Sie trauert dem schönen Briten nach, weiß nicht wohin mit ihrer Trauer und mit sich selbst. *Anywhere out of the world*, dort möchte sie sein, nur nicht hier, umringt von strahlenden Menschen. Sterben wäre auch nicht schlecht, denkt sie, als neben ihr ein Junge seine Freundin hochhebt und durch die Luft wirbelt. Er setzt das Mädchen ab, saugt sich an ihrem Mund fest, und Jasmin vergeht fast vor Selbstmitleid und Neid.

Das Mädchen mit den rot gefärbten Haaren geht Philipp nicht aus dem Kopf. Sie hat ihn ausgelacht, na und? Ihr Lachen klang hinreißend, und er hat sich wie der letzte Bauer benommen, ihr den nackten Hintern gezeigt, im Nachhinein schämt er sich dafür. Erleichtert denkt er, dass er sie nie wieder sehen wird, als er frisch geduscht im leichten Sommeranzug aus dem Hotel tritt. Es wird Abend, draußen ist es nicht mehr ganz so heiß, und er bekommt langsam Hunger. Allein zu essen ist traurig, doch im Biergarten unterhält sich jeder mit jedem, genau das braucht er jetzt, und eine ganze Maß Bier dazu. »Zum Nockerberg«, sagt er der Taxifahrerin.

Als der Akkordeonspieler einen flotten Marsch anstimmt, hörte Jasmin auf, Trübsal zu blasen. Der Sommer ist noch lange nicht vorbei, denkt sie, morgen ist ein neuer Tag, doch Strafe muss sein für so viel Dummheit. Entschlossen schreitet sie zur nächsten Telefonzelle und ruft den Immobilienkunden an.

»Da oben auf dem Berg ist der Sonnenuntergang am schönsten«, schwärmt die Fahrerin, »Sie haben Glück, heute wird der ganze Himmel rot.« Als das Handy in seiner Tasche läutet, zuckt Philipp zusammen, denn er dachte, er hätte es ausgeschaltet. Die Immobilientante ist dran. Sie hätte heute Zeit, am besten gleich. »In Ordnung«, antwortet er. »Wo sind Sie denn und wie erkenne ich Sie überhaupt?«

Die Leopoldstraße ist ein einziger Stau, es kann Stunden dauern, bis er da ist, denkt Jasmin und tänzelt nervös am Straßenrand umher. Die Stimme, die klang so ähnlich und doch ganz anders, aber er sprach Deutsch, also ist er das nicht. Oder doch? Sie steigt auf die Steinmauer und blickt über Hunderte von Autos. Aus jedem Radio kommt ein anderer Song und dazu gibt es ein Hupkonzert. Wo bleibt er denn?

Das darf nicht wahr sein, denkt Philipp, als er von weitem einen rot gefärbten Kopf leuchten sieht. Aber doch, das muss sie sein, ich werde noch wahnsinnig. Auf dem Bürgersteig flaniert die halbe Welt im Schneckentempo, er drängelt sich durch den Menschenstrom nach vorne, schiebt Passanten zur Seite, tritt ihnen rücksichtslos auf die Füße, bleibt stehen.

Sie stehen sich gegenüber, so nah, dass sie sich berühren könnten. Jasmin senkt den Kopf und flüstert: »*I am sorry.*« Gleichzeitig sagt Philipp: »Es tut mir leid.« Da beginnen beide wie verrückt zu lachen. Die alten Schachspieler blicken kurz auf, sie haben eine neue Partie angefangen, der Akkordeonspieler schultert seinen Kasten. Als er an den beiden vorbeigeht, hört er das Mädchen mit den roten Haaren sagen: »Bitte, küss mich endlich.«

In der Dunkelheit klettern ein Mann und eine Frau über die Mauer vom Nymphenburger Park, eng umschlungen gehen sie durch die Büsche. Tausende von Glühwürmchen geleiten sie zu einer Wiese. Ihre Kleider fallen ins frisch gemähte Gras. Unweit rauscht ein Zug durch die Nacht, im letzten Wagen liegt ein Akkordeon auf einem Sitz, daneben träumt ein Mann von seinem Glück.

Durst

Ich habe Durst, sagt er.

Er sitzt mit zusammengezogenen Beinen und hält die Knie umarmt. Seine Zunge ist angeschwollen. Sie liegt den Worten im Wege. Er kann den Mund nicht mehr schließen, die Luft hat seine Schleimhäute ausgetrocknet. Überall spannt die Haut.

Wenn es so weitergeht, wird er bald sterben. Das weiß er. Vielleicht brechen vorher die Knochen seiner Ellenbogen durch die Haut hindurch. Ich sehe aus wie ein altes Brathähnchen aus dem Wienerwald, denkt er. Er möchte es laut aussprechen, dass die anderen lachen und sich auf die Schenkel klopfen, wie damals, als es den Wienerwald in der Brückenstraße noch gab und man sich auf der Terrasse ein kühles Bier bestellte und danach noch eins.

Damals. Damals.

»Fräulein, noch eins!«, ruft er.

»Noch ein Helles«, ruft das Fräulein, und bald kommt sie, mit acht gefüllten Biergläsern, die sie an ihrem Busen abstützt. Sie trägt diese Tracht, die sie fremd macht, diese gestärkte Schürze vor ihrem weichen Bauch, diese weiße Bluse, die sich um ihre fetten Arme aufplustert und ihre dicken Brüste mit falscher Unschuld bedeckt. Und da, zwischen ihren Brüsten, hängt ein Goldkreuz, an dem ihr Schweiß entlangläuft. Es glänzt zwischen ihren Brüsten, und er möchte den Glanz mit seinem Zeigefinger berühren, und danach den Zeigefinger in den Mund nehmen. Er tut nichts. Er schaut nur. Es ist noch zu früh. Als das Fräulein das Glas vor ihm absetzt, läuft der Bierschaum über den Rand. Langsam holt er seine Brieftasche hervor, langsam öffnet er sie, langsam sucht er die einzelnen Münzen zusammen. Das Fräulein wartet, alterslos dick, ihr Fleisch füllig weiß, er riecht ihren Schweiß und noch etwas Anderes; er bildet sich ein, unter den Duftschwaden von Brathähnchen, Sauerkraut und Schweinshaxe den Geruch ihres Geschlechtes zu erkennen. Er befeuchtet seine Lippen mit der Zunge, glaubt den Glanz zwischen ihren Brüsten mit der Zungenspitze zu berühren, und gibt ihr ein großzügiges Trinkgeld, damit sie ihm ins Gesicht schaut und vielleicht lächelt.

Immer wenn sie an ihm vorbeigeht, denkt er an ihre gewölbten weißen Schenkel unter dem Trachtenrock. Dann hebt er das Glas und trinkt in langen Zügen. Seine Hand ist an der Innenfläche kalt geworden. Das Bier rinnt seine Mundwinkel entlang. Er trinkt, bis das Glas leer ist, setzt es ab und ruft: »Fräulein, noch eins!«

Seine Lippen sind aufgeplatzt. Seine Augen halb geschlossen. Mit Armen, die aussehen wie angesengte Hähnchenflügel, hält er seine Knie fest. Ihm ist zu kalt oder zu warm, ihm ist nicht wohl, aber er denkt lieber nicht daran.

Viel früher hing das Bild noch an der Wand. Nichts Besonderes, er hatte es aus einem Kodakkalender ausgeschnitten. Eine Insel irgendwo. Vielleicht in der Karibik, vielleicht auf den Malediven. Das Meer – türkisblau, immer heller werdend. Erfrischend. Angenehm. Selbstverständlich war er nie da gewesen. Das Geld fehlte und außerdem wäre er nie hingefahren, auch nicht, wenn man ihm die Reise bezahlt hätte. Es gibt Sachen, die man nicht tut, wie zum Beispiel mit seiner Mutter zu schlafen. Aber man kann daran denken.

Und eines Abends saß er irgendwo in einem Restaurant und wartete auf Maria, die sich wie immer verspätet hatte. Hinter ihm saßen zwei Frauen und redeten über einen Inselurlaub. »Moskitos«, sagte die eine, »Moskitos, so was habe ich nie gesehen. Achtundsiebzig Stiche in der ersten Nacht. Achtundsiebzig Stiche. Und es wurde nicht besser. Trotz Moskitonetz. Trotz elektrischem Schutz. Du weißt, dieses blaue Ding, das die Moskitos bei lebendigem Leib grillt. Es hat nichts genützt. Nichts. Und jede Nacht dieses Summen. Bzzzzzzzzzz … Bzzzzzzzzzzzzz … Ich bin schier verrückt geworden. Paradiesinsel. Scheiße. Moskitoparadies. Sonst nichts. Sonst die letzte Scheiße. Sag ich dir. Schau, wie meine Beine aussehen.«

Er hatte sich umgedreht. Die Frau hatte den Rock hochgezogen. Ihre Beine waren bis zum Saum der Unterhose rot gefleckt, voller Narben, an vielen Stellen bis aufs Blut aufgekratzt. Er hatte sich erst abgewendet, als er Marias Stimme hörte. »Entschuldigung«, sagte sie, »ich bin zu spät.« Ihr Gesicht war rot vom Laufen, sie lächelte, unsicher, ob er vielleicht verärgert war. Sie hatte ihren Lippenstift zu schnell aufgetragen, er war ein wenig verschmiert. Er stand auf und küsste ihren Mund. Marias Mund. Marias Mund. Warm, weich, offen. Ihre Zunge, die seine umspielte. Marias Mund, aus Marias Mund trinken, sich Marias Mund hingeben, sich in seine Dunkelheit legen, in Marias Mund reisen wie Jonas im Bauch des Wals, mit Marias Mund einschlafen und nicht wieder aufwachen.

»Die Speisekarte«, sagte der Ober.

»Lass uns nach Hause gehen«, sagte Maria. »Mir gefällt es hier nicht. Hast du die Frau mit den Beinen gesehen, hinter dir?«

Marias Mund küssen, den Weg am Ober vorbei Marias Mund küssen, auf der Straße Marias Mund küssen, in der U-Bahn, im Bus, im Fahrstuhl Marias Mund küssen; er suchte mit der Zunge den Schlüssel seiner Wohnung in Marias Mund, fand ihn und suchte weiter, als die Tür hinter ihnen längst abgesperrt war. Nur einen Augenblick lang hatte er Marias Mund losgelassen – um das Bild von der Wand zu nehmen.

»Bitte, küss mich«, sagte Maria und hielt ihm den offenen Mund hin. »Küss mich schnell, bevor ich sterbe.« Marias Mund, lebenslänglich Marias Mund küssen. Sonst nichts.

Wie ein Klappstuhl zusammengeklappt sitzt er da, die Haut um die Knochen festgespannt, als würde sie den Körper in dieser Stellung gefangen halten. Er weiß, dass er nicht die Kraft hat, einen Arm oder ein Bein auszustrecken. Aber das braucht er nicht, denn es gibt nichts, wonach er greifen könnte.

Früher hatte er einen Traum, der öfter wieder kam. Er träumte, dass er stürzte. Er stürzte langsam, wie in einem Sciencefictionfilm, wenn ein Astronaut aus dem Raumschiff stürzt, nur dass er von einer Art Nabelschnur gehalten wurde. So wusste er, dass er nicht verloren gehen könnte. Er breitete seine Arme und seine Beine aus, als würde er die Welt umarmen. Mehr geschah nicht. Auch wenn der Traum lange dauerte, geschah nichts Anderes. Er fiel ununterbrochen in die Leere, mit ausgebreiteten Armen und Beinen. Der Traum endete nicht. Er wachte auf und wusste, dass er den Traum wieder geträumt hatte. Ein paar Tage lang blieb er glücklich. Ihm gefiel dann alles, die Mädchen auf der Straße, der Kaffee, den er im Stehen am Bahnhof trank, während er auf keinen Zug wartete, das Geräusch der Regentropfen in den Pfützen und seiner Schritte auf dem nassen Asphalt, wenn er nachts nicht nach Hause ging. Es war nichts Besonderes, nur Glück. Und manchmal hielt das Glück länger und war nicht plötzlich weg, sondern ließ sich Zeit, wurde stufenweise kleiner und blasser, damit er sich daran gewöhnen konnte, dass es nicht immer halten würde. Und als das Glück schon längst vergangen war, erinnerte er sich noch daran, dass es da gewesen war.

Er träumte nach wie vor. Jede Nacht etwas Anderes. Nur diesen Traum nicht mehr. Eine Weile träumte er von Maria. Sie schwammen unter Wasser, nebeneinander und mit parallelen Bewegungen wie Fische es tun, und sie brauchten nicht zu atmen. Es war in der Südsee, zwischen Korallenriffen, das Meer war friedlich und wohl tuend. Mit ihnen zusammen ließen sich viele verschiedene bunte Meerestiere von der Strömung treiben. Das war, nachdem Maria verschwunden war. Von ihrem Mund träumte er nie.

Er gleicht einer Meeresspinne. Die Glieder bräunlich und dürr, die Gelenke rostig. Die Augen, schwarz, treten unter den gedehnten Lidern hervor und suchen. Die Lippen ziehen sich über die Zähne zurück, als würde er lächeln. Auch der Kiefer zieht sich zurück, und er fühlt, dass die Zähne bald ausfallen werden. Aber daran denkt er nicht.

Auch wenn er zu viel getrunken hatte, träumte er. Oft träumte er von sexuellen Handlungen, die er vollführte. Oder von Tieren, die plötzlich da waren, von Möwen, von Schildkröten, von Ameisenbären, nie von Kühen, Hunden oder Katzen. Er träumte von Motorrädern, die ihn verfolgten und nicht erreichten, von Menschen, die irgendeine Bedeutung hatten, von seiner Mutter manchmal. Es ließ sich nicht abstellen. Es war ihm egal. Diese Träume brachten ihm weder Glück noch Unglück. Wenn er morgens aufwachte, sammelte er die Nachtbilder ein, ohne sie zu verstehen. Das Bier, das er abends trank, spülte sie von ihm weg.

Die Sonne trank sein Fleisch aus. Es gibt keine Schatten. Es wird nicht mehr Nacht. Er schläft nicht mehr, er kann die Augen nicht mehr schließen, den Kopf nicht mehr abwenden. Er hat Fieber, er hört einen tropfenden Wasserhahn, den es nicht gibt, er sieht Marias Mund, offen, und ihre Zungenspitze, die ihre Lippen anfeuchtet. Er sieht einen

Motorradfahrer auf sich zurasen, er kommt näher und näher und wird ihn überrollen, wie ein Bündel trockener Äste, die auf der Straße liegen, aber bevor er ihn erreicht, wird es dunkel. Er stürzt ab, wie ein Astronaut, der aus seinem Raumschiff herabfällt, nur dass er von einer Art Nabelschnur gehalten wird.

Als er aufwacht, ist er glücklich. Sein Kopf liegt auf den fetten Schenkeln des Fräuleins. Sie sind sehr weiß. Er riecht ihren starken Geruch und weiß noch, wie er zuerst den Glanz zwischen ihren Brüsten berührt hat. Sonst weiß er nicht viel. Jetzt liegt die Tracht am Boden, er atmet die tropische Luft, die aus den weißen Schenkeln kommt, lässt sich fallen, versinkt in ihr weißes Fleisch. Mit offenen Armen und Beinen gibt er sich ihrem Geruch hin. Später wird sie wach, zieht ihn zu sich hoch, küsst seinen Mund und sagt: »Ich bin die Maria, und du?«

Bald ist es so weit. Ich sehe mir den Film nur noch einmal am Tag an, und wenn ich einen besonders guten Tag habe, sehe ich mir nur die wichtigen Stellen an, also den Anfang bis zur vierundzwanzigsten Minute, wie sich die beiden kennen lernen, dann überspringe ich die nächsten siebzehn Minuten und spule bis zu der Stelle vor, wo er auf der Brücke steht, bevor er sich nach Brasilien einschifft, und zu ihr sagt: »Mach dir keine Sorgen, ich bin gleich bei dir, Baby.« Da läuft mir seine Stimme den Rücken hinunter, und jedes Mal bleibt sie an der richtigen Stelle hängen und vibriert dort, bis mir ganz anders wird, als wären seine Hände erneut auf meinem Rücken, auf meinem Hintern, zwischen meinen Beinen, und ich muss aufpassen, dass mich die Lust nicht vollkommen überwältigt.

Manchmal sehe ich mir noch den Schluss an, aber nicht immer. Seine letzten Worte erspare ich mir, weil sie mich verrückt machen. »Zu spät für uns«, sagt er. Da ist er so fertig, dass er die vier Worte kaum herausbringt. Dabei sieht man nur das Gesicht der Frau und ihre Augen voller Tränen. Die blöde Kuh, die sagt kein Wort, die guckt nur hilflos, anstatt etwas zu tun – und die packt das, siebenunddreißig Sekunden ohne zu zwinkern, bevor das Bild gefriert. Danach kommt nichts mehr. Abspann, Titel und so weiter. Interessiert mich nicht. Sein Name ist nicht im Nachspann, die Synchronsprecher nennt man halt nicht, das ist egal, ich weiß schon, wie er heißt.

Die ersten Male habe ich oft zurückgespult, um die letzten Worte noch einmal zu hören, weil sie mich beunruhigten, das klang nach einem endgültigen Abschied, dieses »zu spät für uns«. Aber inzwischen bin ich mir ganz sicher, dass er die Stimme leicht anhebt, also ist das gar kein Abschied, sondern eine Frage, eine Aufforderung. Und die Ziege sollte sich in seine Arme stürzen, anstatt ihn so hängen zu lassen, wenn er ihr schon die Wahl überlässt. Bei mir hat er das auch so gemacht. Ich bräuchte nur zum Telefon greifen, seine Nummer wählen, und er würde sagen: »Ich bin gleich bei dir, Baby.« Das halte ich nicht aus, noch nicht. Es bringt mich schon genug durcheinander, wenn er das im Film sagt.

Er hat mich immer durcheinander gebracht, vom ersten Tag an. Vor zwölf Jahren, als ich diese Bar betreten und ihn an der Theke gesehen habe, hätte ich die Flucht ergreifen sollen, aber es war schon zu spät. Ich musste zu ihm gehen, und er stand da, als hätte er auf mich gewartet. Wie sowas funktioniert, das versteht keiner. Er braucht nichts zu tun, er braucht mich nicht zu berühren, er braucht nicht einmal da zu sein, wenn ich nur an ihn denke, rutscht mir seine Stimme den Rücken hinunter, und ich bin verloren. Ich habe versucht, davonzulaufen, ich habe einen anderen Mann geheiratet und Kinder bekommen, ich habe mir hundert Mal geschworen, ihn nie mehr zu sehen, aber das hat alles nichts genutzt. Ich muss zu ihm. Er muss zu mir. Wir können nicht anders.

Wir kreisen blind umeinander, wir haben eine Art Radar, wir spüren uns gegenseitig an den aberwitzigsten Plätzen auf. Einmal trafen wir uns zufällig am Flughafen, er musste nach Berlin, ich nach Hamburg, wir hatten eine halbe Stunde Zeit. Das war genug. Er hat mich in einen Gang geschoben, eine Tür geöffnet, dahinter waren Besen, Putzmaschinen, und noch weiter hinten war ein Wäscheraum mit Bergen von Handtüchern, das war luxuriös. Ein anderes Mal habe ich gleich mein Flugzeug verpasst, ich hatte einen Termin in London, aber als er plötzlich vor mir auftauchte, war mir alles egal, und ich fuhr mit ihm zurück in die Stadt.

Wenn er da ist, kann ich nicht anders, ich gehe auf ihn zu, manchmal sind es nur fünf Schritte, und jedes Mal frage ich mich, wie es möglich ist, dass meine Beine mich tragen, so weich sind sie, und mein Mund ist trocken, meine Kehle wie zugeschnürt. Das Herz klopft dann wie ein ganzes Heer von Voodootrommeln, die alle im selben Takt schlagen und den Boden erschüttern, und ich bin so wirr im Kopf, dass ich nichts mehr höre. Aber das spielt keine Rolle, den Kopf könnte man mir sowieso abschrauben, wenn er in der Nähe ist, denken ist nicht mehr drin, nur noch fühlen. Ein Glück, dass wir uns nicht öfter begegnen, weil das nicht auszuhalten ist, jemanden so zu begehren, wie ich ihn begehre. Es tut weh.

Dann reden wir ein wenig, worüber weiß ich nicht, er könnte mir das Telefonbuch vorlesen, dass hätte dieselbe Wirkung. Ich schmelze buchstäblich dahin, sobald ich seine Stimme höre; ich löse mich auf, ich habe keinen Willen mehr und gehe mit ihm, wohin auch immer. In den letzten Jahren konnten wir weder zu ihm noch zu mir, weil wir beide verheiratet waren, und so haben wir es überall miteinander getrieben, im Auto, im Freien, um die Ecke hinter der Tankstelle, im Schrebergarten zwischen den Blumenbeeten. Wir sind nicht anspruchsvoll, sogar die Toiletten haben wir schon hier und da ausprobiert. Einige Male haben wir ein Hotelzimmer gemietet, im Hotel kann man sich mehr Zeit lassen, aber dafür muss man sich gedulden, bis man im Zimmer ist, und meistens gelingt uns das nicht, weil wir eine solche Lust aufeinander haben, dass wir es auf der Stelle tun müssen.

Früher, als ich noch allein lebte, ist er alle paar Wochen zu mir gekommen, das war entsetzlich. Sobald ich wusste, dass er kommen würde, konnte ich an nichts anderes mehr denken. Stimmt nicht, ich dachte gar nichts, ich fühlte nur noch. Meine Brüste sah ich förmlich anschwellen, mein ganzer Körper jubilierte vor Erregung. Das wurde von Stunde zu Stunde schlimmer. Ich glaube, wenn er nicht gekommen wäre, würde ich nicht mehr leben. Ich hätte nicht gelitten, das Herz wäre mir einfach stehen geblieben. Das hätte mir nichts ausgemacht. Aber er ist immer gekommen.

Plötzlich stand er an der Tür, ich hatte weder aufgeräumt, noch geputzt, ich hatte mich nicht schön für ihn gemacht, ich konnte tragen, was ich wollte, er hatte keinen Blick für meine Kleider, sie waren für ihn durchsichtig. Er sah darunter, nicht nur meinen Körper, er sah noch tiefer, wie mein ganzes Fleisch flüssig wurde und nach ihm rief. Jedes Mal blieb er auf der Schwelle stehen, atmete ein, als würde er mein Verlangen riechen, dann kam er herein und schloss die Tür hinter sich. Ich fragte ihn, ob er etwas essen oder trinken wolle und wie es ihm ginge oder andere unwichtige Dinge, nur um seine Stimme zu hören. Viel sprachen wir nie, wir hatten es nicht mit dem Reden, wenn wir zusammen waren, wir hatten Besseres zu tun. Begierde pur, was braucht man Worte dafür, ich wusste schon, was er wollte!

Ich zog mich aus, und er schaute mir dabei zu. Manchmal zündete er sich eine Zigarette an und rauchte sie bis zum letzten Zug, ohne mich aus den Augen zu lassen. Als ich nackt war, bewegte ich mich nicht, ich wartete nur darauf, dass er mich berührte. Ich hätte alles für ihn getan, ich hätte vor ihm gekniet, ihm die Füße geküsst oder mich von ihm fesseln und schlagen lassen, wenn es sein Wunsch gewesen wäre, aber er wollte mich ganz normal sozusagen, obwohl mit uns rein gar nichts normal ist, das weiß ich. Ich habe mit vielen Männern geschlafen, ich kann es vergleichen. Normal ist etwas Anderes, da hat man ein bisschen Lust und fängt an, sich zu küssen und zu streicheln, so Busen, Schenkel, Hintern, die erotischen Stellen halt, bis die Spannung steigt, dann legt man sich hin und öffnet die Beine, der Mann dringt ein, und wenn alles gut geht, kriegt man einen schönen, entspannenden Orgasmus, und das ist es gewesen. Aber nicht mit ihm. Wenn er nur seine Hand auf meinen Arm legt, kommt mir schon das große Zittern. Und dann die Worte im Kopf. Keine schönen Worte, kein

»Ich liebe dich« oder ähnliches Gesülze, nein, es kommen mir lauter Un-Worte in den Kopf. Unvermeidlich. Unaufhaltsam. Unwiderruflich. Unabwendbar. Unausweichlich. Unentrinnbar. Und so weiter. Das ist Schicksal. Schon von Anfang an sind wir jenseits von allem, auf der anderen Seite, irgendwo an dem Punkt, wo Himmel und Hölle eins sind, da stößt die Biologie mit dem Abstrakten so zusammen, dass die Erde zu beben beginnt. Deswegen kann ich griechische Tragödien nicht ausstehen, große Gefühle habe ich privat mehr als genug, seit wir uns begegnet sind. Und das hört nicht auf, nicht einmal, wenn wir uns Monate lang nicht sehen.

Wenn er seine Zigarette ausgedrückt hatte, zog er sich auch aus. Er zog sich immer langsam aus, faltete seine Kleider zusammen, legte sie auf einem Stuhl ab, dabei ist er kein Ordnungsfanatiker, aber er wusste schon, dass mich das Warten verrückt machte und ich ihn mit jeder Sekunde mehr begehrte. Und wenn er nackt war und ich seinen erigierten Schwanz sah, dann war es aus und vorbei mit mir. Die Lust verselbstständigte sich, es atmete zwischen meinen Beinen, es öffnete sich, und ich stöhnte, wie sehr ich ihn in mir haben wollte. Mich gab es nicht mehr, und wenn er endlich in mich kam, gab es überhaupt nichts mehr, nur noch diese irre Lust, die mit mir davon galoppierte und alles andere auslöschte. Die Nachbarn beklagten sich, weil ich schrie, und das war mir so was von egal, ich hätte die ganze Stadt, die ganze Welt wachgeschrien, wenn ich in seinen Armen war, ich hätte es nicht einmal gemerkt, aber danach wäre ich stolz darauf gewesen.

Einmal habe ich Raubtiere im Zoo gesehen, wie sie es miteinander trieben. Ich stand vor dem Löwenkäfig und starrte die Tiere an, konnte es kaum ertragen zu sehen, wie sich das Weibchen vor dem Männchen duckte und sich im Staub rollte, wie sie sich ihm ohne jede Scham anbot, wie sie ihn mit kehligen Fauchlauten anflehte, bis er sie von hinten bestieg und sie in den Nacken biss. Als er sie losließ, reichte es ihr nicht; sie rief ihn zu sich, hörte nicht auf, ihn zu reizen, und ich sagte zu mir, so bist du, wenn du mit ihm zusammen bist, ein Weibchen, das Sex haben will und sonst nichts. Das gefiel mir verdammt gut, dass ich so sein konnte, ich mit meinem Doktortitel, mit meinem Einfamilienhaus, meiner Lebensversicherung und meinem freundlichen Ehemann, der jeden Abend das Geschirr spülte! Ich lachte vor dem Käfig, ich lachte so laut, dass die Leute mich von der Seite ansahen, als wäre ich verrückt, und sie gingen, weil es ihnen peinlich war. Mir war das nicht peinlich, ich habe bis zum Schluss zugesehen, wie der Löwe sein Weib nahm, und dann habe ich ihn angerufen, von einer Telefonzelle im Zoo. »Bin gleich bei dir, Baby«, sagte er.

Das war das erste Mal, seit meiner Hochzeit, dass ich ihn anrief. Wir hatten uns lange nicht gesehen, über zwei Jahre, eine Ewigkeit. Aber als ich seine Stimme am Telefon hörte, wusste ich, dass die Zeit nicht existiert. Der Rest schon, die Menschen, die Gegenstände, das Wetter, die Politik. Aber die Zeit nicht. Für uns nicht. Deswegen glaube ich ihm kein Wort, wenn er im Film »zu spät für uns« sagt. Es wird nie zu spät sein, für uns nicht. Wir können nicht entkommen.

Immer wieder bricht er in mein Leben ein, wenn ich es am wenigsten erwarte, so wie vor einem Jahr, als ich mit meinem Mann im Kino saß und fast vergessen hatte, dass es ihn gibt. Ich hörte seine Stimme. »Haben Sie Feuer?«, fragte er irgendeinen Typen an der Bar. Ich begann, innerlich zu brennen. Von dem Film habe ich nichts mitbekommen, ich saß mit geschlossenen Augen da und zitterte und hörte nur seine Stimme. Mittendrin bin ich aufgestanden und gegangen, weil ich es nicht aushalten konnte. Ich war krank vor Sehnsucht, ich hatte Fieber. Trotzdem habe ich nicht angerufen. Ich wollte nicht. Den Film habe ich mir acht Mal hintereinander im Kino angehört, nur angehört, und jedes Mal brannte es mehr in mir. Dann haben sie ihn endlich abgesetzt, und ich habe schon gehofft, dass ich gerettet war, dass ich es geschafft hatte, von ihm loszukommen, aber ein paar Monate später fand ich das Video in der Post. Er war's, der es mir geschickt hatte. Auch er hält es ohne mich nicht aus.

Schon seit dem ersten Tag wusste ich, dass wir zusammen gehören, dass es keinen Sinn hatte, mich dagegen zu wehren, trotzdem habe ich immer gekämpft. Das Video war meine letzte Chance. Ich wollte mir eine Rosskur, eine radikale Entziehungskur verpassen und mir diesen dämlichen Film solange antun, bis ich gegen seine Stimme immun geworden bin, wie wenn man Pralinen frisst, bis einem schlecht wird. Fast hätte es geklappt. Ich habe das Band ganze Nächte lang hintereinander angeschaut, von der ersten bis zur letzten Minute, und in einer Nacht ist es gerissen. Ich war froh, dachte, dass es damit vorbei wäre. Ich nahm die kaputte Kassette aus dem Gerät und ging hinaus. Ich wollte sie in die Mülltonne bei der Gartentür werfen und danach eine Flasche Champagner öffnen, um zu feiern, dass ich für immer von ihm befreit war. Aber als ich mit meiner Kassette in der Hand vor der offenen Mülltonne stand, fiel plötzlich alles von mir ab. Der Garten war schön. Es wurde leise in mir. Ich habe das Band geklebt.

Jetzt lebe ich wieder allein in einer Wohnung, mein Mann ist mit den Kindern in dem Einfamilienhaus geblieben, das ist besser so. Ich bin für ein normales Leben nicht geeignet, das macht nichts. Ich habe ihn noch nicht angerufen, aber ich habe mich schon ergeben. Den Film sehe ich nicht mehr so oft an, höchstens einmal am Tag, manchmal nur meine Lieblingsstellen. Mehr brauche ich nicht. Es geht mir gut, das Zittern stört mich nicht. Ich werde bald zum Telefon greifen, ich lasse mir nur ein bisschen Zeit. Noch habe ich Angst. Diese Begierde ist nicht auszuhalten, für niemanden, nicht einmal für uns. Früher haben wir nie länger als ein paar Stunden zusammen verbracht, das war zu anstrengend, danach brauchte ich immer Wochen, um mich davon zu erholen, und ihm ging es nicht anders. Ich dachte, wir könnten zusammen nur zu Grunde gehen, jetzt weiß ich es nicht mehr.

Ich weiß gar nichts mehr, aber es ist mir recht, wenn wir an der Lust zu Grunde gehen. Ich werde auch allein zu Grunde gehen, wenn ich nicht bald seine Arme um mich spüre, das bringt mich einfach um, diesen Mann so zu begehren, es verzehrt mich, bald wird von mir nichts mehr übrig bleiben, wenn ich nicht sofort seine Stimme höre, aber es ist nicht zu spät für uns, ich nehme den Hörer, und ich zittere so sehr, dass ich ihn kaum in der Hand halten kann, und mein Mund ist so trocken, dass ich nur stottere, aber das macht nichts, er weiß schon, was ich sagen will, und er sagt es selber, mit seiner tiefen Stimme, die mir den Rücken hinunterläuft und an der richtigen Stelle hängen bleibt, »mach dir keine Sorgen, ich bin gleich bei dir, Baby.«

Als der Geranientopf ...

Christoph war der Erste, er saß ihr gegenüber im Religionsunterricht, kurz vor der Konfirmation, hinreißend blond
mit leuchtend grünen Augen, und wenn er Maya anlächel-
te, wurde sie rot. Sie hatte sich auf der Stelle in seine Eckzähne verliebt, obwohl er einen Kopf kleiner war als sie, nur
wegen seiner süßen kleinen Vampirzähne. Den ersten Kuss
hatte sie vergessen, den zweiten und alle weiteren auch,
aber an seine Hand unter ihrem Pullover erinnerte sie sich
sehr gut, das geschah an einem zwölften November nach
dem Religionsunterricht hinter der Kirche. Seine Hand öffnete ihren Dufflecoat, es hatte schon zu schneien angefangen, Maya zitterte, weil sie keinen Busen hatte, nur winzige
Knöpfe, süße Knospen, sagte ihr Vater. Sie standen zusammen unter einer Straßenlaterne, er lächelte mit halb offenem
Mund, zeigte willig seine Eckzähne, während er ihren Pullover aus dem Rock zog und hochschob. Darunter trug sie
nichts, das hässliche Baumwollhemd hatte sie auf der Toilette ausgezogen und in die Tasche gestopft. Seine Hand
war kalt auf ihrer Brust, ihr wurde es heiß zwischen den Beinen, seine Finger fanden ihre Knospen, drückten sie ein wenig, und das war's. Plötzlich stand er da, mit beiden Händen in den Taschen, redete er von einer Schulaufgabe, die er
noch vorbereiten musste, danach wollte Christoph nicht
mehr mit Maya zusammen sein –

»Wenn du wüsstest, wie ich dich geliebt habe«, sagt
Maya zu dem Jungen, der sie mit seinen kleinen Vampir-
zähnen anlächelt. »Es ist schön, dich wieder zu sehen, ich
verstehe nur nicht, was du hier tust und warum du immer
noch aussiehst wie damals, als wir beide vierzehn Jahre alt
waren –«

Wer nach Christoph kam, weiß sie nicht. Gesichter, Namen wirbeln um sie herum. Antonio schrieb Liebesbriefe aus Italien, Saverio ließ sie mit seiner Vespa auf staubigen Straßen fahren, nur um sie danach küssen zu dürfen, John steckte auch ohne Vespa seine Zunge in ihren Mund. Zuerst fand Maya das widerlich, weil sie keine Luft kriegte, dann mochte sie es, besonders beim Tanzen, wenn sie ihre Beine ineinander verschränkten, und sie spürte, wie dick er in der Hose wurde. Walter hatte ein Segelboot und eine Brille, er wollte ihre Brüste sehen. In der Mitte des Sees tat sie ihm den Gefallen. Sie rollte für ihn das Oberteil ihres Badeanzugs langsam hinunter, ließ ihn näher kommen, weil er kurzsichtig war. Als er ihr ein silbernes Armband mit ihrem Namen schenkte, zog sie sich ganz nackt für ihn aus. Nur anfassen durfte er sie nicht. Klaus durfte. Matthias fragte nicht. Er schnappte sie unter Wasser, hielt sie zwischen seinen Beinen fest, tauchte mit ihr unter, lockte sie hinter die Felsen, da rieb er sich an ihr, immer das nasse Badezeug dazwischen. Sie rieben sich im Stehen aneinander, bis es ihnen kam, danach fiel Matthias auf die Knie vor ihr und lehnte seine Stirn an ihren Bauch –

»Ich habe euch alle geliebt«, lacht Maya, »jetzt kann ich es euch sagen, damals traute ich mich nicht, ich war zu jung, zu unsicher, was bin ich froh, dass ich euch kennen gelernt habe! Wenn ich diese Begierde in euren Augen sehe, dieses Glühen und Funkeln und Lodern, dann spüre ich wieder das Kribbeln in meinem ganzen Körper. Meine Güte, diese Nächte, allein in meinem Bett, ich atmete den Geruch eurer Haut auf meinem Kopfkissen ein, presste meine Beine zusammen und biss mir die Hand blutig, um die Sehnsucht nicht hinauszuschreien! In diesem Sommer war ich in den See verliebt, Walter, unter deinen Augen fühlte ich mich schön und liebte auch dich. Oh, John, dein Mund schmeckt immer noch nach Zigaretten, meine Lippen sind wund vom Küssen, sie beben, öffnen sich, küsse sie noch einmal –«

Philipp hatte noch mit keiner Frau geschlafen, Joseph mit einer Einzigen und wollte nicht recht, Georg war viel zu alt und konnte es stundenlang tun, er hielt sich für den besten im Bett. Sie sagte lieber nichts dazu. Immerhin bestellte er ihr Rieseneisbecher mit roten Kirschen und japanischen Papierschirmen, manchmal vor, manchmal nach dem Sex, manchmal vor und nach dem Sex. Sie ließ das Eis dann auf ihrer Zunge zergehen, während er ihr von seinen wundersamen Sexabenteuern mit all den schönen Frauen erzählte –

»Ich glaubte dir kein Wort«, sagt Maya, »aber du warst ein guter Dichter, ein schrecklich raffinierter Verbaleroti- ker. In dieser Eisdiele bin ich vom bloßen Zuhören geschmolzen, in deinen Armen weniger, sei mir nicht böse. Georg, gib zu, du warst ziemlich eingebildet und außerdem zu alt für mich. Du hättest mein Vater sein können, damals war ich erst –«

Der andere Georg war viel zu betrunken, und auch Maya war betrunken, sie torkelten zusammen von der Gartenfete weg, kicherten bis zur Scheune, fielen ins feuchte Gras. Georg lallte nur noch und schaffte es gar nicht in sie hinein, versuchte es weiter. Er nannte sie Martina oder Marianne, sie nannte ihn Gregor oder Gerhard, und sie kugelten sich vor Lachen, bis sie unter dem Traktor lagen, da haute sich Maya vor lauter Lachen den Kopf an und sah Sternchen. Am Morgen war ihr Haar voller Blut und Stroh, und ihr Sommerkleid zerrissen. Dennoch tat es ihr nicht leid, nur ein bisschen weh unter der Schädeldecke, zum Frühstück gab es Aspirintabletten –

»Du siehst so komisch aus, Georg, pack die Schuldgefühle ein, ich habe keine Narbe davongetragen, mein Kopf ist heil, nur schade, dass du zu viel getrunken hattest. Ich mag es heute noch unter freiem Himmel, wenn es nach frisch gemähtem Gras riecht. Dieser Geruch hat mich schon immer verrückt gemacht, einmal war ich mit Cookie unterwegs im Auto, wir fuhren mit offenen Fenstern durch die Landschaft. Überall diese grünen Wiesen, weißt du noch, Cookie, wie der Duft uns in die Nase stieg? Wir träumten von anderen, küssten uns doch, liebten den Sommer und uns in einem durch. Danach warst du verlegen, bist du immer noch schwul, Cookie? –«

Samuel liebte nur Frauen, dafür viele und mehrere auf einmal. Hannes liebte nur sie. Er machte Nacktfotos von ihr, hing sie über seinen Schreibtisch, zerriss sie, als sie sich stritten, klebte sie zusammen, als sie sich versöhnten, kippte ein Glas nach dem anderen, als sie ihn verließ, danach stürzte er im Treppenhaus und brach sich zwei Rippen –

»Du hast mir verziehen, Hannes«, sagt Maya. »Deine Arme öffnen sich für mich, als wolltest du mich heben und in der Luft herumwirbeln, bis mir davon schwindlig wird –«

Christian weckte sie fast jede Nacht, weil er Lust auf sie hatte, danach rauchte er eine Zigarette. Edgar liebte es am Vormittag, gleich nach dem Aufwachen, noch vor dem Zähneputzen. Er tauchte mit dem Kopf unter die Bettdecke und saugte sich den Weg hinunter bis zwischen ihre Beine, das war lange nach Edmund. Der bildete sich ein, impotent zu sein, hatte dünne Beinchen und eine schmale Brust ganz ohne Haare. Schach spielte er wie ein Weltmeister, am Klavier klimperte er ganz anständigen Blues. Zu schnell kam er schon die ersten Male, oder gar nicht, weil er vor Angst mit den Zähnen klapperte, aber nach ein paar Wochen kam er genau richtig. Nach ein paar Jahren kam er überhaupt nicht mehr, weil er sich in eine andere Frau verliebt hatte –

»Wegen dir habe ich Nächte durchgeheult, du Blödmann«, sagt Maya, »was hätte ich gegeben, um dich zurückzuerobern. Als du wieder wolltest, lag ich schon in anderen Armen, quietschvergnügt, doch später bin ich dir wieder verfallen oder habe ich nur davon geträumt –«

Der Gärtner hatte schwielige Hände und konnte den Gesang der Vögel imitieren. Er sang für Maya einen Winter lang, Markus sang nicht, dafür schickte er Postkarten aus aller Welt. Alle paar Jahre kam er vorbei, auf eine Liebesnacht, am nächsten Morgen fuhr er davon. Bin verheiratet in Arkansas, das stand auf seiner letzten Postkarte, das Bild zeigte eine Ansicht mit einer italienischen Zypresse, die hoch in den blauen Himmel ragte. Dann stürzte sein Flugzeug über Kairo ab –

»Es freut mich, dass du jetzt hier bist, Markus! Und du auch, Leo, deine Augen sind schön wie eh und je, übrigens, du fandest dich zu dick, damals, was für ein Quatsch! Mich hat es nie gestört, dass du Schwimmringe um den Bauch hattest, im Gegenteil. Nach der Liebe lag mein Kopf auf deiner Schulter wie auf einem Samtkissen gebettet, ich weiß gar nicht mehr, warum wir auseinander gegangen sind. Wahnsinn, Leo, deine langen, schwarzen Wimpern, die sind so lang wie die einer Frau –«

Frauen gab es auch, dieses Zittern in den Beinen, als Maya mit Ulrike tanzte, dieses kehlige Lachen und das Zittern in der Stimme, der Mund zu trocken, die Lippen aufgesprungen, das Stolpern auf der Treppe bis in den vierten Stock vom Studentenwohnheim, umfallen, sich einander die Kleider herunterreißen. Mayas Hände an ihrem weichen Busen, ihre Zunge leckte Ulrikes Brustwarzen, leckte das kleine Mal an ihrem Hals, die Haut so sanft, dass sie davon berauscht war. Marille schmeckte wie ihr Name, Luise roch nach Wind und Meer, Françoise liebte Parfüm, die kahl geschorene Sabine mochte keine Männer und vögelte wie ein Kerl, hart und schnell, ihre Hände fest in Mayas Arschbacken verkrallt –

»Wie wir vor Lust geschrien haben, Sabine, und die Hausmeisterin klopfte an die Decke, weil wir sie beim Fernsehen störten. Du, ich wohne immer noch da, die Hausmeisterin ist taub geworden, ich aber nicht, ich höre unsere Stimmen und Andrews lautes Stöhnen –«

Als sie ihn kennen lernte, trug sie eine blassgelbe Bluse mit Spitzen, die hatte ihr ein Mann geschenkt, der war groß wie ein russischer Bär und sagte, wenn du diese Bluse nur einmal trägst, wirst du mir für immer gehören. Er irrte sich. Sie zog die Bluse an, durch die Spitzen sah man ihre Brüste, aber Maya gehörte niemandem, und schon gar nicht für immer, nur Andrew ein bisschen mehr, Andrew mit den hellen Augen und den Sommersprossen bis in die Kniekehlen, und Maya wollte sie alle einzeln küssen –

»Das habe ich nie geschafft«, lacht Maya, »oh, Andrew, kaum hatte ich dich erblickt, galoppierte mein Herz davon, mein Hirn erfand Listen und Tücken, um dich herumzukriegen. Ich las jede Zeitung und sogar den Wirtschaftsteil, nur um dich zu beeindrucken. Ich kürzte meine Röcke, kaufte seidene Unterwäsche, besorgte teuren Wein, lernte kochen, alles nur für dich, Andrew –«

Der Engländer lag faul in ihrem Bett, ließ sich begehren, ließ sich Anzügliches ins Ohr flüstern, ließ sich Weintrauben in den Mund schieben, das Glied mit Honig einreiben und ablecken, dann drehte er sie auf den Rücken und ließ sich träge auf sie nieder –

»Das war mir zu anstrengend, Andrew«, sagt Maya und spürt, wie es ihr plötzlich warm ums Herz wird. Bruno, siehst du, meine alten Lieben sind gekommen, siehst du, wie sie lächeln? Halte mich fest, Geliebter, vor fünf Minuten noch habe ich deinen Mund geküsst, jetzt habe ich Angst, dein Mund schmeckte nach Kaffee, küss mich noch einmal, Bruno, ich habe sie alle geliebt, halte mich fester, ich bin mit dem Aufzug hinunter gefahren, du, mein Herz, ich habe vergessen, vorhin das Bett abzuziehen, es ist noch voll versaut vom Wochenende, wir haben zwei Tage in der Wohnung verbracht, wie die alten Römer mit den Fingern gegessen, Käse, Nudeln, Fleisch, nur kein Brot wegen der Krümel, gestern noch haben wir uns zum Nachtisch mit Smarties, Gummibärchen und Pralinen geschmückt, du hast den Champagner über meine Brüste gegossen und ihn aus meinem Nabel getrunken; aus deinem Mund ist der schwere Burgunder, den ich so mag, in den meinen geflossen, Bruno, ich trete aus dem Haus, am Montag um halb neun, wie immer, um zur Arbeit zu fahren, es dürstet mich nach dir, Geliebter, halte mich zurück –

dachte Maya, als der Geranientopf aus dem fünften Stock auf ihren Kopf fiel.

Der nackte Mann

Aktzeichnen begann um zehn Uhr morgens. Es war Pflicht, daran teilzunehmen. Jasmin wollte nicht. Nackte Menschen waren ihr zuwider. Sie redete sich gut zu, betrat den Raum, suchte nach einem freien Platz, setzte sich, breitete ihre Sachen aus. Erst dann sah sie sich das Modell an. Eine alte, magere Frau saß auf einem Stuhl wie bestellt und nicht abgeholt, sie hatte kaum noch Fleisch auf den Knochen und hängende Brüste. Ihre ganze Haut hing wie ein Kleid auf einem Gerippe, dachte Jasmin.

Nach zwei Stunden warf der Dozent einen Blick auf ihre Zeichnungen, schüttelte den Kopf und ging weiter. Die nächste Stunde verlief ähnlich. Diesmal war eine jüngere Frau da, sie stand auf dem Podest wie eine Statue und rührte sich nicht. »Sie müssen das Leben einfangen«, sagte der Dozent, »sehen Sie, hier, die Muskeln, das Blut, die Bewegung …« Jasmin nickte, aber sie sah nichts. In der zweiten Woche setzte sich Jasmin auf ihren gewohnten Platz, nahm den Bleistift, hob die Augen, erblickte einen fetten, nackten Mann und verließ den Saal.

»Ihre Zeichnungen sind miserabel, Sie fehlen ununterbrochen, und Sie haben noch keinen einzigen Mann skizziert«, sagte der Dozent am Ende des Semesters. »Sie müssen den Kurs wiederholen. Üben Sie, Fräulein, üben Sie. Zeichnen Sie zu Hause, zeichnen Sie doch Ihren Freund.« Das Mädchen, das vor ihm saß, war klein, mickrig, flachbrüstig, kein bisschen anziehend. Welcher Mann konnte sich wohl für sie erwärmen, fragte er sich genervt. »Und wenn Sie keinen Freund haben, dann finden Sie halt einen anderen Mann, der sich für Sie auszieht. Nehmen Sie Ihren Bruder, Ihren Vater, Ihren Großvater, nehmen Sie, wen Sie wollen, von mir aus gehen Sie ins Schwimmbad, da gibt es genug Nackte!«

Jasmin besaß keinen Badeanzug und dachte auch nicht daran, einen zu kaufen, denn um nichts in der Welt hätte sie ihren dürren Körper den Blicken anderer Menschen preisgegeben. Sie stand auf. Ihr Gesicht glühte, ihre Augen glänzten vor Zorn. Der Dozent fürchtete, dass sie gleich zu weinen anfangen würde.

»Hören Sie, Fräulein, Ihre Blumen sind hübsch, Ihre Aquarelle sind nicht schlecht, Ihre Tuschezeichnungen mit den Drachen und Zwergen können sich sehen lassen, als Kinderbuchillustratorin haben Sie durchaus eine Chance«, fügte er hinzu, um sie zu trösten. »Aber es tut mir leid, Fräulein, fürs Examen müssen Sie mir einen Mann bringen. Unbekleidet, bitte. Das werden Sie doch schaffen, davon bin ich überzeugt. Auf Wiedersehen.«

Jasmin ging nach Hause, legte sich ins Bett, konnte aber nicht schlafen. Am nächsten Morgen steckte sie Zeichenblock und Stifte ein und marschierte in die Glyptothek. Sie lief zwischen den Statuen aus Gips und Marmor umher, schüttelte den Kopf, ging weiter. Die Plastiken gefielen ihr nicht. Plötzlich blieb sie abrupt stehen. In der Mitte des dritten Raums saß auf einem Podest ein Mann, ein richtiger Mann. Er hatte zwar keinen Kopf und keine Arme mehr, seine Beine waren oberhalb vom Knie abgebrochen oder abgehackt worden, aber der Rest war eindeutig männlich, strotzte sogar vor Männlichkeit. Seine muskulösen Schenkel waren leicht geöffnet, das Geschlecht halb ruhend. Jasmin schnappte nach Luft. Errötete. Den Mann würde sie von hinten zeichnen.

Sie setzte sich auf einen Klapphocker, legte den Zeichenblock auf die Knie, betrachtete den Torso, runzelte die Stirn. Auch die Gesäßbacken waren abgeschnitten worden, schlimmer noch, man hatte darin runde Löcher in der Größe von Fünf-Mark-Stücken hineingebohrt. Jasmin legte den Zeichenblock auf den Boden, ging zu dem Mann und beugte sich ein wenig nach vorn, um die Löcher genauer zu untersuchen. Warum hatte man ihn derart verunstaltet?

Der Mann tat Jasmin leid. Sie berührte sanft den Rand des Loches mit dem Zeigefinger, spürte einen stechenden Schmerz, als würde der Marmor unter Strom stehen, sie zog den Finger schnell zurück.

Zuerst zeichnete sie die Kurve der Wirbelsäule, scheiterte sogleich am Trapezmuskel, begann von vorne. Mittags hörte sie auf. Sie fühlte sich schwach vor Hunger, ging in die Cafeteria, aß ohne nachzudenken drei belegte Semmeln und einen Erdbeerjogurt, ging zurück zu ihrem Platz. Verbissen zeichnete sie den muskulösen Rücken immer wieder von neuem. Sie achtete weder auf die Besucher der Ausstellung, noch auf die Neugierigen, die versuchten, einen Blick auf ihre Zeichnungen zu erhaschen, auch nicht auf den Museumwächter oder gar auf die Lautsprecheransage. Erst als das Deckenlicht ausging, blickte sie erstaunt auf und stellte fest, dass das Museum geschlossen war. Sie war ganz allein im Saal. Von außen kam noch genug Licht herein. Ein Schultermuskel war endlich halbwegs gelungen und sie wollte weiterzeichnen. Noch fünf Minuten, dachte sie, noch zehn Minuten, bis ich diesen verdammten Muskel habe. Kurz darauf hörte sie die schleppenden Schritte des Nachtwächters. Sie versteckte sich hinter einem Podest, bis er vorbeigegangen war.

Draußen wurde es allmählich dunkel. Jasmin zeichnete weiter, obwohl sie kaum noch etwas sah. Sie zeichnete, um ihre Hände beschäftigt zu halten und sich zu beruhigen. Sie war allein mit dem Mann eingesperrt, ihr Herz klopfte, aber sie hatte keine Angst. Eine ganze Nacht gehörte der Mann nur ihr! Sie ließ den Zeichenblock fallen, der Stift rollte auf dem Steinboden. Jasmin stand auf, ging auf die Statue zu, legte die Hände auf ihren Rücken, fuhr über die Schulterblätter, befühlte den Stiernacken, ließ zwei Finger die Wirbelsäule hinabgleiten.

»Wenn du Ohren hättest, würde ich dir zuflüstern, wie schön ich dich finde. Zu schade, dass man dir den Kopf ab-

gehackt hat. Ich bin sicher, das war kein Unfall. Kein Erd-
beben. Wer dir das angetan hat, muss vor Neid krank gewesen sein. Als du noch lebtest, sind die Frauen bestimmt
reihenweise vor dir umgefallen. Du hattest die Wahl, eine
wie mich hättest du niemals angeschaut, und jetzt, wenn
du noch Beine hättest, würdest du vor mir davonlaufen,
nicht wahr, Adrian? So nenne ich dich heute Nacht, und es
ist mir egal, wenn du anders heißt, der Name gefällt mir.
Armer Adrian, du kannst dich nicht wehren, so verstüm-
melt wie du bist. Ich streichle deinen Rücken, umarme
dich, und du hast keine Hände, um mich von dir zu
stoßen.«

Jasmin ließ den Mann los, ging einen Schritt zurück,
dachte an den Dozenten der Kunstakademie und biss die
Zähne zusammen. Sie ging um die Statue herum, stellte
sich vor den Mann, stemmte die Fäuste in die Hüfte.

»Dieser dämliche Idiot! Ich hasse ihn! Weißt du, Adrian,
ich habe seine Gedanken deutlich vernommen: Meine
Güte, ist das arme Mädchen hässlich, welcher Mann kann
sich für eine solche Vogelscheuche erwärmen, kein Wunder, dass sie eine solche Null ist, nur verklemmt und neurotisch, und auch noch magersüchtig, kein Gramm Fett auf
den Rippen, wie aus dem KZ entlassen, so was gehört in
Therapie, ich bin doch kein Therapeut, ihre Blumen und
ihre Landschaften sind miserabel, diese verwaschenen
jungfräulichen Farben!

Und dann sah ich einen Funken Interesse in seinen Augen flackern, er betrachtete mich eine Sekunde lang anders, weißt du, Adrian, was ihm durch den Kopf ging?
Dieses Schwein dachte: So krumm wie sie da steht, hat das
Fräulein eine prima Skoliose, als Modell wäre es vom Feinsten!

Ach, Adrian, es ist zu schade, dass du keine Hände hast,
sonst könntest du diesen Typ zu Brei schlagen! Würdest du
das für mich tun?«

Jasmin lachte. Sie stellte sich vor, wie der Dozent seine

Zähne ausspuckte, seinen blutigen Mund abwischte, auf den Knien vor ihr robbte und um Gnade flehte.

»Wir wären gut zusammen, Adrian. Ich, klein und hässlich, du, riesengroß und so stark, du würdest mich beschützen wie ein großer Bruder, du würdest jeden verprügeln, der es wagt, mich zu beleidigen, nicht wahr?«

Sie tippte an die Flanke des Mannes. Er antwortete nicht. Jasmin seufzte. Sie berührte den linken Beinstummel. Der Marmor war kalt. Sie legte beide Hände flach auf die muskulösen Oberschenkel. Plötzlich spürte sie, wie ihr die Hitze in den Kopf schoss, und sprang zurück.

»Verzeih mir« sagte sie, »ich wollte dir nicht zu nahe treten, habe ich dir wehgetan? Das kann doch nicht sein, du bist doch nur eine Statue, seit Hunderten von Jahren in Stein gemeißelt. Ich bilde es mir nur ein, dass ein Schauder unter deine Haut fuhr, als ich dich berührte. Ich habe noch nie einen Mann berührt, Adrian, ich weiß nicht, wie man es richtig macht. Ich bin dreiundzwanzig und noch Jungfrau, ich möchte so gern, erlaubst du es mir? Nur ein wenig, bitte.«

Jasmin ging um die Statue herum, lehnte ihre Wange an den Rücken des Mannes, streichelte vorsichtig seinen Rücken, umarmte ihn. »Du bist schön, Adrian«, flüsterte sie. »Was kümmert es mich, dass du keine Arme und Beine hast, du bist schön. Ich habe ein bisschen Angst. Ist es unverschämt von mir, wenn ich deine Brust berühre? Wenn meine Hand hinuntergleitet, in deine gekräuselten Schamhaare taucht? Wenn sie sich auf deinen Schwanz legt? Sag mir, Adrian, darf ich es tun?«

In Jasmins Ohren pochte das Blut. Sie glaubte, das Herz des Mannes schlagen zu hören, presste sich von hinten an ihn, drückte ihn, rieb ihre Brüste an seinem Rücken. Der Stein unter ihren Händen schien weicher und wärmer zu werden, und sie stöhnte leise.

»Ist es wahr, Adrian, ist es so leicht, dich zum Leben zu erwecken«, flüsterte sie. »Ich brauche dich nur zu küssen und zu liebkosen? Wenn es das ist, was du willst, dann werde ich es tun. Bitte, bleib, wie du bist, dreh dich nicht um.«

Jasmin löste sich von der Statue, zog ihre Schuhe, ihren Pullover und ihren Rock aus. Ein paar Sekunden blieb sie in Unterhemd und Baumwollhöschen stehen. Ihr war kalt. Dann zog sie sich nackt aus, ging zu dem Mann und stellte sich aufrecht vor ihm hin.

»Sieh mich an, Adrian«, sagte sie laut. »Wenn du mich ansiehst, werde ich schön.« Sie fühlte das Brennen in ihren Brustwarzen, ihre Lunge dehnte sich, sie warf die Schulter zurück, schob die Brüste nach vorne und drängte sich zwischen die Schenkel des Mannes. Ihr wurde heiß. Sie atmete seinen Geruch ein, er roch nach Tier, nach Stall, nicht nach frischem Rasierwasser oder nach Pisse wie die Männer in den U-Bahnen, nicht nach Terpentin und nach Zigaretten wie der Dozent der Kunstakademie; er roch nach Misthaufen, nach Blut, nach Schweiß, und nach Kastanienblüten roch er auch.

»Oh, Adrian«, seufzte Jasmin und vergrub den Kopf zwischen seinen Beinen, dann sagte sie nichts mehr.

Die polnische Putzfrau, die gegen fünf Uhr morgens kam, entdeckte ein Mädchen, das rittlings auf dem Torso saß und schlief. Sie umklammerte ihn fest mit ihren Beinen, darunter sah die Putzfrau eine Spur getrockneten Blutes. Sie weckte das Mädchen, half ihm, von der Statue abzusteigen.

»Du schnell anziehen«, sagte die Putzfrau und legte ihr den Pulli um die Schulter. »Hier kalt. Er ist sehr schöner Mann. Du das erste Mal?«

Jasmin errötete und nickte. Die Putzfrau zückte ein Taschentuch aus ihrer Kitteltasche, spuckte darauf, wischte einen Tropfen Blut von Jasmins Schenkel, spuckte noch einmal auf das Taschentuch und wischte einen Tropfen Blut von den marmornen Schamhaaren der Statue.

»Solche Männer gibt es nicht mehr«, bedauerte die

Putzfrau. »Früher schon. Jetzt alle zu dünn oder zu viel Bauch. Macht nichts. Du schnell deine Sachen nehmen und nach Hause gehen, ich sonst Ärger bekommen.«

Draußen fröstelte Jasmin. Zu Hause legte sie sich ins Bett und schlief bis zum Abend durch, dann ging sie ins Bad und betrachtete ihren Körper im Spiegel. Ihre Brüste waren größer, ihre Hüften schienen runder zu sein. An der Innenseite ihrer Schenkel hatte sie Kratzspuren, am Hals entdeckte sie Knutschflecken. Sie streichelte ihren Busen, ihre Hände glitten den Bauch hinunter, spielten mit ihren Schamhaaren. Ein Finger öffnete ihre Falte, tauchte hinein.

»Ich bin schön«, sagte Jasmin und fuhr fort, ihren Körper zu streicheln.

Am Anfang des neuen Semesters trug der Dozent der Kunstakademie eine Sonnenbrille und erklärte nuschelnd, er sei von einem nackten Mann angefallen worden, der ihm mehrere Zähne ausgeschlagen hätte. Jasmin lachte.

Der Verführer

Seit Jahren verbrachte Herr Marin seine Tage in der Bibliothek der Philosophischen Fakultät. In der Gesellschaft von
Büchern fühlte er sich gut, Menschen waren ihm weniger
angenehm. Jeden Morgen gegen neun betrat er die Bibliothek, setzte sich an seinen Platz und begann zu lesen. Um
halb zwei verließ er die Bibliothek für eine Stunde, aß ein
Sandwich, bei schönem Wetter draußen auf einer Parkbank, bei schlechtem im Flur, dann kehrte er zurück zu seinen Büchern. Obwohl die Bibliothek bis zehn offen blieb,
ging Herr Marin gegen sieben essen. Er wollte es nicht
übertreiben, ihm war bewusst, dass die beste Gesellschaft
langweilig wird, wenn man sie nicht zum richtigen Zeitpunkt zu verlassen weiß.

Eines Tages, als sich Herr Marin gerade prächtig mit
Konfuzius unterhielt, geriet der Dachstuhl der gegenüber-
liegenden Theologischen Fakultät in Brand. Ein Student,
der mit philosophischen Gepflogenheiten nicht vertraut
war, sprang auf und brüllte: »Feuer!« Dann raffte er seine
Unterlagen zusammen und lief um sein Leben. Herr Marin
seufzte. Den jungen Leuten fehlte es an Gelassenheit, dachte er und las weiter, doch kurz darauf wurde er schon wieder gestört. Mehrere Feuerwehrmänner erschienen, forderten die Anwesenden auf, den Saal zu verlassen, zogen
sich lärmend zurück. Einige Leser folgten ihnen, jedoch
ohne Hast, andere ignorierten den kleinen Vorfall und blieben sitzen, so auch Herr Marin, der seine Brille abnahm
und sie sorgfältig putzte. Als er sie wieder aufsetzte, staun-
te er nur. Vor seinen Augen verwandelte sich die Bibliothek. Die Bücherreihen verschwanden, die Decke senkte
sich, der Raum wurde kleiner und düster, lange Rauchfä-
den schlängelten sich in der Luft, und es roch seltsam ori-

entalisch, wie in einer Opiumhöhle, fand Herr Marin und atmete mehrmals tief ein, bevor er sich erneut dem alten Chinesen widmete, der geduldig auf ihn gewartet hatte.

Stunden später, als er die Bibliothek verließ, hatte das Feuer die Theologische Fakultät vollkommen vernichtet. Der Dekan weinte. Herr Marin lächelte. Unweit von ihm diskutierten einige Philosophiestudenten lautstark über Schicksal und Zufall. Herr Marin gesellte sich zu ihnen, fand Gefallen an der Diskussion und mischte sich ein. »Gott hat die Theologen satt«, sagte er, womit er von den Studenten Beifall erntete. Eine alte Frau dagegen beschimpfte ihn und er schimpfte zurück. Da von Brandstiftung die Rede war, suchte die Polizei nach Zeugen und protokollierte deren Aussagen. Herr Marin gab an, er habe nichts gehört, außer dem sanften Rascheln der Seiten beim Umblättern. Doch, Sirenen habe er entfernt schon wahrgenommen, aber sein Hirn sei gut geschult und habe die Störung als nicht relevant erklärt, denn philosophisch betrachtet sei das Überleben des Einzelnen nicht von Bedeutung. Die Studenten applaudierten. Der Inspektor meinte, so würden Bombenleger argumentieren, und konterte mit Bibelzitaten. Die Studenten buhten ihn aus. Herr Marin wollte darauf antworten, doch da wurde es ihm schwindlig von den vielen Worten, die ihm auf der Zunge lagen. »Mit Gott habe ich es nicht so«, sagte er etwas arrogant und ging nach Hause.

Das Feuer hatte den Philosophen kaum geschadet. Die Fassade der Fakultät war ein bisschen verrußt, Plato hatte einen kleinen Wasserschaden, und die Bibliothek roch nun intensiv nach Rauch. Ebenso ihre Benutzer, denn sobald sie sich im Lesesaal aufhielten, setzte sich der Geruch in ihren Kleidern und Haaren fest. Im Restaurant, wo Herr Marin sein Abendessen einnahm, rümpfte die Bedienung Gabi interessiert die Nase. »Sie riechen wie Beelzebub«, sagte sie, als sie ihm den Nachtisch brachte. Er sah sie an, und ihm wurde es mit einem Schlag so heiß, dass er den Vanillepudding stehen ließ und die Flucht ergriff, ohne Gabi ein Trinkgeld zu hinterlassen. Einige Tage lang aß er an verschiedenen Imbissbuden, dann hielt er es nicht mehr aus und kehrte ins Restaurant zurück. Aus Gewohnheit, log er sich selber vor, doch in Wahrheit wusste er: Er kam wegen der Bedienung. Dass er angeblich wie der Verführer roch, das schmeichelte ihm.

Unaufgefordert brachte ihm Gabi die Suppe, neigte sich zu ihm hinab, wobei ihre Brüste seine Nase streiften, schnüffelte an seiner Jacke und fragte ihn, ob er Metzger sei und in der Räucherkammer arbeite. Herr Marin schüttelte den Kopf, doch sie sah es nicht, weil sie an seinen Haaren herumschnüffelte und dabei in Verzückung zu geraten schien. Herr Marin hörte sich plötzlich laut und deutlich sagen: »Ja, genau, in der Räucherkammer.« Gabi war außer sich vor Freude. Sie erzählte, dass sie ihre Kindheit in der väterlichen Metzgerei verbracht habe. Der Geruch von Rauch sei für sie das Schönste, was es auf der ganzen Welt gäbe. Ihr erster Freund, Gott habe ihn selig, sei auch Metzger gewesen, leider sei er vor einem Jahr von einer gefrorenen Rinderhälfte erschlagen worden. Jetzt, wo sie doch aus derselben Ecke kämen, könnten sie gleich »du« sagen, sie sei die Gabi und er?

»Norbert«, antwortete Herr Marin mit trockenem Mund, und er tat, was er noch nie in seinem Leben getan hatte: Er ging mit Gabi nach Hause.

Als sie erfuhr, dass er kein Metzger, sondern ein Philosoph war, sprang Gabi nackt aus dem Bett und warf mit Gegenständen nach ihm, kam jedoch bald in seine Arme zurück. »Dass du so nach Kaminwurz duftest, mein Norbert, das macht mich total an«, stöhnte sie und fiel gierig über Herrn Marin her, der sie einfach machen ließ.

Das Geschenk

Maria lächelt geheimnisvoll und schweigt. Oder sie redet geschwollen daher und behauptet, das sei poetisch. Sie hat einen Verehrer, der himmlisch sein soll, das sind ihre eigenen Worte. Was das genau bedeutet, ob sie miteinander schlafen oder bloß ins Kino gehen, das rückt sie nicht raus, doch wir nehmen stark an, dass die beiden nicht nur Händchen halten. Neulich hat sie von einem unvergesslichen Sternschnuppenritt gesprochen – das Reiten fanden wir als Hinweis auf Sex mehr als eindeutig, aber Maria zuckte mit den Achseln und sagte, wir seien einfältig und vulgär, es sei kein Wunder, wenn wir alle keine Männer hätten. Ich bin ein wenig neidisch. Seit Maria diesen Kerl kennen gelernt hat, steht sie ganze Tage singend am Kopierer und strahlt wie ein Weihnachtsbaum. Sie hat zugenommen, das steht ihr gut.

Ich dachte mir, dass sie bestimmt ein paar Tricks kennt, wie man sich einen Liebhaber einfängt, so habe ich sie zum Glühwein eingeladen. Zuerst hat sie über Gott und die Welt geplaudert, nach einem Gläschen war sie schon beschwipst und erzählte mir mit leuchtenden Augen, sie hätte sich den Typ herbeigezaubert! Ich war noch stocknüchtern und glaubte ihr kein Wort. »Interessante Männer fallen nicht einfach so vom Himmel«, sagte ich, »komm schon, Maria, ich will auch einen haben, raus mit der Sprache.« »Du brauchst bloß eine Kerze anzuzünden und dir zu wünschen, dass er zu dir kommt«, antwortete sie, »dann wird er schon erscheinen.« Vollkommen übergeschnappt, die Frau!

Zu Hause habe ich trotzdem eine Kerze angezündet, mehrere Abende hintereinander, doch bei mir klappt das überhaupt nicht. Ich konzentriere mich wie der Teufel auf einen gut gebauten Kerl, der mich heiß begehrt und sinnlich etwas fantasievoller ist als der Durchschnitt, und was geschieht? Es fallen mir Rezepte für Lebkuchenteig ein! Dazu sagte Maria nur: »Gut Ding will Weile haben.« Sie ist richtig dick geworden, und neuerdings strickt sie während der Arbeit.

Kerzen zünde ich nicht mehr an, dafür habe ich einen Lebkuchenteig angesetzt, nach einem alten Rezept. Er muss ungefähr drei Wochen ruhen, damit sich die Gewürze entfalten. Es ist jetzt Ende November, kurz vor Weihnachten wird er perfekt sein. An dem Abend war ich etwas maßlos, fünf Kilo Honig von der feinsten Sorte habe ich mit Mehl zusammengeknetet, nur mit den Händen. Das hat so viel Spaß gemacht, dass ich gar nicht mehr aufhören konnte zu kneten. Die Gewürze sind mir in den Kopf gestiegen, ich habe eine Unmenge Zimt, Nelken, Ingwer, Vanille, Kardamom und Muskatnuss in den Teig gemischt, und dann noch Pfeffer und Piment, damit er richtig scharf wird. Gegen Mitternacht war ich total berauscht.

Im Büro summte ich den ganzen Tag beim Tippen vor mich hin, so gut gelaunt war ich. Danach habe ich mir ein sündhaft teures schwarzes Kleid gegönnt, bodenlang mit Seitenschlitz und tief ausgeschnitten, und als ich nach Hause kam, fand ich auf dem Boden vor meiner Tür eine rote Rose! Ich habe keine Ahnung, wie die dahingekommen ist. Leute, die einem Blumen schenken, kenne ich nicht, außer Maria, die steht auf Romantik. Ich habe es lieber handfest, trotzdem hat es mich gefreut. Mein Teig liegt draußen auf dem Balkon, er sieht wunderbar aus, ich muss immer wieder hinausgehen, daran schnuppern und ihn berühren. Er fühlt sich glatt und geschmeidig an, nur ein bisschen kalt. Am liebsten hätte ich ihn auf der Stelle in die Wohnung getragen und mich den ganzen Abend mit ihm beschäftigt, aber ich habe mich gebremst und nur ein klitzekleines Stück herausgezupft, um zu kosten. Es wird der reinste Wahnsinn.

Langsam kriege ich zu viel. Am zweiten Dezember finde ich zwei rote Rosen vor meiner Tür, am dritten einen Apfel in Seidenpapier gewickelt. Ich habe davon gegessen. Es wurde mir ganz komisch dabei, ich bekam Kribbeln im Bauch, aber vergiftet war der Apfel nicht. Maria meint, ich soll mir keine Sorgen machen und ganz ruhig abwarten, was sonst noch alles geschieht. Die Arme tut mir leid, sie ist schwanger. Hoffentlich lässt sie der Vater nicht im Stich. Ich werde sie vermissen. Im Büro sind alle mies drauf und jammern wegen dem Weihnachtsstress. Ich höre nicht zu und überlege, was ich aus dem Lebkuchenteig backen könnte.

Mir wird heiß. Jeden Tag liegt in meinem Briefkasten ein großer roter Umschlag. Den Ersten habe ich zerrissen und weggeworfen, weil ich dachte, es sei bloß Werbung, aber nach dem Zweiten habe ich die ganze Altpapiertonne nach den Fetzen abgesucht und die Stücke zusammengeklebt. Im zweiten Umschlag war nämlich das Schwarzweißfoto von einem männlichen Nackten mit ein paar dunklen Locken, und jetzt habe ich eine ganze Sammlung von Fotos vom selben Mann, leider immer nur Ausschnitte vom selben Rücken bis zur Taille! Er könnte mir schon gefallen, aber ich frage mich, was das soll. Wenn es stimmt, dass ich einen heimlichen Verehrer habe, wie Maria sagt, warum klingelt er dann nicht einfach an der Tür und zeigt sich mir ganz? So wie ich mich fühle, würde ich ihn sofort hereinbitten.

Samstag Morgen, noch ein Foto, diesmal die Brust des Mannes, auch nackt. Er hat tolle Muskeln und dunkle Brusthaare, ich will den Rest sehen! Am Sonntag gibt es keine Post, wie soll ich bis zum Montag überleben? Um mich zu beruhigen, knete ich meinen Teig wie eine Wahnsinnige, doch das hilft nicht. Schlafen kann ich auch nicht. Mein ganzer Körper schreit nach diesem Mann. Ich wälze mich nur so zwischen den Laken, kann gar nicht mehr zählen, wie oft ich mich selber bis zum Orgasmus gestreichelt habe. Von Befriedigung kann aber keine Rede sein, ich werde immer geiler.

Heute stand eine Flasche Rotwein hinter der Tür, die muss er gestern gebracht haben. Und in der Post war ein kleiner weißer Umschlag, wie die anderen ohne Absender. Er hat bloß einen Satz geschrieben: Wenn du mich haben willst, gehöre ich dir. Ja, habe ich laut im Flur gerufen, ich will dich. Aber wie kann ich es ihm sagen? Ich habe Maria besucht, sie versteht nicht, warum ich so nervös bin. Sie meint, dass mein Verehrer nur mein Herz mit kleinen Geschenken erfreuen will, aber sie weiß nicht, was er mir schickt! Die Gute fährt über die Feiertage weg, sie ist kugelrund, ich hoffe für sie, dass das Kind nicht unterwegs kommt.

Ich habe mich krankschreiben lassen, doch es geht mir bestens. Der raffinierte Unbekannte hängt mir Päckchen an den Türknopf, und was für welche! Zuerst war's noch recht harmlos, ein Fläschchen Parfüm, ein roter Lippenstift, ein Seidenschal, ein luxuriöses Badeöl und ein Kochbuch mit erotischen Rezepten, in dem alles Mögliche stand, nur kein Lebkuchenteig. Dieser Mann scheint zu ahnen, dass er nicht bloß mein Herz erfreuen soll. Und die letzten Tage schenkt er mir nur noch scharfe Unterwäsche. Ich probiere sie an, stehe vor dem Spiegel und bewundere mich selber. Ich wusste nicht, dass ich so umwerfend aussehe.

Endlich Heiligabend! Ich habe gestern die Zutaten für eine sinnliche Mahlzeit gekauft und alles vorbereitet. Ich bin frisch gebadet und geschminkt, trage mein superscharfes Kleid, darunter einen Spitzentanga und die glänzenden Strümpfe mit Strapsen, die er mir geschenkt hat. Meine Schuhe stehen schon vor der Tür. Ich zünde eine Kerze an und warte, bis es dunkel wird.

Plötzlich fällt mir ein, dass ich vergessen habe, den Lebkuchenteig zu backen. Ich blicke auf die Uhr, stürze in die Küche, rolle das blöde klebrige Zeug aus, mache lauter missratene Würstchen daraus, knalle sie gerade aufs Blech, als es klingelt. Mein Herz schlägt wie verrückt. Ich renne zur Tür, sehe mich im Spiegel, bleibe stehen. Ich sehe unmöglich aus. Meine Haare sind zerzaust, ich bin von Kopf bis Fuß voll mit Mehl, mein linker Strumpf hat eine Laufmasche. Das ist mir egal, ich öffne die Tür.

Ein Weihnachtsmann mit weißem Bart und roter Kutte stand dahinter mit meinen Schuhen in der Hand. Ich brach in Lachen aus. Er lachte nicht. Er sagte kein Wort, kam herein, schloss die Tür hinter sich, nahm seinen weißen Bart ab, zog die rote Kutte aus. Darunter trug er gar nichts. Ich fiel fast um, als ich ihn ganz nackt vor mir sah. Er hielt mich fest, küsste meine klebrigen Hände, leckte die Mehlspuren aus meinem Ausschnitt, kniete sich vor mir und fuhr die Laufmasche mit dem Finger entlang. Ich tat nichts, stand nur da, sah auf seine dunklen Locken und schmolz so dahin unter seinen Händen.

Mitten in der Nacht wurde ich wach. Es duftete nach Lebkuchen. Ich lag allein im Bett, dachte, ich hätte nur geträumt und wurde traurig, aber als ich das Licht einschaltete, sah ich ihn in der Tür stehen, immer noch splitternackt. Er hatte sich eine rote Schleife um den Schwanz gebunden. Hier ist dein Geschenk, sagte mein unverschämter Liebhaber. Hol es dir doch ab. Das ließ ich mir nicht zwei Mal sagen. Wenn Maria mich irgendwann fragt, was ich zu Weihnachten bekommen habe, werde ich geheimnisvoll lächeln und schweigen.

Schließ die Augen

Schließ die Augen. Dies ist eine Gute-Nacht-Geschichte, aber du darfst nicht einschlafen. Schließ die Augen und stell dir vor: Es ist warm draußen, fast wie im Sommer. Die Tiere ruhen im Schatten der Mandelbäume. Die Frau auf der Veranda liegt in der Hängematte. Ihre Augen sind geschlossen. Wenn du die Hand ausstreckst, kannst du die Fliege vertreiben, die auf ihrer Stirn spazieren geht. Ihre Lippen sind geöffnet. Beuge dich nach vorne und rieche aus ihrem Atem, ob sie Zitronenlimonade oder den Saft der Papaya getrunken hat. Jetzt eilt die Fliege ihre Wange hinunter. Komm näher. Siehst du, ein Schweißtropfen hat sich auf ihrer Stirn gebildet. Die Haut ihrer Oberlippe glänzt. Der Frau auf der Veranda ist es zu warm. Sie hat ihren Fächer fallen lassen, als sie eingeschlafen ist. Ihre Hand hängt müde herab. Du kannst sie nehmen, ohne sie aufzuwecken, und sie auf ihren Schoß legen. Sie schläft, sie merkt nichts. Schau, hier, die Fliege saugt etwas von ihrer Unterlippe. Wenn deine Zungenspitze sie leicht wie die Fliege berührt, wirst du zuerst den Geschmack der Papaya erkennen und darunter ihren Geschmack. Warum tust du es nicht? Sie wird nicht aufwachen, ich weiß es. Sie träumt tief. Sieh, wie ihre Brust sinkt, als wäre sie voller Sehnsucht, wie ihre Brust schwillt, als würde sie deiner Hand entgegenkommen. Ja, leg deine Hand auf ihre Brust. Ihr Kleid ist leicht und durchsichtig, aber es ist ihr immer noch zu heiß. Du kannst einen Knopf öffnen und noch einen und noch einen und den Stoff vorsichtig zur Seite schieben. Fühlst du die Schweißtropfen zwischen ihren Brüsten? Schmeckst du mit deiner Zungenspitze das Salz auf ihrer Haut? Und wenn deine Fingerkuppen ihre Brustwarzen umschließen, weißt du, wovon sie träumt? Nein?

Schau sie an. Sie atmet lauter. Ihr Mund ist geöffnet, als würde er etwas erwarten. Die Fliege ist weggeflogen. Komm näher. Die Tiere schlafen im Schatten der Mandelbäume. Es ist heiß wie im Sommer. Im Haus schlafen alle um diese Zeit. Du kannst die Knöpfe ihres Kleides öffnen, alle, niemand wird dich sehen. Auch die Frau schläft. Unter dem Kleid trägt sie nichts. Ich verspreche dir, dass ihre Augen geschlossen bleiben, wenn du ihre Brustwarzen küsst. Nur ihr Mund bewegt sich und ihre Brüste, denn sie atmet in ihrem Traum ein wenig schneller. Schau, ihre Hand auf ihrem Schoß gleitet hinunter. Sie bleibt einen Augenblick auf ihrer Scham liegen. Wenn du deine Hand auf ihre linke Brust legst, wirst du fühlen, wie schnell ihr Herz jetzt schlägt. Hörst du sie atmen? Sie stöhnt im Traum und bewegt ihre Hüften. Worauf wartest du? Ich sage dir, sie schläft. Du kannst sie nehmen, wenn du willst. Niemand wird dich hören, denn alle schlafen, es ist viel zu warm, auch im Schatten der Mandelbäume. Schau, sie wartet auf dich, ihre Hüften hebt sie dir entgegen, ihre Hand schiebt sich zwischen ihre Schenkel, sie öffnet die Beine, schau, ihre Brustwarzen sind aufgerichtet, schau, der Schweiß fließt ihr zwischen den Brüsten, schau, ihre Zunge leckt die Spur deiner Zunge auf ihren Lippen, schau ihre Hand zwischen ihren Beinen … Hörst du sie stöhnen? … Weißt du jetzt, wovon sie träumt? Worauf wartest du dann? Beeile dich, bevor alle aufwachen, komm endlich …

Die Kleberolle

Ich habe seine Kleberolle entdeckt. Sie lag in einer entfernten Ecke des Schuhschrankes versteckt, hinter den Bergschuhen, die er nie trägt. Sie steckte in einer weißen Plastiktüte ohne Aufschrift. Zuerst dachte ich, das sei eine Tube Spezialkrem für Sportschuhe, aber das konnte nicht sein, weil wir das Schuhputzzeug an einer anderen Stelle aufbewahren. Ich hielt das Ding in der Hand und überlegte. Diese Kleberolle hatte ich nicht gekauft, da war ich mir ganz sicher. Die hatte einen roten Plastikgriff. Wir besitzen eine gemeinsame Kleberolle, mit braunem Plastikgriff, und die ist im Schrank neben der Garderobe mit den anderen Putzmitteln. Wir benutzen sie regelmäßig und lieber als irgendwelche Bürsten, um Fusseln und Haare von unseren Jacken und Mänteln zu entfernen.

Selbstverständlich war seine Kleberolle jungfräulich. Kein einziges Haar, nicht mal die Andeutung eines Staubkörnchens auf der gelblichen Fläche. Ich nehme an, dass er den Belag nach jeder Benutzung wechselt. Diese Mühe gibt er sich bei unserer gemeinsamen Kleberolle nicht. Ich muss immer selbst den Streifen Papier abreißen.

Dieser Fund hat mich nicht überrascht. Seit er freiwillig den Einkauf von Reinigungsmitteln übernommen hat, weiß ich, dass er mich betrügt. Er hat mir nichts erzählt, mich haben weder wohl wollende Bekannte noch anonyme Briefe gewarnt, seine Geliebte habe ich nie gesehen. Ich weiß nichts von ihr, ich weiß nicht einmal, ob es sich um eine einzige Frau handelt, immer dieselbe seit Jahren, oder ob er häufig wechselt. Ich habe keine verdächtigen Flecken auf unserer Bettwäsche gesehen und noch nie ein Haar an seiner Jacke entdeckt, weder blond noch rot noch braun, kein fremder Geruch bleibt in seinen Pullovern hängen, kein Lippenstift am Kragen seines Hemdes. Er entfernt alle Spuren.

Ich möchte zu gern wissen, ob er mich schonen oder sich Szenen ersparen will, aber ich kann ihn nicht fragen, weil er keine Ahnung davon hat, dass ich wohl weiß, dass er mich betrügt. Vielleicht ist er einfach ein sehr sorgfältiger Mann.

Das Erste, was mich stutzig machte, war eine kleine Flasche »Blutteufel«. Ich bin öfter verreist, ich bin Vertreterin für pharmazeutische Erzeugnisse und muss hin und wieder meine Kunden besuchen. Damals kam ich von einer Reise zurück, es war Sommer, ich hatte im Auto eine Coca-Cola getrunken. Die leere Dose warf ich in unseren Mülleimer in die Küche. Sie machte ein ungewöhnliches Geräusch, ich sah nach und entdeckte diese Plastikflasche mit der Aufschrift »Blutteufel«. Ich holte sie heraus und wunderte mich, weil sie noch zu einem Drittel voll war.

»Da ist noch was drin«, sagte ich. »Warum hast du's weggeworfen?«

Er antwortete, er habe sich beim Rasieren geschnitten; auf sein Hemd sei das Blut nur so heruntergetröpfelt, deswegen habe er dieses Mittel gekauft.

Ich stellte die Flasche zu den anderen Fleckenentfernern und sagte nichts. Er fuhr fort, das Mittel zu loben, zeigte mir ein Hemd, das angeblich total besudelt gewesen war, und hörte erst auf, als ich unter die Dusche ging.

Männer mit schlechtem Gewissen verraten sich leicht. Heutzutage bringen sie keine Blumen mehr, wenn sie ihre Ehefrau betrügen, sie kaufen eine neue Spülmaschine. Oder einen Staubsauger. Der unsere ist nagelneu, bestimmt das teuerste Modell, das es auf dem Markt gibt. Er ist fast geräuschlos. Ich möchte ihn nicht missen. Unser Gerätepark kann sich mittlerweile sehen lassen. Der Bruch der ehelichen Treue hat einiges für sich.

Es blieb nicht bei den Neuanschaffungen. Er fing an, sich im Haushalt zu engagieren. Unterdessen wäscht er sogar unsere Bettwäsche und bügelt sie mit einer Hingabe, die ich niemals aufgebracht hätte. Ich ließ mangeln. Als er begann, seine Kleidung selbst zu pflegen, merkte er gleich, dass es verdächtig wäre, wenn er meine Sachen nicht mitwaschen würde. Er erklärte damals, dass er beim Bügeln einen Ausgleich für seine anstrengende Arbeit fände. Die Hausarbeit würde seine kreative Seite anregen, er käme beim Staubwischen auf neue Ideen.

Schwachsinn! Ich bekomme von Hausarbeit Rückenschmerzen, Hautausschläge, brüchige Fingernägel und schlechte Laune. Ich erwähne allerdings immer nur meinen Rücken. »Dein armer Rücken«, sagt er dann und versucht mich zu berühren. Ich weiche zurück, er entschuldigt sich. Ich erzähle ihm schon seit längerem, dass ich nicht mit ihm schlafen kann, weil meine Wirbelsäule schmerzt. So hat er noch einen Grund mehr, die gesamte Hausarbeit zu übernehmen.

Früher, als wir noch gestritten haben, hat er nicht nur Sex von mir erwartet, sondern auch, dass ich die Hälfte der Miete bezahle. Dazu behauptete er mit unangenehmer Sturheit, dass Frauen zum Putzen besser als Männer geeignet seien. Er bewies täglich seine Unfähigkeit, zeigte sich ungeschickt, ließ Geschirr fallen, und natürlich blieb mir nichts Anderes übrig, als den größten Teil selbst zu erledigen.

Jetzt streiten wir nicht mehr. Wir sind ein nahezu glückliches Paar geworden. Ich habe es gut. Er macht alles, zahlt die ganze Miete und weiß selbstverständlich nicht, dass mein Rücken sich der besten Gesundheit erfreut und dass ich auf meinen Geschäftsreisen durchaus nicht abgeneigt bin, den einen oder anderen Kunden näher kennen zu lernen. Meine Offenheit diesbezüglich lässt den Umsatz steigen. Da ich prozentual am Gewinn beteiligt bin, verdiene ich mehr Geld denn je. Mein Kapital reicht bald für eine Eigentumswohnung.

Ich bin relativ zufrieden. Alles geht bestens. Fast alles.

Manchmal beunruhigt mich der Gedanke, dass er seine außerehelichen Beziehungen irgendwann aufgeben könnte. Es wäre mir unangenehm. Deswegen möchte ich mehr darüber erfahren. Welche Art Frauen finden Lust daran, mit ihm zu schlafen? Sind sie auch verheiratet? Wir sehen sie aus, was denken sie über ihn? Wie viele sind es in den letzten Jahren gewesen, oder ist es nur eine einzige, immer dieselbe? Und wenn es nur eine ist, wie erträgt sie es, im Hintergrund bleiben zu müssen? Liebt sie ihn möglicherweise? Armes Hühnchen!

Es beschäftigt mich. Ich habe mir schon überlegt, ob ich einen Privatdetektiv beauftragen sollte, aber ich glaube nicht, dass das eine gute Idee wäre. Meistens sammeln sie Beweismaterial für Scheidungen, und ich denke überhaupt nicht daran, mich scheiden zu lassen, im Gegenteil. So muss ich selber nach Hinweisen suchen. Wie gesagt, es ist nichts da, außer Gerätschaften, um die Spuren zu entfernen. Kleberollen! Staubsauger! Fleckensalz! Essigreiniger! Unser Putzschrank platzt aus allen Nähten, und überall riecht es nach Zitronenspray!

Ich weiß wirklich nicht weiter. Und ich werde immer neugieriger. Was ist an ihm Besonderes, das Frauen gefällt? Was erleben sie mit ihm, was mir entgeht, was ich nie entdeckt habe? Nun gut, er sieht nicht schlecht aus, er ist weder fett noch auffällig dürr, er ist eher normal gebaut, hat einen Mund, den man als sinnlich beschreiben könnte. Früher hat er mir sogar gut gefallen. Aber es muss etwas anderes sein. Das will ich wissen.

Neulich lag er nachts neben mir und schlief tief. Ich habe meine kleine Taschenlampe aus der Schublade geholt und seinen Körper unter der Decke beobachtet. Er schläft immer nackt. Er hatte eine leichte Erektion. Männer haben so was öfter im Schlaf. Es hat nichts zu bedeuten. Aber es machte mich nervös. Ich hatte noch nie seine Geschlechtsteile angeschaut. Wenn ich es mir überlege, habe ich männliche Geschlechtsteile noch nie wirklich genau angeschaut.

Von weitem schon, aber nicht so nah. Man benutzt sie halt. Die Haut war wellig, ich sah das Blut darunter pulsieren und sich stauen, sein Schwanz schwoll an und rührte sich auf seinem Oberschenkel. Er stöhnte im Schlaf, bewegte das Becken. Er träumte bestimmt von seiner Geliebten.

Ich hatte mir die Bettdecke über den Kopf gezogen, um ihn mit dem Licht der Taschenlampe nicht zu wecken. Es war sehr warm darunter, zu warm, und ich roch plötzlich diesen Geruch, diesen süßlichen, durchdringenden Geruch. Ich wollte schon Luft holen, aber irgendwie gefiel mir der Geruch. Er erinnerte mich an die frischen, unreifen Haselnüsse, die wir früher immer am Straßenrand gepflückt hatten. Dann musste ich plötzlich daran denken, wie sanft sich die zartgrünen Nüsse anfühlten, und berührte sein Glied. Glücklicherweise merkte er nichts davon. Ich fühlte die glatte Haut mit meinen Fingerkuppen, sie war warm, weich und elastisch. Ich legte die ganze Hand auf sein erigiertes Glied und dachte nur an die Haselnüsse.

Der Geruch wurde intensiv, viel intensiver. Mich überkam plötzlich eine solche Lust auf meinen eigenen Ehemann, mit dem ich seit mindestens drei Jahren nicht mehr geschlafen hatte, dass es mir nur mit äußerster Willenskraft gelang, aus dem Bett zu steigen. Ah, ich wollte ihn so gern anfassen, streicheln, in den Mund nehmen, in mich hineinsaugen ... Erst nach einer langen kalten Dusche fand ich wieder Ruhe. Als ich zurückkam, drehte er sich um und fragte: »Was ist, Liebes?« Ich klagte über meinen Rücken, sagte, dass ich vor Schmerzen nicht schlafen könne. Er bemitleidete mich, drehte sich um und schlief sofort wieder ein.

Es ist schlimm geworden.

Von der Begegnung zweier Sexobjekte
auf dem Wohnzimmertisch

Er öffnet die Tür. Sie steht im Dunklen und lächelt. Das Flurlicht bricht sich auf ihren Zähnen und lässt ihren rotgeschminkten Mund glänzen. Er geht zur Seite, sie tritt ein. Das Wohnzimmer ist links vom Gang. Sie trägt einen schwarzen Lackminirock, glänzende Strümpfe und endlos hohe Pumps mit spitzen Stiftabsätzen. Sie setzt sich hin, schlägt die Beine übereinander und wartet.

Er öffnet eine Flasche Rotwein, stellt zwei Weingläser auf den Tisch und schenkt ein. Er bietet ihr eine Zigarette an. Sie winkt ab und lässt dabei ihre langen rotlackierten Fingernägel sprechen. Er sucht nach einer passenden Musik. Es dauert. Sie schaut ihm zu. Sein Oberkörper ist nackt. Seine dünne Goldkette hat sich an zwei Brusthaaren verhakt und bildet einen Winkel in der Halsgrube. Ihre Zunge untersucht das Winkelmaß. Er hält zwei CDs in der Hand. Einmal Gershwin, einmal russische Osterliturgie. Er wählte Letztere und drückt auf die Taste »Repeat«.

Ihr rechter Schuh rutscht von ihrer Ferse ab, baumelt hin und her und fällt auf den Teppich. Er wendet sich von der Stereoanlage ab und setzt sich zu ihr. Sie schauen sich an. Sie nehmen die vollen Weingläser und heben sie langsam. Sie schauen sich an. Ihr Mund ist offen. Der Duft des Weines steigt in seine Nase. Er schaut sie an. Eine Ader beginnt irgendwo in seinem und ihrem Körper zu pulsieren. Sie schauen sich an. Seine Hand zittert ein wenig, als er das Weinglas zum Mund führt. Ihre linke Hand drückt ihre Schenkel auseinander, die rechte bleibt auf halbem Weg zum Mund stehen. Sie atmet schneller. Sie schauen sich an. Er atmet tiefer. Die Ader pulsiert heftiger. Ihr Glas berührt fast ihren halb geöffneten Mund. In seinem Glas schlägt der Wein Wellen. Sie schauen sich an. Sie fühlt seinen Mund auf der Innenseite ihrer Schenkel. Ihr stockt der Atem.

Bei »Gepriesen seist Du, o Herr« stellen sie die Weingläser auf dem Wohnzimmertisch ab und fallen übereinander her. Ihr Glas hat eine Spur Lippenstift oben am Rand. In seinem Glas toben atlantische Wellen. Als die Osterliturgie das erste Mal zu Ende ist, fällt ihr Weinglas um. Eine rote Lache breitet sich auf dem Wohnzimmertisch aus. Einzelne Weintropfen ergießen sich aus seinem Glas und rollen ihr entgegen. Sie schauen sich an. Sie fließen einander entgegen.

Beim zweiten »Gepriesen seist Du, o Herr« begegnet auf dem Wohnzimmertisch ihr Wein seinem Wein und sie dringen ineinander ein. Als die Osterliturgie das zweite Mal zu Ende geht, pulsiert der Wein in ihren Adern und sein Blut ergießt sich auf den Wohnzimmertisch. Sie schauen sich an. Als die CD nach unzähligen Malen bei »Gepriesen seist Du, o Herr« hängen bleibt, ist der Wein durch den Teppich, durch den Boden und noch tiefer bis ins Grundwasser gesickert, das langsam rot wird.

Sie zieht ihre hochhackigen Schuhe an, steht auf und rückt ihren schwarzen Lackminirock über ihren Schenkeln zurecht. Auf seinem nackten Oberkörper trocknen einige Schweißtropfen ein. Ihr Lippenstift ist verschmiert. Er steht auf, begleitet sie aus dem Wohnzimmer durch den Flur, öffnet die Wohnungstür und tritt zur Seite. Aus dem dunklen Treppenhaus steigt ihnen der Duft des Weines entgegen.

An jenem Tag wachte ich sehr früh auf. Es war Mitte April in Europa und noch bitterkalt für die Jahreszeit. Wir warteten auf das Ende des endlosen Winters. Die Flüsse waren seit Monaten zugefroren, man fuhr mit Schlittschuhen zur Arbeit und versuchte schon gar nicht mehr, ein Auto in Gang zu setzen. Die meisten Fahrzeuge waren längst unter einer harten Schneedecke stecken geblieben. Auf öffentliche Verkehrsmittel war kein Verlass.

Damals habe ich nie die Fensterläden geschlossen. Es wurde bei uns nur im Hochsommer wirklich hell, außerdem lebte ich in einer dunklen Erdgeschosswohnung und war dankbar für jeden Lichtstrahl. Aber an jenem Tag weckte mich die Sonne, die in mein Zimmer hineinströmte und mich blendete, als ich die Augen kurz aufschlug. Ich war viel zu müde, um zu begreifen, dass etwas nicht stimmte, mein Körper sagte mir, dass es viel zu früh war, um aufzustehen, und so streckte ich mich wohlig in meinem großen Bett aus, gähnte und drehte mich auf die Seite, um noch eine Weile zu dösen.

Da sah ich ihn.

Es lag ein fremder Mann an meiner Seite. Er schlief mit leicht geöffnetem Mund. Ich setzte mich auf, zog die Decke fest um die Brust, dabei deckte ich ihn kurz ab und sah, dass er vollkommen nackt war.

Ich überlegte, wie er in mein Bett gekommen war. Ich hatte am Abend weder Alkohol getrunken, noch etwas geraucht und bestimmt keinen Mann mit nach Hause genommen. Ich gehöre nicht zu den Frauen, die sich leicht auf Menschen einlassen, geschweige denn mit jemandem schlafen. Seit meiner Scheidung hatte ich kaum einen nackten Mann gesehen und vermisste es nicht. Mit diesem

Mann wollte ich nichts zu tun haben. Ich kannte ihn nicht, hatte ihn niemals zu mir eingeladen. Vorsichtig berührte ich seinen Arm. Nichts geschah. Dann schubste ich ihn an. Er stöhnte und öffnete die Augen.

»Was suchen Sie hier?«, fragte ich, weil mir nichts Besseres einfiel.

Er lachte. Er schien wahnsinnig viele Zähne im Mund zu haben, so weiß und glänzend wie die beste Zahnpastawerbung.

»Lass uns noch ein wenig schlafen«, sagte er und zog mich mit einem langen Arm zu ihm herunter.

Seine Haut war warm und roch nach Frühling. Der Geruch stieg mir in den Kopf und verunsicherte mich. Ich konnte nicht klar denken, befreite mich und setzte mich wieder auf. Auf einmal fiel mein Blick auf die Uhr. Zwei Uhr dreißig am Morgen. Kein Wunder, dass ich mich so benebelt fühlte. So, der Mann war doch nur Traum, ein erfreulicher Traum, nach all den Albträumen, die mich seit Monaten plagten. Ich beschloss, mich dem Traum hinzugeben, und legte mich in seine Arme zurück.

»Wer bist du?«, fragte ich halb im Schlaf in der wohligen Wärme.

»Dein Mann bin ich, Dummerchen, träumst du noch?«

Ich sah sein Gesicht ganz nah an meinem, dann sah ich nichts mehr. Er küsste mich, und wie er mich küsste! Ach, sein Mund war saftig und schmeckte wie eine reifen Mango, und er streichelte mich und küsste mich und hörte nicht mehr auf.

»Moment«, murmelte ich, »Verhütung ... ich kann so nicht ...«

»Brauchst du nicht«, flüsterte er in mein Ohr und schleckte sanft mein Ohrläppchen ab, »wir wollen doch ein Kind haben ...«

O nein, nur das nicht! Ich wollte noch nie Kinder haben, in dieser Welt niemals, versuchte ich zu antworten, aber er küsste mir die Worte vom Mund, und schließlich war es mir nicht mehr wichtig; wer hat schon davon gehört, dass man im Traum schwanger wird?

Als ich ein wenig später aufwachte, lag ich nackt in den Armen eines wildfremden Mannes, der überhaupt kein Traum war. Der Wecker zeigte vier Uhr siebzehn am Morgen, es war hell wie im Hochsommer und warm war es auch. Der Mann hielt mich fest, aber als er merkte, dass ich wach wurde, küsste er meine Schläfe und sagte: »Ich werde uns ein Frühstück machen. Möchtest du heute Rühreier oder lieber weiche Eier?«

Nun, ich schwanke jeden Morgen eine Weile zwischen Rühr- und weichen Eiern, und schließlich esse ich dann meist ein Müsli, weil das angeblich gesund ist. Ich stellte mich schlafend, antwortete nicht. Der Mann stand auf, nahm einen dunkelblauen Morgenmantel, der über meinem Kimono hing, einen Morgenmantel, den ich bestimmt nie gesehen hatte, und zog ihn an. Ich verstand die Welt nicht mehr. Dieser Mann war wunderschön, groß, gut gebaut, einer von diesen Männern, nach denen sich Frauen umdrehen, einer von denen, die ganz sicher nie in meinem Bett landen, auch nicht für kurze Zeit, es sei denn, sie sind total betrunken, aber so etwas würde ich niemals tun. Und dieser Mann hatte gleich seinen Bademantel mitgebracht!

Auf einmal fiel mir ein, dass es um die Zeit unmöglich schon hell sein konnte. Nicht um vier Uhr achtundzwanzig am Morgen. Ich sprang auf, nahm meinen Kimono und ging ins Bad. Aus der Küche duftete es nach Kaffee. Der Mann pfiff irgendeine Melodie, die mir bekannt vorkam. Ich blieb vor dem Badspiegel stehen. Auf der Ablage waren sorgfältig drei Flaschen aufgereiht: Aftershave, Eau de Toilette und Tonique. Auch ein altmodischer Rasierpinsel lag in einer Rasierschüssel. Ich nahm die Flasche Aftershave in die Hand, betrachtete sie eine Weile, dann öffnete ich sie. Der schöne Duft, den ich überall an ihm gerochen hatte, das war nur ein Parfüm.

Ich ging in die Küche. Das Frühstück war fertig, der

fremde Mann hatte Spiegeleier gemacht und sie mit Schnittlauch dekoriert. Er butterte eine Scheibe Toast, die er mir reichte. Er hatte sehr lange Finger. Ich tunkte meinen linken Zeigefinger in das Eigelb hinein. Dann lutschte ich an meinem Finger, langsam, um nachdenken zu können. Ich ließ mir viel Zeit, trank den Kaffee aus und bat ihn schließlich, das Radio einzuschalten.

Das war eine Falle. Ich wollte ihn ertappen. Mein Radio stand im Flur, das war ein absurdes Geschenk aus Amerika, das ich nie verwendete, ein Eichhörnchen aus Plüsch: Wenn man an seinem Kopf drehte, schaltete es sich ein. Ich hatte es schon eine ganze Weile, und die Batterien waren vermutlich leer.

Der fremde Mann stand auf, streichelte meine Haare im Vorbeigehen und holte das Tier. Er drehte den Kopf, und die aufgeregte Stimme des Nachrichtensprechers ertönte. Ich verstand kein Wort, drehte den Kopf des Eichhörnchens in die andere Richtung, um das Radio auszuschalten, und atmete tief durch. Es hatte um vier Uhr fünfunddreißig noch nie Nachrichten gegeben.

»Wer sind Sie, und was soll das Ganze, und was ist überhaupt los?«, fragte ich den Mann, der mir gegenübersaß und seinen Kaffee trank.

Er lächelte mich an.

»Ich? Ich bin Sony, dein Mann. Wo bist du denn?«, sagte er und lächelte mich an.

»Ich bin nicht verheiratet«, brummte ich, »seit Jahren nicht mehr und mit Ihnen schon gar nicht. Ich habe Sie in meinem Leben noch nie gesehen. Verschwinden Sie.«

Er begann zu lachen.

»Aber, Liebes, wach auf«, sagte er, »du bist ganz durcheinander, das muss dieser Stern sein, dieser neue Stern, wach auf und lass uns ihn anschauen ...«

Er steckte das ganze Eigelb auf einmal in den Mund, dann stand er auf und zog mich hoch. Ich wehrte mich nicht.

»Welcher Stern?«, fragte ich und lehnte mich an seine Brust.

Er drehte den Kopf des Eichhörnchens. Der Nachrichtensprecher hechelte vor Aufregung. Nach und nach verstand ich, dass seit zweieinhalb Stunden ein neuer Stern in unserem Planetensystem erschienen war …

»… ja, meine Damen und Herren, es ist fantastisch, es taut, die Flüsse sind wieder frei, das hat unsere neue Sonne fertig gebracht, in einigen Minuten werden wir ein Interview von unserem Umweltminister hören, aber Professor Doktor Doktor Sengel, der hier vor einer halben Stunde von den möglichen dramatischen Konsequenzen berichtete, meinte eben, dass die Hochwasserlage nicht bedrohlich sei, es würde sich bis Mittag zeigen, ob geringe Überschwemmungen vielleicht die Küstengebiete …«

Ich ging zum Fenster. Der Fluss schimmerte sanft in der Ferne, im Garten war der Schnee geschmolzen, es gab noch keine Blumen, aber mir war, als würde das Grün gleich zu sprießen beginnen. Die Luft bebte. Tausend Vögel durchzogen den strahlend blauen Himmel, bildeten unruhige Flugscharen, die sich wieder lösten, um sich erneut zu sammeln. Die neue Sonne sah normal aus, vielleicht ein wenig röter als die andere. Wenn sie nicht mitten in der Nacht scheinen würde – na ja, es war schon längst nicht mehr nachts – also wenn sie nicht zur falschen Zeit scheinen würde, hätte man sie kaum von der alten Sonne unterscheiden können.

»Was ist mit der alten Sonne geschehen?«, fragte ich den Mann, der neben mir stand.

»Oh, die alte Sonne kommt noch, ungefähr in einer Dreiviertelstunde wird sie aufgehen«, sagte er und umarmte mich. »Es wird schön sein, mit zwei Sonnen zu leben, stell dir vor, die Tage werden länger, es wird wärmer, wir können dort einen Avocadobaum pflanzen, wo die alte Fichte steht … Ja, die Nächte sind dann sehr kurz, aber wir können uns auch am Tag lieben, was meinst du, Theresia?«

Er sah mich mit seinen wunderschönen blaugrünen Augen an, und ich musste lachen.

»Ja, das können wir«, sagte ich und zog den fremden Mann ins Bett zurück.

Nun ja, die neue Sonne ist seit vielen Jahren schon da und gar nicht mehr so neu. Wir haben zwei Kinder, die am liebsten auf den Avocadobaum klettern, und, obwohl ich wirklich nicht mehr die Jüngste bin, werde ich im nächsten Frühling ein drittes Kind auf die Welt bringen. Neulich fragte mich mein Sohn, wofür Schlittschuhe gut sind … Er hat noch nie Schnee gesehen, nicht einmal zu Weihnachten schneit es hier.

Ich lebe seit bald zwölf Jahren mit einem Mann zusammen, der behauptet, er sei mein Mann, aber das stimmt nicht. Wir haben nie geheiratet. Im Grunde haben wir uns nicht einmal kennen gelernt. Von einem Tag auf den anderen war er da, mit all seinen Sachen, ohne dass ich ihn je vorher gesehen hätte. Ich bin mir dessen sicher und könnte es schwören, doch das spielt keine Rolle. Er ist da, bei mir. Ich nehme an, dass ein Zusammenhang zwischen seinem Erscheinen in meinem Leben und dem neuen Stern besteht, aber wie ich es drehe und wende, ich kann es mir nicht erklären. Auch das ist nicht wichtig. Neulich habe ich das Eichhörnchen eingeschaltet, ein Professor der Astronomie behauptete, dass die neue Sonne voraussichtlich in zwölf Millionen Jahren wieder aus unserem Planetensystem verschwinden würde. Was kümmert es mich, ob der Mann, der mit mir lebt, in zwölf Millionen Jahren woanders hinreitet?

Fixe Ideen

1.

»Ich habe eine fixe Idee«, sagte die Frau zu ihrem Ebenbild in dem Spiegel, »wie werde ich sie los?«

Sie dachte nach, schminkte ihr linkes Auge mit dunkelblauer Tusche und das rechte vergaß sie, weil ihr etwas eingefallen war. Sie ging zum Telefon, rief ihren Hausarzt an und ließ sich einen Termin geben.

»Ich habe eine fixe Idee«, sagte sie einige Tage später dem freundlichen älteren Mann, der ihr gegenübersaß.

Er hatte sie begrüßt und gefragt, was er für sie tun könne, ob ihr etwas fehle. Er sah sich ihre Patientenkarte an, hob den Kopf und sagte bedauernd: »Dafür bin ich nicht zuständig, ich behandle nur handfeste Krankheiten, ich kann Wunden heilen, Magenschmerzen lindern, Schnupfen und Ohrensausen beseitigen, aber Ideen? Haben Sie irgendwo Schmerzen? Nein? Fieber vielleicht? Keine Symptome? Schade. Ich kann Ihnen nicht helfen. Sie sollten zum Psychiater gehen.«

Die Frau nahm sich vor, seinen Rat zu befolgen, aber die meisten Psychiater, die sie anrief, wollten ihr keinen Termin anbieten. Der Erste behandelte lieber Depressionen, am liebsten Hausfrauen-Depressionen, sagte er am Telefon, von fixen Ideen würde er die Finger lassen, das Risiko sei ihm zu groß. Der Zweite war auf Sucht spezialisiert, der Dritte auf Phobien, der Vierte auf Selbstmordversuche, und der Fünfte wollte nur ganz normale Neurotiker als Patienten aufnehmen. Therapeutinnen rief die Frau erst gar nicht an. Es musste ein Mann sein.

Erst drei Wochen später hatte sie endlich einen Psychiater gefunden, der bereit war, sie zu empfangen. Der fast kahle, bleichgesichtige Mann schien sich mit fixen Ideen auszukennen. Er nickte wohl wollend und schlug ihr eine Analyse vor, die einige Jahre dauern sollte. In zirka vier Monaten könnte er ihr einen Therapieplatz anbieten, die Kosten würde die Krankenversicherung zum großen Teil übernehmen, zumindest in den ersten Jahren, sagte er. Aber die Frau wollte ihre fixe Idee um keinen Preis noch vier Monate behalten und noch weniger wollte sie Jahre damit verbringen, sie loszuwerden. Es sollte bitte alles schnell gehen. In diesem Fall wusste der Mann keinen Rat.

»Das ist schwer«, sagte er. »Sehr schwer. Vielleicht ganz und gar unmöglich. Sie sollten sich lieber damit abfinden, dass es sehr lange dauert.«

Die Frau stand auf und ging. Sie war enttäuscht. Warum sollte es so schwer sein, etwas loszuwerden, was über Nacht gekommen war? Es gab keinen Grund; man musste nur die richtige Methode finden. Sie setzte sich in ein Café, dessen Wände verspiegelt waren, las die Speisekarte, bestellte ein Eis mit Banane und Schlagsahne und dachte nach.

Als die Bedienung, eine mürrische Frau, ihr das Eis brachte, sagte sie beiläufig: »Ich habe eine fixe Idee, wissen Sie einen Rat?«

Die Bedienung sah sie mitleidig an, schüttelte den Kopf. Sie selber habe keine Ahnung, würde sich aber in der Küche erkundigen. Die Frau nahm die künstliche Kirsche von ihrem Eisbecher, legte sie auf die Untertasse und versuchte beim Essen, ihrem Spiegelbild auszuweichen. Das war unmöglich. Von allen Seiten blickte sie verstohlen auf sich selbst und sah sich dutzendweise Löffel zum Munde führen. Ihr wurde schlecht. Sie stocherte im Eisbecher herum, bis die letzten Bananenstücke in der geschmolzenen Schlagsahne versunken waren.

Nach einer Weile kam die Bedienung zurück, drückte ihr einen Zettel in die Hand und flüsterte ihr zu: »Da ist eine Adresse für Sie.«

Hinter ihr erschien plötzlich der Geschäftsführer und fragte mit strengem Blick, ob alles in Ordnung sei. Die Frau bedankte sich und verließ das Café. Der Mann war ihr unangenehm. Als sie draußen vor der Tür stand, fiel ihr ein, dass sie nicht bezahlt hatte. Sie drehte sich um, sah durch die Glastür den Geschäftsführer und die Bedienung gestikulieren, als wären sie in eine heftige Auseinandersetzung verwickelt. Die Frau ging widerwillig zurück, näherte sich den beiden.

»Entschuldigen Sie bitte«, sagte sie, »ich habe …«

Doch bevor sie weitersprechen konnte, packte sie der Geschäftsführer am Arm und drängte sie zur Tür.

»Verlassen Sie augenblicklich mein Lokal«, befahl er, »und kommen Sie nie wieder hierher, Sie haben Hausverbot!«

Einige Gäste blickten neugierig auf. Die Frau befreite sich vom Griff des Geschäftsführers, sah die Bedienung weinend in der Küche verschwinden, sah in den verspiegelten Wänden eine Armee zorniger Männer auf sich zumarschieren und wich zur Seite.

»Lassen Sie mich in Ruhe«, schrie sie, »Ich wollte doch nur zahlen!«

Der Mann riss die Glastür auf, packte sie wieder und zerrte sie auf die Straße. Dann stellte er sich breitbeinig hin und drohte, die Polizei zu rufen. Die Frau zuckte mit den Achseln. Das Bananeneis hatte ihr sowieso nicht geschmeckt.

Sie entfernte sich, bog um die Ecke, und als sie außer Sichtweite war, zog sie den Zettel aus ihrer Handtasche. Jemand hatte mit zittriger Handschrift eine Adresse daraufgekritzelt. Der Name war kaum zu entziffern. Da die Straße in der Nähe war, beschloss sie, gleich hinzugehen. Sie lief einige Minuten, fand das Haus, das eine schmutzige Fassade hatte, blieb einen Augenblick vor den metallgrauen Türschildern stehen, suchte nach dem richtigen Namen und klingelte.

»Ja, bitte?«, fragte eine weibliche Stimme.

»Ich habe Ihre Adresse von einer Bekannten«, sagte die Frau.

Die Tür ging auf. Das Treppenhaus war schlecht beleuchtet und roch nach bürgerlicher Küche und nach Putzmittel. Die Frau lief in den dritten Stock. Eine Wohnungstür stand offen. Sie betrat die Wohnung, ohne zu zögern, schloss die Tür hinter sich. Eine ältere Frau führte sie in die Küche. Sie betrachtete sie von oben bis unten und fragte, wie lange das schon so wäre. Eine Schüssel mit gekochten Kartoffeln stand auf dem Tisch.

»Nicht sehr lange«, sagte die Frau, »einige Wochen erst, aber das ist unangenehm.«

»Ich muss es genau wissen«, sagte die andere, »sonst rühre ich Sie nicht an. Es kostet fünfhundert. Ziehen Sie sich aus und legen Sie sich auf den Tisch, vielleicht kann ich es selbst feststellen.«

»Moment«, sagte die jüngere Frau, »ich bin nicht schwanger. Ich habe eine fixe Idee.«

»Das ist dasselbe«, sagte die andere. »Auch fünfhundert. Haben Sie das Geld dabei?«

»Ja«, sagte die Frau, »aber wie wollen Sie das machen?«

»Meine Sache«, brummte die andere. »Geben Sie das Geld her und den Gegenstand.«

»Was für einen Gegenstand?«, fragte die Frau.

»Ich vergeude meine Zeit mit Ihnen«, sagte die andere, »haben Sie kein Foto, keinen Brief, keine Haarlocke, keine Fingernägel?«

»Nein«, sagte die Frau, »Sie meinen, dass Sie so etwas brauchen, um eine fixe Idee zu beseitigen?«

»Sie sind wirklich schwer von Begriff, selbstverständlich brauche ich das, um Sie zu befreien, wie soll ich sonst arbeiten?«

»Aber«, sagte die Frau, »ich habe diese fixe Idee, verstehen Sie, ich, sonst niemand ...«

»Raus! Was fällt Ihnen ein, die Leute für nichts und wieder nichts zu belästigen?«, rief die andere. »Gehen Sie endlich!«

Als die Frau auf der Straße stand, atmete sie auf und beschloss, sich ein wenig Zeit zu lassen, bevor sie weitere Schritte unternahm. Sie nahm sich vor, gezielt vorzugehen und das Problem genau einzukreisen, um weitere Misserfolge zu vermeiden. Zuerst konsultierte sie die Gelben Seiten des Telefonbuchs, musste aber leider feststellen, dass es in der ganzen Stadt, im ganzen Land sogar, keinen einzigen Spezialisten für fixe Ideen gab. Dann suchte sie in der Staatsbibliothek nach Literatur zu diesem Thema und fand nur wenige Hinweise. Mal empfahl man eine strenge Diät, wie zum Beispiel den ausschließlichen Verzehr von Grünkern, mal heiße Moorbäder und kalte Güsse, mal Zenmeditation. Von Schlafentzug, Elektroschocks und Exorzismen war auch die Rede, und für verzweifelte Fälle wurde ein chirurgischer Eingriff erwähnt.

Die Frau besuchte die Sprechstunde eines stadtbekannten Chirurgen. Er hatte schöne Augen mit langen Wimpern.

»Das müssen wir sofort operieren«, sagte er, »es kann bösartig werden. Schauen Sie, ein kleiner Schnitt, die Operation dauert eine halbe Stunde, am Nachmittag können Sie schon wieder rauchen. Die Narbe wird man kaum sehen, ich verspreche es Ihnen. Und die fixe Idee sind Sie los, das ist es doch, was Sie wollen?«

Die Frau antwortete nicht. Sie dachte nach.

»Sie können morgen schon kommen«, sagte der Chirurg, »dann sind Sie am Wochenende wieder zu Hause.«

Die Frau schwieg immer noch. Es war verlockend. Morgen, übermorgen, keine fixe Idee mehr. Für immer befreit sein. Sie stand auf.

»Danke«, sagte sie, »ich rufe Sie an, wenn ich mich entschieden habe.«

»Zögern Sie nicht«, sagte er, »das kann böse enden, wenn Sie zu viel Zeit verlieren. Solche Sachen soll man immer sofort mit der Wurzel herausreißen.«

Sie hat es nicht getan. Sie lebt jetzt mit der fixen Idee zusammen. Es ist immer noch dieselbe. Sie tut nicht weh, sie einfach da. Neulich traf die Frau ihren Hausarzt auf der Straße.

»Ich habe Sie lange nicht mehr gesehen«, sagte er, »wie geht es Ihnen, und was ist aus der fixen Idee geworden?«

»Ich habe sie behalten«, sagte die Frau, »es geht mir sehr gut, danke.«

2.

»Wir werden die Natur der fixen Idee anhand eines typischen Beispiels behandeln«, sagte der Dozent, »möchte jemand einen Beitrag leisten?«

Er erhielt keine Antwort. Zwei der Studenten lackierten sich die Nägel, vielleicht waren es auch Studentinnen, er konnte sie nicht voneinander unterscheiden. Einige schliefen, andere strickten, einige waren offensichtlich betäubt oder zurückgeblieben, das machte keinen Unterschied. Vorne schrieben die Klassenbesten ununterbrochen irgendetwas auf, der Dozent wusste nicht was. Er hatte nichts diktiert, er fragte sie nie ab, er schrieb keine Klausuren. Es gab schon längst keine Prüfungen mehr. Bald würde es keine Dozenten mehr geben, dachte er, auch ich bin überflüssig, diesem Haufen Scheinmenschen ist es egal, ob ich hier stehe oder nicht. Er holte seine Whiskyflasche aus dem Schreibtisch, nahm einen Schluck und sah die Studenten an.

Vor einigen Jahren hatte er sie noch einigermaßen voneinander unterscheiden können. Gesichter waren ihm aufgefallen, die etwas Besonderes hatten, die lebhafter wirkten. Damals beteiligten sich noch der eine oder andere Student am Unterricht.

Und einmal hatte es sogar eine hübsche Studentin in seinem Kurs gegeben, ja, sie war eindeutig weiblich und attraktiv gewesen, er hatte sie hinter der Cafeteria getroffen, wo sie ihre nackten Brüste sonnte, und er hatte sie gestreichelt, das war nicht schlecht. Aber es lag weit zurück. Er trank noch einen Schluck.

»Ich habe eine fixe Idee«, sagte jemand in der vierten Reihe. »Hören Sie auf zu trinken. Ich habe eine fixe Idee und werde sie Ihnen erzählen. Setzen Sie sich.«

Der Dozent gehorchte. Er steckte die Whiskyflasche zurück in den Schreibtisch und setzte sich.

»Nein, nicht da. Da möchte ich stehen, während ich spreche. Kommen Sie her und setzen Sie sich auf meinen Stuhl.«

Der Dozent stand auf und bewegte sich zwischen den Stühlen und Bänken auf die Stimme zu. Als er näher kam, erkannte er eine Frau. Sie war nicht hübsch, nicht jung, nicht eindeutig weiblich und nicht besonders attraktiv. Sie war äußerlich normal, langweilig, unscheinbar, farblos wie alle anderen. Er setzte sich auf ihren Stuhl, sah eine Nagellackflasche und begann seine Nägel zu lackieren.

Die Frau ging nach vorne, blieb beim Pult stehen und schwieg. Sie schaute die Studenten an, langsam wanderte ihr Blick durch den Raum.

»Okay«, sagte sie, »ich werde euch von meiner fixen Idee erzählen, aber ich spreche nicht zu Schlafenden.«

Sie wartete. Die Studenten flüsterten untereinander. Zaghaft weckten sie die Schlafenden.

»Gut«, sagte die Frau, »ich will euch von meiner fixen Idee erzählen. Schmeißt den Nagellack in den Mülleimer, spuckt die Kaugummis aus.«

Ein leichtes Raunen ging durch die Reihen. Die Frau setzte sich auf das Pult. Sie trug einen Rock, der hoch über ihre Beine rutschte, und eine dunkle Strumpfhose. Einer nach dem anderen spuckten die Studenten die Kaugummis aus. Der Dozent sah seine halb fertigen Nägel an, seufzte und brachte das Fläschchen zum Papierkorb.

»Wird's bald«, rief ein Student aus der letzten Reihe, ein unrasierter junger Mann.

»Klar«, sagte die Frau am Pult. »Hört zu stricken auf, ich werde gleich anfangen.«

Ihr Rock war höher gerutscht, und ihre Augen funkelten. Der Dozent bewegte sich unruhig auf seinem Stuhl, er spürte das Holz hart gegen seinen Hintern drücken.

»Hör endlich auf«, schrie ein Student seinen Nachbarn an, der immer noch mit den Nadeln klimperte.

Eine kleine Rauferei entstand, die Nadeln flogen durch den Raum und klirrten gegen die Tafel. Die Frau stieg vom Pult hinunter, bückte sich, um die Nadeln aufzuheben. Ihr dicker Arsch war eng in einen schwarzen Lederrock gefasst. Ihre hochhackigen Schuhe hallten durch den Raum, als sie zum Fenster ging und die Nadeln hinauswarf. Der Dozent stöhnte und ließ seine Hand zwischen die Beine gleiten.

»Bitte«, flüsterte er, »bitte sprechen Sie jetzt.«

Die Frau holte tief Luft, öffnete den Mund, befeuchtete ihre Lippen mit der Zunge.

»Ich werde gleich anfangen«, sagte sie.

Sie nahm wieder auf dem Pult Platz und knöpfte ihre Bluse auf. Sie hatte wohl geformte kleine weiße Brüste, die sie ein wenig berührte. Der unrasierte Student kam näher.

»Zurück«, sagte sie, »sonst …«

Ein Gong beendete den Unterricht.

»Morgen«, sagte sie, »werden wir unser Thema weiterführen. Auf Wiedersehen.«

Der Dozent bewegte sein Glied immer schneller hin und her und kam, als sie dabei war, den letzten Knopf ihrer Bluse zuzumachen.

3.

Der Vorlesungssaal war gerammelt voll. Man hatte längst den kleinen Raum im Erdgeschoss verlassen, war zuerst in einen mittleren Hörsaal gezogen, der aber sofort überfüllt war. Die Universitätsverwaltung hatte einen Tausch mit den Medizinern vorgeschlagen, die nach Gewohnheitsrecht den größten Hörsaal bekamen, obwohl ihre Zahl im Laufe der Jahre geschrumpft war. Menschen waren selten krank, sie lebten oder starben, das war einfacher. Der Tausch hatte nach einigen zermürbenden Auseinandersetzungen stattgefunden, aber nur für kurze Zeit Entspannung gebracht. An diesem Tag versuchten sich mindestens fünfhundert Studenten in den Raum hineinzuquetschen. Sie schoben sich nach vorne, traten sich gegenseitig auf die Füße; manche genossen die Enge, die Hitze der Körper; andere erkämpften sich etwas Raum mit Faust und Ellbogen. Nach der Vorlesung hatten die meisten blaue Flecken. Überall waren Menschen; sie standen dicht gedrängt an den Wänden und in den Gängen, sie saßen auf und unter den Tischen, auf den Fensterbänken. Sogar an den Kleiderhaken hingen welche, die muskulöse Arme hatten. Alle warteten. Nach einigen Minuten fielen die Ersten in Ohnmacht und wurden weggetragen. Man legte sie nebeneinander in den Flur, eine ältere Krankenschwester fächelte ihnen Luft zu und schenkte Cognac ein.

Mit Sprechchören verlangten die Studenten nach dem Rektor. Er sollte die Aula zur Verfügung stellen, in der zur selben Zeit eine Vorlesung über Metrik in der Barockdichtung gehalten wurde. An dem Kurs nahmen nur neunzehn Studenten und fünf zahlende Gasthörer teil, aber der Poetikdozent, ein älterer Herr mit rosigem Gesicht, bestand auf großzügige Räumlichkeiten. »Worte müssen sich entfalten«, sagte er. »Sie brauchen viel Platz.«

Der Rektor kam nicht. Er hatte sich schon vor einigen Wochen, sofort nach der ersten Vorlesung, in Erholungsurlaub schicken lassen. Sein Vertreter erschien, schob sich durch die Menge bis zum Pult. Er hatte Angst und stotterte.

Die Studenten brüllten neue Sprechchöre, klopften auf die Tische, trampelten mit den Füßen. Als die Frau endlich den Hörsaal betrat, war die Lautstärke fast unerträglich geworden. Doch jetzt senkte sich der Lärmpegel schlagartig, aber dafür stieg die Produktion verschiedener menschlicher Drüsen über das Normale hinaus, und die Luftqualität veränderte sich merklich.

An diesem Tag trug die Frau ein geblümtes Sommerkleid mit weitem Rock. Ihre Beine waren nackt, und ihre Füße steckten in einfachen Ledersandalen. Der Nagel der linken großen Zehe war rot lackiert. Sie nahm ihre Sonnenbrille ab und beugte sich zum Vertreter des Rektors. Er war sehr klein und zog den Kopf ein, als ihr Gesicht näher kam. Die Frau flüsterte ihm etwas zu, er räusperte sich, aber niemand konnte etwas verstehen, obwohl inzwischen Stille im Raum herrschte. Fünfhundert Studenten atmeten im selben tiefen Rhythmus wie aus einer einzigen Lunge.

Die Frau lachte. Der Vertreter des Rektors schien in den Boden zu versinken, er nickte ein paar Mal heftig und fiel auf die Knie. Die Frau stieg auf das Podest. Ihr Blick streifte über Wellen von Köpfen, suchte Reihen glänzender Augen flüchtig durch. Sie schob das Mikrofon zur Seite. Der Atem der Menge wurde kürzer, die Lippen trockener.

»Ich habe geschlossene Räume gern«, sagte sie. »Wir werden hier bleiben. Wem es zu eng wird, kann gehen.«

Ein undefinierbares Stöhnen ging durch die Reihen. Es wurde wärmer. Keiner bewegte sich.

»Gut«, sagte sie, »dann werde ich anfangen. Könnt ihr mich alle hören?«

Sie sprach leise. Ihre Stimme klang, als hätte sie schon in der Wiege geraucht. Wenn sie sprach, spürte der unrasierte Student, wie die Töne seine Wirbelsäule von unten nach oben aufrauten, wie seine Nackenhaare sich aufrichteten und auf die nächsten Klänge warteten. Diesmal hatte er sich einen Platz in ihrer Nähe erkämpft. Er saß auf dem Boden vor dem Pult und sah ihre linke rote Zehe, die durch die Sandale in seine Richtung zeigte.

»Eine fixe Idee«, sagte sie, »ist ein Ablenkungsmanöver.«

Der unrasierte Student hörte nicht weiter zu. Er ließ die Töne seine Wirbelsäule wund reiben und robbte vorsichtig näher. Die große Zehe war karmesinrot. Die Frau zog ihre linke Sandale aus, sie saß jetzt auf dem Pult. Der Student näherte sich Millimeter für Millimeter. Er sah die dunklere Haut ihrer Fußsohle, folgte dem Fluss des Blutes zum Knöchel hinauf, legte den Kopf zur Seite und sah unter ihren Rock bis in die vollkommene Nacht hinein. Er schloss die Augen, spürte seinen Samen aufsteigen und fließen, langsam, langsam, langsam, bis er ohnmächtig nach hinten fiel.

Viel später kam er wieder zu sich. Er erinnerte sich und öffnete vorsichtig die Augen. Der Hörsaal war leer, draußen war es dunkel geworden. In der Hand hielt er eine Ledersandale.

4.

Das Universitätsgebäude war abgeriegelt. Seit Tagen stand in den umliegenden Straßen eine unüberwindbare Anzahl von Polizeiautos, und die Polizisten spazierten bewaffnet und mit Helm zu dritt oder zu viert durch das Viertel. Es war sehr heiß, und die Stimmung war allgemein gereizt. Viele Anwohner hatten es vorgezogen, vorübergehend zu Verwandten und Freunden zu ziehen, andere trauten sich nicht mehr aus ihren Wohnungen heraus und standen am Fenster hinter den geschlossenen Gardinen, um die Straße zu beobachten. Jeder, der sich ins Universitätsviertel wagte, musste einen Ausweis vorzeigen und warten, bis die Beamten über die Funkgeräte Auskunft erhielten. So erfuhren etliche Bürger, dass ihre Wochenendspazierfahrten genauso sorgfältig registriert wurden wie ihre Seitensprünge, ihre harmlosen Verkehrsdelikte und ihr jährlicher Rausch beim Betriebsausflug. Ihr Kontostand wurde durch die Sprechgeräte in den stillen Straßen hinausposaunt, sogar ärztliche Diagnosen wurden laut und deutlich wiederholt.

Das Viertel verlor binnen kurzer Zeit einen Großteil seiner Bevölkerung, Geschäfte und Kneipen waren alle geschlossen, die Straßen fast menschenleer. Die einzigen, die dort nach wie vor verkehrten, waren die Studenten. Sie hatten nichts zu verlieren, kümmerten sich nicht um die Eintragungen im Zentralregister, ließen sich von den fest knüppelnden Bereitschaftspolizisten nicht einschüchtern. Sie versuchten immer wieder einzeln, in kleinen Gruppen oder als fast militärisch organisierte Einheiten in das Universitätsgebäude einzudringen. Den meisten gelang es nicht, viele wurden dabei verletzt oder verhaftet, einige gaben auf. Von den wenigen, die es doch schafften, kam kein einziger zurück, um zu berichten, was im Gebäude tatsächlich stattfand.

In der Stadt kursierten seltsame Gerüchte. Ob die Frau noch dort war und ihre Vorlesung vor einer kleinen Anhängerschar fortsetzte, ob sie das Weite gesucht hatte und einfach verschwunden war oder ob sie seit dem Beginn der Unruhen in einem Geheimtrakt des Gefängnisses eingesperrt war und auf ihren Prozess wartete, das wusste niemand mit Sicherheit.

Manche behaupteten, die Frau hätte es nie gegeben, und die ganze Geschichte sei eine Art kollektiver Wahn. Eine große Stadtzeitung übernahm diese Theorie und erklärte im Leitartikel, die erhöhte Sonnenaktivität in diesem Jahr hätte die Studentenunruhen ausgelöst. Sonnenflecken würden sich besonders stark auf die labile Psyche der immer später pubertierenden jungen Menschen auswirken. Max Hermann, Autor des Artikels und Chefredakteur der Zeitung, verlangte die Abschaffung moderner Erziehungsmethoden und die Rückkehr zu einer altbewährten Pädagogik, außerdem sollte die Wehrpflicht sofort wieder eingeführt werden. Junge Menschen bräuchten eine feste Hand, um erwachsen zu werden, sogar gegen Prügelstrafe sei im Prinzip nichts einzuwenden. Eine ganze Seite lang wütete er über den Verfall der Sitten und seine verheerenden Folgen für die westliche Welt. Er belegte diese These mit vielen Beispielen, darunter zuallererst die enorme Verbreitung der Homosexualität, dann das Schwinden weiblicher Brüste und die wachsende Anzahl von bartlosen Männern mit Kastratenstimmen, dann die stets sinkende Geburtenrate auf Grund der miserablen Spermienqualität. Diese wuchsen nicht mehr pfeil-, sondern korkenzieherförmig und drehten sich immer nur faul um die eigene Achse. Zum Schluss erwähnte er bedenkliche Fälle von Sechzigjährigen, die immer noch unter Pubertätspickeln litten.

Andere Journalisten hielten das für Blödsinn und setzten alles daran, die Wahrheit aufzudecken. Sie verließen ihre verstaubten Redaktionen, schlossen sich den Studenten an und schreckten weder vor Straßenkontrollen noch vor Tränengas und Schlägen zurück. Auch sie suchten nach Möglichkeiten, in die Universität einzudringen; außerdem suchten sie nach Zeugen und befragten die Studenten, die an den Vorlesungen der Frau teilgenommen hatten. Leider muss man sagen, dass sie nicht besonders erfolgreich waren. Es gab keine sachliche Information über die Frau. Die banalsten Angaben wie ihre Haarfarbe oder die Art ihrer Kleidung wichen voneinander ab. Das Einzige, worauf sich alle Zeugen einigen konnten, war der letzte Satz, den sie gesagt hatte, zumindest, den jeder Anwesende vernommen hatte, bevor das geschah, was geschehen war. Dieser Satz lautete: Eine fixe Idee ist ein Ablenkungsmanöver. Danach hatte offensichtlich für jeden etwas ganz Anderes stattgefunden. Niemand konnte sich daran erinnern, wie er aus dem Raum ging. Es hatte eine Art Zeitbruch gegeben; in diesem war die Universität, ob von innen oder von außen, abgeriegelt worden.

Eine offizielle Stellungnahme der Stadtverwaltung schob dringende bauliche Maßnahmen vor. Der Pressesprecher ließ sich auf der Treppe der Universität fotografieren, hinter ihm stand eine schwer bewaffnete Einheit der Bereitschaftspolizei, wie für ein Klassenfoto aufgestellt. Er las eine nichts sagende Pressemitteilung vor und lud die anwesenden Journalisten ein, in einigen Wochen das frisch renovierte Gebäude zu besichtigen. Fragen beantwortete er nicht. Auch der Einsatzchef der Polizei verweigerte jeden Kommentar. Steine wurden geworfen, man brach die Pressekonferenz ab.

Politiker mischten sich ein. Grüne Stadträte vermuteten eine Höchstkonzentration von Giftstoffen in der Bausubstanz oder gar einen Unfall in den Chemielaboren, die mit Gentechnologie verbotene Experimente durchführten. Sie verlangten Messungen, deren Ergebnisse allerdings im normalen Rahmen blieben. Die konservative Partei sprach von einem Komplott der Kommunisten oder der Fundamentalisten, verlangte härtere Maßnahmen und die Ausweisung der ausländischen Studenten. Der Kirchenrat appellierte an die Vernunft aller Beteiligten und schlug einen Friedenstag vor, der verschoben werden musste.

Diese Geschichte endet ziemlich schlecht. Dass der Dozent sich zu Beginn der Unruhen an einem Laternenpfahl vor der Universität erhängt hatte, war nur der Anfang gewesen. Inzwischen hatte sich die fixe Idee auf Landesebene tausendfach, millionenfach potenziert. Die einen wollten es wissen; die anderen wollten das Wissen verhindern.

Mit der Zeit schlossen sich immer mehr Demonstranten den Studenten an. Sie kamen aus allen Schichten der Bevölkerung, und viele waren bewaffnet. Zuletzt reisten Bauern aus der fernen Provinz mit ihren Traktoren an, um die Polizeiblockaden wegzuräumen.

An einem Freitagabend versuchte eine riesige Menschenmenge das Gebäude zu stürmen. Es wurde von beiden Seiten zum ersten Mal geschossen. Der Bürgermeister verhängte Ausgangssperre und rief den Ausnahmezustand aus. Die ganze Stadt wurde zum Sperrgebiet, die Berufsarmee marschierte ein. Man sah Panzer durch die Straßen fahren. Die Studenten hatten längst gelernt, mit Handgranaten umzugehen und Bomben zu basteln. Eine Woche lang fanden heftige Straßenkämpfe statt. Es gab viele Tote und unzählige Verletzte auf beiden Seiten. Die Universität brannte ab, und die Regierung schickte Bulldozer, um sie ganz abzureißen. Viele Bulldozer gingen in den Flammen der Molotowcocktails auf, doch schließlich blieb kein Stein mehr von der alten Universität übrig. Eine riesige Baustelle wurde ausgegraben. Das Leben kehrte gewissermaßen zur Normalität zurück. Diese Zeit nannte man später den heißen Sommer.

5.

Die Frau liegt auf der Wiese, ihr Kopf ruht auf dem Bein eines Mannes, der sich lange nicht rasiert hat. Ihre Füße sind nackt, die Nägel lackiert. Zwischen zwei Zehen hält sie eine Margerite. Der Mann kaut an einem langen Grashalm; er sieht sie an, dann den Himmel und dann wieder sie.

»Sag«, fragt er, »willst du mir erzählen, wie es war? Es liegt jetzt weit zurück.«

Die Frau öffnet die Augen und setzt sich auf. »Was soll ich erzählen? Ich habe vergessen, wie das war. Küss mich lieber.«

»Nein«, sagt er. »Ich will es wissen. Ich werde dich später küssen.«

Sie steht auf, geht einige Schritte weiter auf ihr Motorrad zu. Der Schlüssel steckt, sie könnte aufsteigen, davonbrausen und nie zurückkommen. Sie streichelt über den Ledersitz, über die glänzenden Chromteile, kratzt die Leiche einer Mücke ab und dreht sich um. Sie verschränkt die Arme vor der Brust. Ihr Gesicht ist verschlossen, ihre Augen sind schmal geworden.

»Gut«, sagt sie, »ich werde dir von einer fixen Idee erzählen. Einmal habe ich einen Mann kennen gelernt, und da war es um mich geschehen. Ich habe ihn geliebt, ich war von ihm besessen. Anders kann ich das nicht beschreiben. Ich habe meine Seele an ihn verloren, und ich habe ihn verloren. Ist es das, was du wissen willst?«

Er schüttelt den Kopf. Sie wirft ihre Haare zornig zurück.

»Du willst mehr davon? Gut. Ich habe an diesen Mann Tag und Nacht gedacht, ich habe mit anderen Männern geschlafen, aber immer nur an diesen einen gedacht. Ich habe Wahrsager, Chirurgen und Quacksalber besucht, um mich von ihm zu befreien. Ich wollte ihn aus mir herausreißen, jede Erinnerung, jeden Gedanken, jede Spur auslöschen. Und dann ...«

»Und dann«, fragt er nach einer Weile.

Er stützt sich auf seinen Ellbogen und beobachtet sie von der Seite.

»Dann«, sagt sie, »habe ich ihm ein Haus bei mir gemacht. Er durfte für immer bleiben, bei mir schlafen, meine Träume besuchen, er durfte kommen und gehen, wie es ihm gefiel ... Hast du gesehen, wie viele Margeriten es auf dieser Wiese gibt? Und überall der rote Mohn ...«

Sie löst sich vom Motorrad, kniet sich zu dem Mann hin und nimmt ihm den Grashalm aus dem Mund.

»Küss mich«, sagt sie, »ich habe dir alles erzählt.«

»Wo ist dieser Mann jetzt?«, fragt er.

»Hier bei mir drinnen«, sagt sie und zeigt auf ihre Brust, knöpft einen Knopf auf und noch einen. »Hier, nein, noch tiefer innen, das zeige ich dir.«

Sie sucht mit ihren Fingern die Haut ab, sucht weiter, streichelt ihre rechte Brust, sucht in der Hautfalte unter der Brust, sucht um die Brustwarze, dann sucht sie die andere Brust ab.

»Ich verstehe nicht«, sagt sie, »ich finde ihn nicht. Was habe ich gerade gesucht? Wovon haben wir gesprochen?

Und warum bin ich halb nackt auf dieser Wiese? Ich glaube, du verwirrst mich.«

Sie lacht, küsst den Mund des Mannes, dann öffnet sie sein Hemd und streichelt seine Brust, langsam, bis er stöhnt. Und ihre Finger spielen mit seinem Gürtel, während sie ihn immer noch küsst, und ihre Lippen saugen an seinen, während sie ihn auszieht, und wenn er unter ihren Händen nackt liegt, seine Begierde zum Himmel gerichtet, weitet sich ihre Begierde aus wie ein Feld voller Mohn, und sie begegnen sich, vermischen sich, versinken ineinander und löschen die Welt aus.

6.

Das Landleben hatte sich geändert. Es war beeindruckend ruhig. Es gab kaum noch Geräusche, nur ein wenig Wind in den Ästen oder Regentropfen auf den Dächern, wenn es regnete. Man hörte keine Traktoren mehr rattern, sie waren in die Stadt gefahren und dort von Panzern zu Schrott zermalmt worden. Rehe grasten ungestört am Straßenrand und sahen sich gelegentliche Radfahrer mit gutmütigem Blick an. Das Wochenende unterschied sich nicht von den anderen Tagen – die Sonntagsausflügler waren weggeblieben, seit es keinen Autoverkehr mehr gab. Niemand vermisste sie. Nichts geschah, nichts Besonderes. Die Sommergewitter, die Hagelstürme, die bitteren Nachtfröste, die orkanartigen Winde, die in den vergangenen Jahren gehäuft aufgetreten waren, blieben aus, oder auch nicht, aber niemand gab sich Mühe, sie zu registrieren. Man lebte recht gut. Es gab genug zu essen, seitdem man die Städte nicht mehr belieferte, mehr als genug. Bananen und Avocados vermisste keiner.

Von den Fußnägeln der Frau ist der Lack längst weg. Aber sie rötet ihre Lippen jetzt mit dem Saft der Geranien, und manchmal, wenn sie im Sommer nackt im Gras schläft, klebt der Mann mit seiner Spucke verknitterte Mohnblumen auf ihre Brustwarzen.

Es ist langweilig, vom Glück zu erzählen. Es ist langweilig, darüber zu berichten, dass ihre Augen immer noch lachen, wenn sie sich treffen. Aber so ist es. Die Frau denkt an ihn und denkt an Sex, denkt an ihn und staunt, dass es ihr warm wird, staunt darüber, dass es reicht, an ihn zu denken, daran, dass er vielleicht kommt, zu ihr kommt, in ihr kommt, und sie lacht, weil sie rot wird, und es wird ihr so warm, dass sie ihre Kleider auszieht und langsam ihre eigene Lust sucht, während sie an den Mann denkt.

Manchmal versucht sie, an etwas Anderes zu denken, aber ihre Gedanken lassen sich nicht zähmen, und sie verbringt Stunden damit, das Kommen und Gehen der Begierde zu beobachten, bis sie einschläft.

Manchmal schaut ihr der Mann von weitem zu, dann kommt er näher und sie möchte ihn zu sich ziehen, aber das will er nicht, er will sie nur anschauen, und seine Blicke machen sie so wild, dass sie sich auf ihn stürzt, mit ihm ringt, mit ihm auf dem Boden rollt. Meistens ist er stärker, hält sie mit einer Hand fest und mit der anderen reizt er sie, bis sie sich der Lust ergibt. Dann schläft er mit ihr, wenn sie behauptet, dass sie ihn nicht mehr will.

So spielen sie, wenn sie sich treffen, immer andere Spiele. Er besucht sie, setzt sich auf einen Stuhl und unterhält sich über weit entfernte Geschichten. Sie tut so, als würde sie sich dafür interessieren, dabei will sie ihn nur anfassen, seine Haut berühren, seinen Geruch einatmen. Aber sie wartet. Sie bemüht sich zu warten. Es gelingt ihr nicht besonders gut. Sobald er in der Nähe ist, möchte sie ihn küssen, seine Zunge in ihrem Mund spüren. Sie möchte, dass er sie nimmt, und manchmal möchte sie, dass er ihr wehtut. Aber sie sagt nichts. Sie wartet und unterhält sich mit ihm über andere Sachen. Manchmal fragt er, ob sie ihm noch etwas über die Natur der fixen Ideen erzählen kann.

»Was soll ich erzählen?«, fragt sie, »worum geht es? Die Natur der fixen Ideen? Was ist denn das?«

Sie kann sich an nichts erinnern, behauptet sie. Sie schwört, ohne zu erröten, dass sie diesen Begriff nicht einmal kennt, dass sie überhaupt keine Ahnung hat, was das sein könnte, sie unterstellt, dass er sie verwechselt, und wird zornig, weil er darauf besteht, dass er sich genau daran erinnern kann. Dann fragt sie ihn, ob er ihr erklären kann, was das wohl sei, eine fixe Idee, und sie setzt sich ein wenig anders auf ihren Stuhl und kreuzt die Beine, sodass ihr Rock, wenn sie einen trägt, höher rutscht. Und der Mann lacht und sagt Nein, das könne er nicht, so was hätte er nie kennen gelernt, nie erlebt, aber er kommt ein wenig näher, und sie spürt seine Begierde und wartet noch ein wenig und unterhält sich über interessante Themen, bis es wirklich nicht mehr geht.

Jetzt ist er neben ihr eingeschlafen, sie schaut ihm zu, wie er schläft; sie haben zusammen Wein getrunken, sein Atem ist laut und unregelmäßig; ihre Hand ruht auf seinem halbsteifen Glied, nur so. Irgendwann schläft auch sie ein und träumt davon, ihn zu wecken.

Mein letzter Mann

Mein letzter Mann war schön. Er hatte blondes Haar und blaue Augen, und wenn er sprach, schob sich seine Stimme unter meine Haut bis in meinen Bauch hinein, und ich stöhnte, weil ich ihn so sehr begehrte.

Dann schwieg er.

Er hatte es schwer mit mir. Ich begehrte ihn ununterbrochen. Ich schrieb ihm Briefe, obszöne Briefe, rief ihn im Büro an und flüsterte ihm ins Ohr, was ich mit ihm gern täte, wenn er nur da wäre, wie ich zuerst sein Hemd aufknöpfen würde, dann seine Hose, und dann mit der Hand …

Und wenn er zu mir kam, zog ich die Kleider an, die ihm gefielen, die meinen Arsch noch dicker machten, als er eh schon ist, und darunter trug ich die Unterwäsche, die er mir schenkte, schwarz oder rot, durchsichtig, mit Spitzen, Schleifen und Pailletten.

Und wenn er an der Tür stand, nahm ich ihm die Zigarette aus dem Mund, um ihn endlich küssen zu können.

Er küsste nicht gut. Er hielt die Zähne zusammen, als hätte er Angst, dass meine Zunge zu tief in ihn hineindringt.

Was soll's! Ich begehrte ihn so sehr, dass ich feucht zwischen den Beinen wurde.

Ach, mein letzter Mann war schön, so blond und so blauäugig. Nach dem bisschen Küssen gingen wir ins Bett und taten das Übliche, einmal, zwei Mal, drei Mal, und ich sagte ihm immer wieder, wie toll er im Bett war, damit er es vielleicht ein viertes Mal schaffte.

Er hatte es schwer mit mir. Ich begehrte ihn ununterbrochen. Irgendwann ist er nicht mehr gekommen. Ich habe keinen Brief mehr geschrieben, nicht mehr ins Telefon gekeucht, und ich warte auch nicht mehr hinter der Tür mit engen Röcken und knappen Höschen.

Was soll's!

Mein nächster Mann wird schön. Seine Stimme wird sich unter meine Haut schieben – bis in meinen Bauch hinein! Ich werde ihn anrufen und ihm am Telefon erzählen, was ich alles mit ihm anstellen werde, was ich für ihn an- und ausziehen werde, wenn er nur kommt und beim Küssen die Zähne auseinander bringt, sodass meine Zunge tief in seinen Mund eindringen kann.

Wenn ich an ihn denke, werde ich schon feucht zwischen den Beinen.

Wir werden uns küssen und danach ins Bett gehen, wir werden das Übliche machen, zwei Mal, drei Mal, vier Mal, und ich werde ihm sagen, wie toll er ist, damit er es bestimmt noch einmal schafft.

Ja, mein nächster Mann wird schön!

Zoe, Babsi und ich

Babsi behauptet schon lange, mir würden moralische Grundsätze fehlen, dafür gibt sie zu, dass mein logisches Denken stark ausgeprägt ist, weil ich jede Menge gute, kreative Ideen habe. Zurzeit plane ich eine Hotline für Frauen, die mit Computer-Junkies liiert sind. Zoe hat mich darauf gebracht, der Bedarf ist enorm, ich habe es überprüft: Die Anzahl der Männer, die es nur noch virtuell treiben, steigt und steigt.

Zoe, Babsi und ich sind schon seit der Grundschule die besten Freundinnen der Welt, wir lassen einander nie im Stich. Vor ein paar Wochen rief mich Zoe an und sagte, ich sollte sofort kommen. Sie ist als Journalistin um die halbe Welt gereist, hat Skorpione, bewaffnete Straßenräuber und die schmierigen Annäherungsversuche eines südamerikanischen Diktators überstanden; sie würde niemals um Hilfe rufen, wenn es nicht irgendwo tatsächlich brennen würde. Ich bestellte ein Taxi. Während der Fahrt fiel mir ein, dass Zoe mich schon einmal mit demselben Zittern in der Stimme angerufen und gebeten hatte, gleich zu kommen, damals waren wir acht oder neun Jahre alt: Ihre geliebte Wasserschildkröte röchelte vor sich hin. Sie starb kurz nach meiner Ankunft. »Fahren Sie schneller«, befahl ich dem Taxifahrer, »es geht um Leben und Tod.«

Kurz darauf stand ich vor Zoes Tür. Sie öffnete. Sie war barfuß, trug nur ein übergroßes Sweatshirt, hatte fettige Haare und einen Pickel am Kinn, an dem sie herumgedrückt hatte, kurz, sie war der Inbegriff menschlichen Elends.

»Wer ist diesmal gestorben?«, fragte ich.

»Niemand«, antwortete sie, »noch nicht. Komm in die Küche, Babsi ist schon da.«

Mir war plötzlich klar, dass es mit Georg zu tun haben musste. Zoe, Babsi und ich haben einen ähnlichen Geschmack, was Männer betrifft. Georg gefiel uns allen drei. Nicht gleichzeitig, hintereinander. Zuerst war er mit Babsi zusammen, dann hatte ich ein Verhältnis mit ihm, aber zwischen uns knisterte es nicht richtig. Auf gut Deutsch: Im Bett fand ich ihn langweilig. Immer dieselbe Stellung, derselbe Rhythmus, als ob man schon zwanzig Jahre verheiratet ist. Fad halt.

Nach mir hat ihn dann Zoe übernommen und geheiratet. Den letzten Erzählungen nach waren sie glücklich und dabei, eine neue Einbauküche zu kaufen. Dass Leute das gemeinsame Brutzeln erotisch finden, kann ich nicht verstehen. Ich für meinen Teil habe andere Vorstellungen und vom Kochen halte ich nichts. Ich gehe lieber essen.

Babsi erhob sich, küsste mich auf die Wange, ohne ein Wort zu sagen, wie bei einer Trauerfeier. Zoe stellte drei Gläser auf den Tisch und grapschte nach einer Flasche Wein.

»Georg?«, fragte ich.

»Georg«, bestätigte Zoe, klemmte die Flasche zwischen die Beine und stocherte mit dem Korkenzieher hinein.

»Georg«, wiederholte Babsi düster. »Er tut es nur noch mit dem Computer. Er verbringt die Nächte online, anstatt mit Zoe zu schlafen. Seit Wochen.«

»Na ja«, sagte ich, »alle Männer tun das eine Weile, sie werden zu kleinen Jungs, laden sich alle möglichen Sexpages herunter oder quasseln blödes Zeug mit Dummies aus der ganzen Welt. Das geht vorbei. Komm, Zoe, mach nicht so ein Gesicht und hör auf, diese arme Flasche zu quälen. Versuch's mit den üblichen Tricks: Lippenstift, Pumps, Strapse.«

Zoe puhlte wortlos Korkenstücke aus dem Flaschenhals heraus.

»Gönn ihm doch die paar Wochen Internet total«, sagte ich, »am Schluss wirst du davon profitieren. Es gibt ein paar Web-Seiten mit erotischen Tipps, da können sogar wir etwas lernen!«

»Ach was!«, unterbrach Babsi. »Unser Georg ist ein Säufer, der mit Whisky angefangen hat und jetzt Spiritus trinkt. Er sieht nicht einmal weiße Mäuse, er sieht gar nichts mehr. Schau ihn dir an.«

»Sprengen«, sagte Zoe düster. »Das ganze Zeug in die Luft sprengen. Wenn ich nur wüsste, wie!«

Sie drückte den Korken brutal in die Flasche hinein und schenkte ein. Der Wein schmeckte nicht. Wir gingen ins Wohnzimmer, um Georgs Zustand zu begutachten. Da hätte mich fast der Schlag getroffen. Die Fensterläden waren zugezogen, es muffelte, der Boden war mit Kabeln übersät. Überall summte die Elektronik. Auf mehreren Bildschirmen flackerten die tausend Sterne der Bildschirmschoner. Eine abgenagte Pizza lag auf dem Sofa. Georg saß mitten im Gewühl, vollkommen erstarrt, sein Blick fixierte einen Monitor, auf dem sich gar nichts tat, seine rechte Hand lag verkrampft auf der Maus. Offensichtlich war das Programm abgestürzt. Georg schien nichts wahrzunehmen, reagierte nicht, als Babsi ihn in die Seite knuffte, doch als ich den Rechner ausschaltete, bückte er sich steif nach vorne und schaltete ihn wieder ein.

»Schwerer Fall von Autismus«, sagte Babsi, »mit manischem Knopfdruck-Syndrom. Das Spielchen kannst du lange treiben, er schaltet das Ding immer wieder ein. Sucht im Endstadium.«

»Habt ihr schon daran gedacht, den Stecker herauszuziehen?«, fragte ich.

»Selbstverständlich«, antwortete Zoe. »Neulich habe ich sogar die Sicherungen in der ganzen Wohnung herausgeschraubt, dann ist Georg abgehauen. Babsi und ich haben ihn aus dem Internet-Café heraustragen müssen. Kaum waren wir hier, hat er die Kisten wieder angeworfen. Ich sage dir nur eins: Sprengen! Alles sprengen.«

Georg zuckte kurz zusammen, ohne die Augen vom Monitor zu nehmen.

»Siehst du«, sagte Zoe, »wenn ich drohe, alles zu demolieren, gibt er noch winzige Lebenszeichen von sich. Das wird täglich weniger. Er mutiert zum Zombie, und ich drehe durch!«

Sie hob die Pizza vom Sofa und warf sie gegen den Bildschirm. Georg stieß einen schwachen Schrei aus, stand auf, stolperte über ein Kabel und stürzte. Dabei schlug er sich den Kopf an der Tischkante und blieb ohnmächtig am Boden liegen. Babsi wollte den Notarzt anrufen und Georg in die Psychiatrie einweisen lassen.

»Dann lässt du dich scheiden«, sagte sie zu Zoe, »ich vertrete dich vor Gericht.«

Typisch Babsi, dass sie als Anwältin immer gleich auf sowas kommt! Doch Zoe hatte kein bisschen vor, sich scheiden zu lassen.

»Du bist meine letzte Rettung«, sagte sie zu mir, »du kennst dich aus mit dem Zeug. Bitte, lass dir etwas einfallen. Georg ist der beste Liebhaber der Welt, ich will ihn wieder haben, egal wie.«

Dann sind die beiden gegangen. Ich hatte gleich einen ziemlich guten Plan, aber ich zögerte ein bisschen, ihn in die Praxis umzusetzen. Zoe ist schließlich meine beste Freundin. Warum musste die dumme Ziege mir ihren Mann auch als besten Liebhaber der Welt anpreisen? Sie hätte sich denken können, wie sich das bei mir auswirkt, sie kennt mich doch! Schon gut. Lange konnte ich nicht widerstehen. Ich machte mich an die Arbeit und bereitete mein Erziehungsprogramm vor. Zuerst plünderte ich Zoes Kleiderschrank und zog mich dementsprechend um. Lederjeans, Stiefel, Lederjacke mit nur einem BH drunter. Alles schwarz, selbstverständlich. Dunkelroter Lippenstift dazu. Dann fesselte ich Georgs Hände und Füße mit ein paar Computerkabeln und knebelte ihn mit Zoes Strümpfen, dabei wachte er halb auf. Ich stolzierte vor ihm auf und ab, drückte ihm den spitzen Absatz meiner Stiefel in die Rippen, um ihn ganz zu wecken. Als er endlich zu mir hochblickte, waren seine Augen vollkommen leer. Das änderte sich auch nicht, als ich mich über ihn kniete. Meine nackte Haut unter der Lederjacke ließ ihn kalt.

»Sieh mich an, Georg«, befahl ich ihm, »du hast einen schlimmen Fehler begangen, dafür wirst du bestraft werden.«

Er schien nicht zu hören. Dann drohte ich, seine Festplatte zu löschen. Das wirkte. Er begann, sich unter mir zu wälzen, und versuchte, sich zu befreien. Das gelang ihm nicht. Ich hielt ihn fest, erzählte ausführlich, welche Dateien ich zuerst vernichten würde, dann stand ich auf und löschte ein paar Files, um ihm das Fürchten zu lehren. Georg begann zu winseln. Das Spiel machte mir Spaß. Ich nahm ihm den Knebel ab.

»Wirst du jetzt alles tun, was ich von dir verlange?«, fragte ich.

Er nickte. Er sollte versprechen, Zoe nie mehr zu vernachlässigen und nur noch am Computer zu sitzen, wenn sie es ihm ausdrücklich erlaubt hatte. Außerdem sollte er seine erotischen Fähigkeiten unter Beweis stellen und meine sexuellen Wünsche endlich erfüllen, da er auf diesem Gebiet während unseres Verhältnisses erbärmlich versagt hatte.

Georg weigerte sich auf meine Forderungen einzugehen. Obwohl er sich stur stellte, merkte ich, dass er schon etwas aufgeweicht war. Seine Augen hatte ich schon ein paar Mal auf meinem Busen ertappt. Wenn er Härte brauchte, würde er sie zu spüren bekommen. Keine Schläge, das wäre plump und nicht wirksam. Ich ging raffinierter vor, setzte mich breitbeinig vor ihn und erklärte, ich würde jetzt einen Virus in das EDV-System seiner Bank einschleusen.

Den Trick wollte ich schon immer mal ausprobieren, aber wann hat man denn schon eine solche Gelegenheit? Jetzt weiß ich's, er funktioniert bestens.

Als Georg das gefräßige kleine Pacman-Gesicht auf dem Bildschirm herumwüten sah, flehte er mich an, das Programm zu stoppen. Er war bereit, all meine Bedingungen auf der Stelle zu akzeptieren. Mehr wollte ich nicht. Ich löste seine Fesseln, und es wurde sehr, sehr schön. Zoe hat Recht, er ist wirklich ein fantastischer Liebhaber geworden. Ob er seine Künste von ihr oder vom Internet gelernt hat, das weiß ich nicht. Es könnte aber auch sein, dass er sich außerordentlich um mich bemüht hat, weil ich gedroht habe, das Programm erneut zu aktivieren, falls er mich nicht zufrieden stellt.

Ein paar Tage später traf ich Zoe im Internet-Café. Zoe hatte strahlende Augen und gerötete Wangen wie alle Frauen, die gerade ein paar schöne Stunden mit einem Mann im Bett verbracht haben.

»Von mir aus kann man die alle entsorgen«, schrie Zoe, um das Techno-Gedusel im Raum zu übertönen. »Nicht die Geräte, die User. Sieh dir mal diese Online-Junkies an, ihre blassen, unrasierten Gesichter, ihre bebrillten ausdruckslosen Augen, ihre schlaffen Körper mit plattgesessenen Hinterteilen! Findest du einen einzigen Mann hier sexy?«

Ich schüttelte den Kopf. Software-Überdosis schadet der Männlichkeit, das ist eine sachliche Feststellung. Ich wundere mich, dass man für ein paar Gramm Haschisch gleich eingesperrt wird und der Technikrausch immer noch straffrei ist. Was soll's, wenn die Regierung nichts unternimmt, müssen wir uns wohl selber helfen.

»Georg ist geheilt«, brüllte Zoe. »Seit in seiner Bank die EDV zusammengekracht ist, rührt er keine Maus mehr an. Nur noch mich. Ich frage lieber nicht nach, wie du das geschafft hast. Auf alle Fälle bin ich dir dankbar.«

Am nächsten Tag kam Babsi bei mir vorbei. Sie war neugierig, aber ich habe ihr nicht alles erzählt, damit sie mir nicht schon wieder mit den fehlenden moralischen Grundsätzen kommt. Von meinem Plan, eine Hotline für

vernachlässigte Frauen einzurichten, war sie gleich begeistert, besonders als ich ihr zeigte, wie ich am Virus geba-
stelt hatte. Bei mir sieht man jetzt rotgeschminkte Frauen-
lippen, die sich durch die Daten fressen. Babsi meint, ich
sollte die Hotline groß aufziehen. Sie hat mir ihre Hilfe angeboten, falls ich erwischt werde.

Am liebsten wäre es mir, wenn wir die Firma zu dritt
gründen würden: Zoe, Babsi und ich. Zoe könnte die Wer-
betexte schreiben und sich um die Kundschaft kümmern,
Babsi würde das Juristische und den Papierkram erledigen
und ich die praktische Arbeit leisten.

»Die Kleine saß am Fenster. Gleich beim Einsteigen habe ich sie bemerkt, sie war nicht zu übersehen, die Kleine, mit ihren violett gefärbten Haaren, sowas von violett waren die Teile, das gibt es nicht. Und sie glänzten wie frisch polierte Auberginen im Schaufenster vom Italiener um die Ecke, weißt du, diese Dinger, die total matschig werden, sobald du sie in die Pfanne wirfst, die schmecken nicht schlecht, hast du sie schon probiert?«

Ich schüttle den Kopf. Sage nichts. Hoffe nur, dass er bald aufhört zu labern und mich gehen lässt.

»Echt nicht? Du, die Tage kaufe ich welche, dann koche ich uns ein Superessen. Mit Auberginen und allem drum und dran. Du bist eingeladen. Also, die Kleine mit den violetten Haaren, die hatte keinen Fahrschein. Sowas sehe ich auf Anhieb. Wenn du den Job ein paar Monate machst, kriegst du einen Instinkt dafür, du steigst in einen überfüllten U-Bahn-Wagen und mit einem Blick hast du alle fünf herausgefischt, die schwarzfahren. Du brauchst nur die Nase in die Luft zu halten, einmal schnuppern und schon hast du deine Beute. Dich habe ich auch gleich erwischt, stimmt's?«

Stimmt. Er ist in den Bus gestiegen und gleich auf mich zugekommen, ganz langsam. Er hat mich angelächelt, als wollte er mich anmachen, dann wollte er meinen Fahrschein sehen, und natürlich hatte ich nicht gestempelt. Dann habe ich ihm erzählt, dass ich an der nächsten Haltestelle raus muss, und seitdem sitzen wir zusammen auf dieser Parkbank und er textet mich voll zu.

»Die Schwarzfahrer, die kann ich förmlich riechen, die meisten senden irgendwelche Signale aus, das müssen wohl Stresshormone sein, aber bei der Kleinen war das anders, das schwöre ich dir. Die war von einem anderen Stern, und auf ihrem Stern brauchst du keinen Fahrschein, Mann, da schwebst du nur noch.«

Der Typ ist ziemlich schräg. Er schwebt selber einen halben Meter über der Parkbank, wenn er von seinem Mädchen erzählt, dabei sieht er gar nicht aus wie einer, der leicht abhebt, im Gegenteil, der wiegt mindestens neunzig Kilo und hat Schultern wie Arnold Schwarzenegger, überhaupt nicht mein Fall.

»Ja«, sagt er. »So ist es. Du brauchst es mir nicht zu glauben, wenn du nicht willst, aber das ist so. Ich war nämlich dort, auf dem anderen Stern. Mit ihr zusammen. Und dann ist was schief gelaufen. Den Teil kann ich dir nicht erklären, weil ich das selber noch nicht ganz checke, aber allmählich kriege ich eine Ahnung. Ich komme noch dahinter, das wirst du schon merken. Die hat mich gerettet, die Kleine.«

Der ist mir zu viel. Auf einmal spricht er wie einer, der gerade Jesus, Gott Vater und den Heiligen Geist alle auf einmal gesehen hat.

»Nee nee, die Typen nicht, mit denen habe ich nichts am Hut. Du vielleicht, weil du eine Frau bist. Aber Maria, die habe ich getroffen. In der Straßenbahn. So hieß die Kleine. Weißt du, das war so. Ich gehe auf sie zu, mein üblicher Stil, dasselbe wie mit dir, langsam, um die Spannung zu steigern, dann stelle ich mich vor sie hin und warte. Normalerweise fangen da die Leute an zu zappeln, und das mag ich schon ein bisschen genießen, bevor ich sie festnagle, aber die Frau, die rührt sich nicht, sie sitzt ganz ruhig da, als wäre ich Luft für sie. Meine Knie werden weich, seltsam was? Trotzdem frage ich sie nach dem Fahrschein. Nichts. Erst als ich ihren Arm berühre, sieht sie mich an. Ihr Blick hat mich umgehauen, echt wahr. Sie hat Augen, genauso violett wie ihre Haare, das ist schon einmalig, aber das war's nicht. Ihre Augen, da kannst du hineintauchen und dann fühlst du dich da drin so, dass du nie mehr an die Oberfläche kommen magst, du tauchst hinein, und plötzlich weißt du, dass Ertrinken das einzig Wahre ist, verstehst du mich?«

Ich nicke. Ich verstehe ihn. Es hat ihn ganz schön erwischt. Fast könnte man neidisch werden bei einer solchen Geschichte, wenn man sich selber nicht vorsichtshalber gefühlsmäßig total eingefroren hätte. Scheiße. Der weicht mich auf. Warum muss ausgerechnet ich auf so einen durchgeknallten Spinner treffen? Ich kenne das, du kannst dich nicht dick genug dagegen panzern, auch wenn du fünf kugelsichere Westen übereinander ziehst, spürst du das, mitten in der Brust. Zuerst das bisschen Geklopfe, dann wird es immer lauter und stärker, und zum Schluss zerreißt es dich nur noch so, dass du Monate brauchst, um die Stücke wieder zusammenzuflicken. Ich sollte aufstehen und gehen, sonst werde ich bald wie ein Schoßhund mitheulen, weil ihm sein Engel vom anderen Stern abhanden gekommen ist. Diese ganzen Storys von der Großen Liebe, die enden alle schlecht, das weiß jeder, der ein bisschen gelebt hat.

»Hey, was ist mit dir los? Soll ich dir ein Taschentuch geben? Du siehst aus, als wäre dir eine Gräte im Hals stecken geblieben. Leg mal einen anderen Film rein. Es ist nicht so, wie du meinst, glaub mir. Sonst wäre ich nicht hier – mit dir. Hör zu. Ich stehe vor dem Mädchen, halte ihr immer noch meinen blöden Ausweis unter die Nase, und sie lächelt mich an. Einfach so. Wühlt nicht in den Taschen, wie die anderen Armleuchter, die so tun, als hätten sie doch einen Fahrschein dabei. Die Frau nicht. Sie lächelt. Und weißt du, das musst du selber mal erleben, so ein Lächeln in der Straßenbahn, das ist … Wow! Das ist, wie wenn der Schnee von einem ganzen Winter auf einmal schmilzt, und du taust mit auf, das geht von der Mitte aus, da, irgendwo in der Brust, und breitet sich aus bis in die Fußspitzen, und es kribbelt, dass du zu lachen anfängst, ohne Witz, und du spürst, wie dir die Sonne auf dem Schä-

del brennt, und dann ziehst du den Mantel aus, den Pullover, das Hemd, alles ziehst du aus, bis du am Ende nackt
da stehst. Dann bist du nur noch du und du hebst ab. Es
gibt keine Straßenbahn und keine Leute und kein gar
nichts mehr. So war das mit mir und dem Mädchen vom
anderen Stern. Der Rest ist ein bisschen persönlich, alles
kann ich dir nicht erzählen, aber vielleicht kannst du es dir
vorstellen, wenn du mir in die Augen siehst.«

Er hat komische Augen, die sind mir gleich aufgefallen,
als er im Bus vor mir stand. Ich wollte nur nicht hinein-
schauen, denn der Typ war mir von vorneherein unheim-
lich. Bei sowas ahnt man von der ersten Sekunde an, dass
man in Gefahr ist, und schon lange vorher, beim Zähneputzen am Morgen weiß man, dass es einer dieser besonderen Tage wird. Ich wollte nicht, ich wollte partout
nicht, weil ich die Nase voll davon habe, dass es danach so
wehtut, aber jetzt ist es zu spät. Er hält meinen Kopf in seinen Händen, und ich sehe ihn an. Er hat Augen, die sind
riesengroß und schwarz wie das gute alte Vinylzeug, und
die spielen mir den ultimativen Sound zum Abfahren. Ich
kann mich nirgends fest halten und stolpere in seine Augen hinein, gleich werde ich auf die Fresse fallen und mir
schon wieder alle Knochen brechen, dieser Typ ist gerade
dabei, mir den Kopf zu verdrehen, sowas gehört verboten,
und dann legt er seine Lippen auf meine und küsst mich
auf dieser verdammten Parkbank, wo ich mich nie hätte
hinsetzen sollen, und es hebt mich hoch, ich bin nicht
schwindelfrei, doch er hält mich, und wir starten senkrecht
wie eine Rakete, wie es weitergeht, weiß ich noch nicht,
außerdem mag ich nicht darüber reden, weil das zu persönlich ist. Aber morgen bin ich eingeladen. Auberginen
im Himmel, schon mal probiert?

»Junge Frau möchte sich der Kunst widmen. Wer kann helfen?« Chiffre 67342

Ich selbstverständlich. Ich helfe gern jungen Frauen, und ob sie Malerin oder Bildhauerin ist, ist mir egal, ich tippe aber auf Malerin. Ich werde mich eine Weile mit dem Thema befassen und mir ein paar Begriffe aneignen. Das ist nicht schwer. In der Buchhandlung habe ich einige Minuten in einem Buch mit dem Titel *Das große Lexikon der Maler* geblättert, das reicht fürs Erste. Ich werde in meinem Brief den Blauen Reiter erwähnen, das könnte einer jungen Frau gefallen. Vielleicht findet unsere erste Begegnung ja in einem Museum für moderne Kunst statt. Ich werde mich erkundigen, ob hier in der Stadt irgendwo ein Bild von Kandinsky hängt. Und ich werde nachlesen, wer Kandinsky war, wo er gelebt, mit wem er geschlafen und ob er eher Landschaften oder Menschen gemalt hat. Ich nehme an, dass er tot ist, weil nur tote Maler in den großen Lexika zu finden sind. Und wenn die junge Frau Cézanne oder Rembrandt vorzieht, ist es mir auch recht. Ich bin für alles offen und kenne mich in der Malerei überhaupt nicht aus.

Ich brauche Jungfrauen, sie regen mich an. Sie erhöhen meine Lebensqualität. Mit ihnen entdecke ich Neuland. Meine erste Jungfrau brachte mir Bowling, Schwarzfahren und Klauen im Supermarkt bei, einer anderen las ich fast das gesamte Werk von Schopenhauer vor, mit einer Afrikanerin, die Heimweh hatte, sammelte ich im Stadtpark Heuschrecken, um sie später gebraten zu essen. Auch das Rennrad, auf dem meine Lieblingskrawatten hängen, ist ein Nebenprodukt einer Begegnung mit einer Jungfrau, an die ich gern zurückdenke.

Ich mag Jungfrauen. Dabei geht es mir nicht um die heute selten gewordene sexuelle Jungfräulichkeit, sondern mehr um die geistige. Wenn sie es wünschen, oder wenn es sich als notwendig erweist, schlafe ich schon mit den jungen Frauen, obwohl Sex mich nicht besonders interessiert. Mein Sexualleben findet zu Hause statt und ist mehr als befriedigend. Meine Frau war nie eine Jungfrau. Sie liebt das Organische, das Schleimige, das Fließende, das Wuchernde, das Tierische, sie liebt Männer und sie liebt mich und meine Männlichkeit. Sie käme nie auf die Idee, sich zu verweigern oder Kopfschmerzen vorzutäuschen, im Gegenteil. Ihr Verlangen ist beachtlich und überfordert mich manchmal. Wenn es mir zu viel wird, suche ich mir im Anzeigenteil der Zeitung unter »Verschiedenes« etwas Abwechslung. Ich schreibe einfühlsame Briefe, bekomme bald eine Antwort und lerne mit etwas Glück eine neue Jungfrau kennen. Mir antworten sie gern, denn sie spüren, dass ich für sie gut sein werde. Sie brauchen jemanden wie mich. Und ich genieße es, ihnen genau das zu geben, was ihnen fehlt. Meistens suchen sie Zuwendung, Verständnis, eine verwandte Seele; jemanden, der ihnen zuhört und sie ins Theater begleitet. Seltener geht es um Geld oder um die Lösung eines sachlichen Problems. Was ich nicht selber bieten kann, lässt sich leicht organisieren.

Beim Lesen der Anzeige sehe ich die unbekannte Schreiberin vor mir stehen. Ein paar Worte reichen. Ich habe mich noch nie geirrt. Eine der Ersten hatte geschrieben: »Sind Sie auch so deprimiert?« ... Chiffre 78640. »Auch«, alles war in diesem kleinen Wort enthalten. Das Leid, die Hoffnung auf Erlösung, der Wunsch nach einem Retter. Ich antwortete und traf die deprimierte Jungfrau in einem Café, im Hinterzimmer einer schäbigen Bäckerei. Ich saß lange vor ihr schon da und starrte mit düsterer Miene in die Zeitung des vorherigen Tages. Sie kam pünktlich, zögerte eine Weile vor dem Schaufenster und trat ein. Sie war blass, dünn, trug schwarz und zog die Schultern ein. Ich auch. Sie lächelte mich leicht an. Ich nickte. Ihr Misstrauen löste sich auf und es war um sie geschehen. Ich begleitete sie nach Hause. Sie war froh, einen Leidensgenossen gefunden zu haben. Wir weinten gemeinsam, sie schnäuzte sich in mein schon benutztes Taschentuch, wir tauschten die besten Selbstmordmethoden aus und schliefen wie Bruder und Schwester in ihrem Bett. Am nächsten Morgen gab es die ersten Ansätze einer Veränderung. Sie spülte und fand das Wetter angenehm. Nach dem Mittagessen bemühte sie sich schon, mich davon zu überzeugen, dass Selbstmord nicht die einzige Lösung sei. Ich machte es ihr schwer. Mir ging das zu schnell. Nach vier Tagen Depressionsmarathon wusste sie nicht weiter und zog sich nackt vor mir aus. Sie schenkte mir ihren Körper. Ich nahm ihn an. Sie war gut. Sie stöhnte lustvoll und bewegte ihr Becken und ihre Hüften so, dass ich beinahe selber meine Rolle vergessen hätte. Aber nach dem Sex ließ ich mich noch tiefer in die Depression fallen, sprach entschlossen von der Sinnlosigkeit des menschlichen Daseins und, als die Worte mir ausgegangen waren, begann ich, Schopenhauer zu lesen. Nach anderthalb Wochen hatte sie genug von mir. Sie ging auf mich los, hielt in einer Hand ein Küchenmesser und in der anderen eine gusseiserne Bratpfanne. Ich war glücklich. Ich hatte eine Jungfrau gerettet. Ihre Augen glänzten, ihre Lippen waren geschminkt, ihre Wohnung geputzt, und in ihrem Kleiderschrank hing die aufwändigste Sammlung von Reizwäsche, die man sich in so kurzer Zeit anschaffen kann. Sie würde nie mehr die Schultern einziehen.

Meine Frau ist nicht eifersüchtig. Sie hat ihre Liebhaber, wenn ich mich mit Jungfrauen beschäftige, und auch sonst, ein einziger Mann würde nie all ihre Wünsche erfüllen. Wenn ich nach Hause komme, will sie alles erfahren. Sie kocht eine raffinierte indische Mahlzeit, zieht mir die Krawatte aus und später die Schuhe, und ich berichte von meinen Erlebnissen. Ich erzähle ihr Einzelheiten, während sie die Knöpfe meines Hemdes öffnet. Je mehr ich erzähle, desto erregter wird sie. Es kann sein, dass wir nicht zum Essen kommen, sondern sie mich in der Tür zur Küche einklemmt und nicht locker lässt, bis ich mit ihr geschlafen habe. Von ihren Liebhabern erzählt sie nie, und ich ziehe es vor, nichts zu wissen.

»Junge Frau möchte sich der Kunst widmen ...« Ihr Alter ist mir gleichgültig. Was zählt, ist ihre Frische, ihre Naivität, ihre Bereitschaft zu glauben, zu hoffen. Ich schreibe ihr, biete ihr monatlich einen gewissen Geldbetrag an – ohne Gegenleistung. Ich erfinde eine arbeitsame Kindheit, eine unerfüllte Liebe zur Kunst. Sie antwortet, schlägt ein Treffen im Museum vor. Leider hat die Post Verspätung und ich bekomme den Brief um elf, während sie sich schon um eins mit mir treffen will. Ich hätte gern das Museum vor unserer Begegnung besichtigt. Meine Frau erzählt mir, dass sie als Schülerin mit ihrer Schulklasse einmal dort war. Sie weiß noch, dass die Toiletten links vom Eingang sind, weil sie damals eine Zigarette dort geraucht hat. An die Bilder kann sie sich nicht erinnern, nur an verwinkelte Treppen und an einen Balkon im ersten Stock, der bei schönem Wetter zugänglich ist. Von dort sieht man auf die Mülltonnen und auf das Büro der Museumsleitung. Weitere Einzelheiten erfahre ich nicht, ich bin schon zu spät und renne aus dem Haus.

Wir sind beim Postkartenstand verabredet. Als ich ankomme, steht sie schon dort. Sie ist um die Vierzig, ein wenig hager, als würde sie öfter vergessen zu essen. Sie ist ungeschminkt, ihr langes glattes Haar sieht strähnig aus, und ihre Wildlederstiefel haben einige Farbflecken. Sie trägt einen dunkelblauen Duffelcoat und Jeans. Und ich verliebe mich augenblicklich in sie.

Ich habe mich noch nie in eine Jungfrau verliebt. Im Grunde liebe ich nur mich und meine Fähigkeit, die Sehnsucht der Frauen zu stillen. Deswegen wird es mit der Malerin nicht gut gehen. Ich fühle es schon, als sie ihren Namen nennt. Sie heißt Paula. Jungfrauen heißen nie Paula, sondern Gerlinde, Susanne oder Rosemarie. Sie ist keine Jungfrau und gibt sich nicht einmal die Mühe, mir eine vorzuspielen. Ich versuche, meine Rolle als Mäzen aufrechtzuerhalten, merke aber, dass sie ungeduldig wird. Die Rede über meine unerfüllte Leidenschaft für die Kunst bleibt mir im Hals stecken. Ich stottere: »Kan- Kan- Kan- …«, und sie schaut mich zornig an. Sie hilft mir nicht. Sie wartet. Als es mir endlich gelingt, den Namen »Kandinsky« über die Lippen zu bringen, steht sie zwei Meter entfernt und mustert mich von Kopf bis Fuß. Ich verstehe nicht, was hier läuft. Irgendetwas stimmt nicht. Ich zücke meine Brieftasche, aber sie schüttelt den Kopf. Sie will kein Geld. Ich sollte nach Hause gehen. Ein ungutes Gefühl beschleicht mich. Ich möchte meine Frau um Rat fragen. Ich sage Paula, dass ich telefonieren muss, aber sie nimmt meinen Arm, zieht mich durch die Museumsräume, ohne ein einziges Bild anzuschauen. Es sind die Menschen, die sie mit gierigem Blick anschaut, während ich den Ausgang suche. Als sie mich zum Balkon führt, von dem aus man die Mülltonnen und das Büro der Museumsleitung sieht, sind meine Knie weich geworden von den vielen Treppen. Ich nehme eine Zigarette und biete ihr auch eine an. Sie raucht nicht. Noch bevor ich mein Feuerzeug aus der Hosentasche geholt habe, schlägt sie mir die Zigarette aus dem Mund und küsst mich. Leicht zeichnet sie den Umriss meiner Lippen mit ihrer Zunge nach, dann taucht sie tief hinein, und ich spü-

re, wie sie mir die Kehle hinunterfließt. Es ist um mich geschehen. Es wird mir schwarz vor den Augen. Noch einmal biete ich ihr Geld an, so viel sie will, wenn sie mich
nur gehen lässt. Ich berichte über meine Bank- und Spar-
konten, über mein Festgeld und meine verschiedenen An-
lagen, erwähne die Lebensversicherung, die ich mir bald
auszahlen lassen könnte. Paula schüttelt den Kopf. Sie
führt mich die Treppen hinunter. Ein letztes Mal versuche
ich zu fliehen und zeige auf die Toiletten, links vom Ausgang.

»Da war ich schon mal«, sagt sie. »Die Fenster sind vergittert. Ich wohne ganz in der Nähe. Du kannst warten.« Auf
dem Weg gelingt es mir, Kandinskys Namen ohne zu stot-
tern auszusprechen. Paula hält nichts von ihm, bei Rembrandt zuckt sie nur die Schultern, bei Picasso schüttelt sie
den Kopf. »Olle Kamellen«, sagt sie. »Spar dir die Anstren-
gung.« Ich sage nichts mehr. Ich folge ihr, als hätte ich die
Leine, die sie mir später anlegen wird, schon um den Hals.
Ich habe keinen Willen mehr. Ich liebe sie und bin verloren.
Auf dem Weg gehen wir an meiner Wohnung vorbei. Meine Frau steht am Fenster, sie ist nicht allein. Ein Mann steht
bei ihr und umarmt ihre Taille. Ich glaube, dass sie mir
nachwinken, und sogar, dass ich sie lachen höre. Ich kann
nur einen Augenblick hochschauen, weil Paula mit einem
Ruck an der unsichtbaren Leine zieht. Sie erlaubt nicht,
dass ich mich umdrehe.

Wir kommen bei Paula an. Sie wohnt unter dem Dach. Ihre
Wohnung ist schmutzig. Zuerst muss ich mich ausziehen.
Meine Kleider wirft sie aus dem Fenster, dann verbindet
sie mir die Augen und nimmt an meinem ganzen Körper
Maß. Ihre Arme schließen sich eine Sekunde um mich,
dann stößt sie mich auf den Boden und befiehlt mir, still zu
halten. Sie setzt sich auf mich und beginnt, meinen Körper
anzumalen. Sie trägt dicke Schichten Farbe auf, die sich zu-

erst kalt anfühlen, aber bald erwärmen. Es kitzelt ein wenig am Anfang, und gleich danach steigt die Lust auf. Ich muss mich zusammenreißen, an etwas Anderes denken. Ich kann nicht. Ich zergehe vor Sehnsucht nach Paula. Sie spricht kein Wort. Sie streicht mich an. Ich höre sie nur leise und regelmäßig atmen. Als sie meinen Rücken bemalt, ergießt sich mein Samen. Sie dreht mich um, verschmiert den Samen zusammen mit mehr Farbe. Dann rollt sie mich in eine Leinwand ein und drückt den Stoff fest an meinen Körper. Ich verstehe, dass sie einen Abdruck machen will und bewege mich nicht. Ich habe schon wieder Lust. Es dauert. Ich höre nichts, weil ich Farbe in den Ohren habe. Langsam wird es ungemütlich. Die Farben trocknen ein. Ich möchte etwas sagen, aber das Tuch ist zu eng um mein Gesicht gebunden.

Ich bin wohl eingeschlafen. Ich kann mich überhaupt nicht mehr rühren. Ich höre nichts, ich sehe nichts. Ich weiß nicht, ob Paula noch da ist, oder ob sie mich verlassen hat, verknotet wie ein Würstchen. Ich habe Sehnsucht nach Paula. Ich träume von ihrer Zunge, die mir die Kehle hinunterfließt, und spüre schon wieder meinen Samen, der sich auf meinen Bauch ergießt. Ich schlafe wieder ein. Als ich aufwache, fühlte ich Arme, die mich aufnehmen und tragen. Die Treppe hinunter, dann in ein Auto, das kurze Zeit später abfährt. Ich spüre die Vibrationen. Ich höre nach wie vor nichts. Man holt mich aus dem Auto heraus und trägt mich abermals irgend wohin. Man legt mich auf den Boden und rollt mich aus. Es zieht, wie wenn man ein Pflaster abzieht. Es tut sogar weh, aber ich denke an Paula und spüre nur Lust. Dann geschieht nichts mehr. Ich kann mich nicht bewegen, die trockenen Farben bilden eine harte Hülle um mich. Nach einer Weile entfernt jemand die Farbpfropfen aus meinen Ohren. Ich höre Schritte, Applaus, im Hintergrund einer verzerrte Musik. Jemand ist bei mir, bückt sich zu meinem Ohr hinunter. »Georg«, sagt die Stimme meiner Frau, »du bist eben für siebzehntausend Mark verkauft worden. Ich habe nicht mitgesteigert. So viel Geld bist du wirklich nicht wert.«

Es verletzt mich, das gebe ich zu. Ich finde es nicht teuer. Im Gegenteil, ich finde, dass Paula mich viel zu billig verkauft hat. Von meiner Frau werde ich bald geschieden. Sie hat mich enttäuscht. Ich warte auf Paula. Sie wird früher oder später wiederkommen, um die Farben aufzufrischen. Sie lebt, seit sie mich verkauft hat, als erfolgreiche Malerin in New York. Vielleicht gibt es dort bald eine große Retrospektive, und ich werde hinfliegen. Bis dahin bleibe ich, wo ich bin. Als Kunstobjekt darf ich das Museum nicht verlassen. Ich versuche es auch gar nicht. Ich weiß, dass alle Fenster vergittert sind, und außerdem, wo sollte ich hin? Mir geht es nicht schlecht. Wenn ich an Paula denke, vermischt sich jedes Mal mein Samen mit den Farben. Sie werden weicher. Geschmeidiger. Sie riechen gut. Ich träume andauernd von Paula. Von ihrer Zunge, die mir die Kehle hinunterfließt. Von ihren Armen, die sie um mich schlingt. Von ihrem Hintern, als sie auf mir saß. Von der Leine, die sie mir um den Hals gebunden hat. Von der Zigarette, die sie mir aus dem Mund geschlagen hat. Es geht mir wirklich gut. Nur wenn irgendwelche Jungfrauen mit ihren Malblöcken in meine Nähe kommen, da könnte ich anfangen zu schreien, wenn ich nicht den Mund voller Farben hätte.

Happy Birthday

Lieber Herr Dr. D., bitte verzeihen Sie mir diese Anrede, ich weiß keine bessere. Sie haben mich vor kurzem gebeten, Sie Max zu nennen. Da Sie seit einigen Monaten mein Chef sind, sollte ich Ihnen gehorchen, aber das kann ich nicht. Noch nicht. Lassen Sie mir ein wenig Zeit. In manchen Dingen bin ich etwas altmodisch, außerdem ist mir die amerikanische Sitte fremd, ohne Rücksicht auf die Hierarchie jeden mit dem Vornamen anzusprechen. Dagegen gefällt es mir sehr, wenn Sie Andrea zu mir sagen und dabei das »r« leicht rollen.

Lieber Herr Dr. D., Sie feiern heute Ihren fünfzigsten Geburtstag und Sie haben uns, die Mitarbeiter der Werbeabteilung, um halb zwölf zu einem kleinen Umtrunk eingeladen. Ihre Sekretärin hat beim Feinkostgeschäft Lachshäppchen bestellt und wird Ihnen ein kleines Geschenk von der Abteilung überreichen. Jeder von uns hat sich finanziell daran beteiligt, bei der eifrigen aber quälenden Diskussion, ob es eher ein Buch über die letzten großen Jagdreviere oder ein vergoldeter Flaschenöffner werden sollte, habe ich lieber geschwiegen. Ich darf Ihnen aber jetzt verraten, lieber Herr Dr. D., dass Sie eine Flasche Ihres Lieblingscognacs und einen riesigen Blumenstrauß bekommen werden. Ein wenig einfallslos, nicht wahr?

Auf der Glückwunschkarte, die dem Blumenstrauß beigelegt wurde, steht mein Name unten rechts. Er ist kaum zu lesen, weil meine Hände zitterten und den Füller kaum halten konnten. Ich war sehr aufgeregt, und ich bin es noch mehr beim Schreiben dieses Briefes. Eben habe ich das Fenster aufgerissen, um mich etwas abzukühlen, doch die Luft kommt mir heute tropisch vor und bringt mir keine Linderung. Sie können sich nicht vorstellen, was ich empfinde. Mein Mund ist trocken, meine Hände sind feucht, und der Rest, meine Güte, sprechen wir lieber nicht vom Rest! Lieber Herr Dr. D., Sie müssen mir verzeihen, wenn ich heute unruhig wirke und nicht besonders effektiv arbeite, aber ich kann nur an eins denken. Werden Sie mein Angebot akzeptieren?

In wenigen Minuten beginnt die Feier. Sie werden im Mittelpunkt stehen, lächeln, Hände schütteln und keine Miene verziehen, wenn Herr L. Ihnen mit seinen Pranken auf die Schulter klopft. Dann werden Sie sicher einen Witz erzählen, und die Kollegen werden lachen, sich enger um Sie scharen, Sie zu weiteren Witzen ermutigen. Ihr Humor, lieber Herr Dr. D., ist in der ganzen Firma bekannt, und Sie haben sehr viel Charme. Sie werden die üblichen Plattitüden über sich ergehen lassen und für jeden ein freundliches Wort finden. Ich werde dabei sein, ein wenig abseits stehen, wie es meine Art ist, Sie aus der Ferne beobachten und warten, dass sich – vielleicht – unsere Augen begegnen. Ich bitte Sie inständig, vor den anderen kein Wort mit mir zu sprechen. Sollten Sie das Angebot annehmen, das ich Ihnen in den nächsten Zeilen unterbreite, werde ich es in Ihren Augen lesen. Mehr würde ich nicht ertragen. Sollten Sie es allerdings ablehnen, erwarte ich, dass Sie Kavalier genug sind, diesen Brief zu vernichten und ihn in Zukunft niemals zu erwähnen. Vergessen Sie, dass Sie ihn je gelesen haben. Ich, für meinen Teil, werde nie vergessen, dass ich ihn geschrieben habe.

Lieber, sehr geehrter Dr. D. Zu Ihrem Geburtstag möchte ich mich Ihnen anbieten. Ja, ich möchte mich Ihnen schenken, mich und meinen Körper, zur freien Benutzung. Nicht in Seidenpapier verhüllt, mit keiner roten Schleife geschmückt, sondern ganz nach Ihren Wünschen bekleidet, oder nackt, wenn Sie es vorziehen. Verfügen Sie über mich, lieber Dr. D., bedingungslos, einen Nachmittag, einen Abend lang, wann und wo Sie wollen.

Wegen Terminvereinbarung erwarte ich Ihre Antwort in meiner Mailbox.

Liebe, sehr verehrte Frau M., Andrea! Ihr Brief in der Morgenpost! Sind Sie verrückt? Wissen Sie, wie sich ein solches Angebot auswirkt? Was mit einem Mann geschieht, wenn eine Frau, und eine Frau wie Sie noch tausend Mal mehr, sich ihm anbietet? Zur freien Verfügung, schreiben Sie! Ich habe geglaubt, ich würde diesen Vormittag niemals überstehen! Zum Glück hatte ich eine weite Hose an.

Ja! Meine Antwort ist: Ja! Wie könnte ich Nein sagen? Sie wissen, dass Sie mir gefallen, Andrea. Drei Mal habe ich versucht, mit Ihnen auszugehen, ich habe Sie mit unschuldiger Miene zum Essen eingeladen, aber jetzt darf ich zugeben, dass ich durchaus etwas Anderes im Kopf hatte. Drei Mal habe ich Sie gefragt, und Sie haben mich abblitzen lassen. Ich dachte schon, ich wäre Ihnen zu alt! Und jetzt das! Sie sind ein Luder, Andrea, ein kleines, geiles Luder! Als Sie mir bei der Geburtstagsfeier mit Ihrem Champagnerglas von weitem zugeprostet haben, mit ihrem süßen Lächeln, hätte ich am liebsten gleich da, vor allen anderen, Ihr Kleid gehoben, Ihr Höschen zerrissen und Sie auf den Tisch mit den Lachshäppchen ge …! Ach, Andrea! Pausenlos denke ich an Sie, an Ihre langen Beine, an Ihren wohl geformten Arsch, den ich endlich, endlich bald berühren werde! Ich kann es kaum erwarten.

Zu den Modalitäten unseres Rendezvous schlage ich Ihnen Folgendes vor: Bitte, kommen Sie am nächsten Freitag ohne Unterwäsche ins Büro, aber geschminkt. Ich lege besonderen Wert auf einen dunkelroten Lippenstift. Tragen Sie ein kurzes Kleid. Ich möchte, dass Sie bei der Vorstandsitzung mir gegenüber Platz nehmen. Zeigen Sie etwas von Ihren Reizen, aber nicht zu viel. Wie Sie sich vorstellen können, lege ich großen Wert auf Diskretion.

Um genau siebzehn Uhr werden Sie Ihren Arbeitsplatz

verlassen, zum Fahrstuhl gehen und einsteigen. Fahren Sie in den fünften Stock, da werden wir uns begegnen. Überlassen Sie mir den Rest. Sie werden mir bis Mitternacht zur Verfügung stehen.

Lieber Herr Dr. D., noch nie habe ich eine solche Vorstandsitzung erlebt. Ich öffnete die Beine, nur ein wenig, zog mein Kleid hoch, genug. Ihre Blicke an diesem Morgen! Und die schöne Wölbung in Ihrer Hose! Und doch hat es keiner bemerkt! Dass ich nur wenig an diesem Tag zu Stande gebracht habe, können Sie sich wohl vorstellen. Mir stieg der Geruch meiner Lust in die Nase, ich dachte nur an Sie, ich malte mir aus, was Sie mit mir machen würden, hatte Herzklopfen, Schweißausbrüche, meine Brustwarzen waren hart vom Reiben am Stoff des Kleides. Alle fünf Minuten blickte ich auf die Uhr, glaubte beinah ihren Mund, Ihre Zunge, Ihre Hände auf meinem Körper zu fühlen, träumte davon, von Ihnen gefesselt und geschlagen zu werden, sah Sie mit einer riesigen Erektion auf mich zukommen und mich zwingen, Sie zu befriedigen.

Ich gebe zu, ein wenig Angst hatte ich schon. Doch lieber Herr Dr. D., es war ein fantastischer Abend, und ich werde ihn nie vergessen! Als Sie den Fahrstuhl angehalten und mir befohlen haben, mein Kleid auszuziehen, bin ich beinahe vor Lust gestorben! Ich stand nackt vor Ihnen, mein Körper schrie nach Ihnen – Warum haben Sie mir die Augen verbunden? Wollten Sie nicht, dass ich Ihr Gesicht im Spiegel beobachte, als Sie von hinten in mich eindrangen? Oder sollte ich den Ort nicht erkennen, zu dem Sie mich danach führten? Aber, lieber Herr Dr. D., jeder in der Firma kennt dieses diskrete Liebesnest, das man über die Tiefgarage erreichen kann, ganz ohne gesehen zu werden, und ich weiß nicht, wer ihn nicht schon benutzt oder zumindest besichtigt hätte.

Mit verbundenen Augen und nackt führten Sie mich

durch die Tiefgarage. Meine Schuhe hallten auf dem Betonboden, meine Beine waren schwach vor Begierde, und ich schwankte. Sie mussten mich stützen, bis zu diesem großen runden Bett, in dem Sie mir sechs Stunden lang unbeschreibliche Genüsse verschafft haben. Lieber Herr Dr. D., meine kühnsten Vorstellungen sind nicht enttäuscht worden. Dafür möchte ich mich ganz herzlich bei Ihnen bedanken.

Anbei erhalten Sie einige Erinnerungsfotos. Wenn Sie dieses kleine Abenteuer wiederholen möchten, was ich mir durchaus wünsche, freue ich mich sehr auf Ihre Nachricht in meiner Mailbox. Wie Sie wissen, habe ich mich für die Leitung der Marketingabteilung beworben. Ich rechne mit Ihrer Unterstützung.

Sehr geehrte Frau M., wer hat diese Fotos gemacht? Wollen Sie mich etwa erpressen? Ich warte auf Sie um fünfzehn Uhr in meinem Zimmer und verlange eine Erklärung. Hochachtungsvoll.

Lieber Herr Dr. D.,

mit meiner ersten Gehaltserhöhung als Leiterin der Marketingabteilung habe ich für mich – und für Sie – eins dieser Lackkleider gekauft, die Sie besonders heiß machen, eins, das die Brustspitzen freilässt. Ich bin so glücklich, dass unsere privaten Begegnungen so hervorragend laufen. Sie wünschen sich Stilettoabsätze? Kein Problem, für Sie würde ich alles tun. Ich kann unsere nächste Geschäftsreise kaum erwarten, drei Tage Hannover mit Ihnen, ah, Max, drei ganze Nächte mit dir! Ich werde wahnsinnig.

Liebe Andrea, die Geschäftsreise war gut, wenn auch ein wenig ermüdend. Zu Hause habe ich sechzehn Stunden am Stück geschlafen. Du hast mich ganz schön rangenommen, wenn ich es so sagen darf.

Etwas anderes: Ich habe erfahren, dass du dich für eine Fortbildung in der Londoner Filiale gemeldet hast. Du hättest mich ruhig nach meiner Meinung fragen können. Willst du mich verlassen? Komm bitte um zehn nach der Postbesprechung vorbei.

Geliebter, ich bin so glücklich, dass du meine Karriere unterstützt! Ich kann dir nicht sagen, wie wunderbar es war, es mit dir im Büro zu treiben. Deine Finger, die mit den Knöpfen meiner Bluse kämpfen! Deine Hände, die mein Höschen zerreißen! Mein nackter Hintern auf deiner Schreibtischplatte! Du bist so stark! Selten ist es mir so schnell gekommen. Mehr! Ich will mehr!

Liebe Andrea, diese drei Tage mit dir in London waren ein Feuerwerk! Und welch traurige Rückkehr – meine Frau, schlecht gelaunt wie immer, klagte über die Blattläuse ihrer Rosenstöcke, mein Sohn hatte eine Schramme in seinen nagelneuen GTI gefahren und übergab mir den Kostenvoranschlag der Werkstatt, die Tochter brachte ihren neuen Freund nach Hause, einen blonden Jungen mit Rastalocken, und hatte sich eben die Nase piercen lassen! Ach, Andrea! Dass du deinen Aufenthalt in der englischen Filiale verlängert hast, gefällt mir nicht. Ich schmachte im Büro, warte sehnsüchtig auf deine Rückkehr ...

Geliebter Max, der amerikanische Geschäftsführer war kurz da, ich habe ihm einige Zweigstellen gezeigt. Aber ich komme jetzt, ich komme gleich. Übermorgen werde ich bei dir sein. Du wirst dich wundern, was ich in London alles gekauft habe. Die Engländer haben einen ausgeprägten Sinn für schöne Unterwäsche, und die Läden sind entsprechend gut ausgestattet. Hab noch ein bisschen Geduld, Geliebter, und lass dich überraschen. Ich werde am Montag ins Büro kommen, wie du es gern hast, ohne Höschen, aber mit Strapsen und Seidenstrümpfen, und vielleicht, wer weiß, finden wir einen Augenblick allein in deinem Büro? Wenn du wüsstest, wie gern ich mich darunter verstecken möchte, während du deiner Sekretärin einen Brief diktierst … Rate mal, was ich da tun würde! Du weißt es schon? Ah, Geliebter, ich kann es kaum erwarten …

Liebe Andrea, unser Wiedersehen war sehr gelungen, das gebe ich zu. England scheint deine Fantasie wirklich beflügelt zu haben. Diese Stellung, die du neuerdings zu bevorzugen scheinst, ist ein wenig anstrengend. Heute spüre ich einen leichten Muskelkater in den Waden, aber das war eine echte Entdeckung! Und gleich zwei Mal hintereinander! Ich hätte es ein drittes Mal geschafft, wenn du nicht plötzlich von Gehaltserhöhung gesprochen hättest. Andrea, wenn du triefend von mir bist und ich mit offener Hose vor dir stehe, findest du, dass das der richtige Augenblick ist, um über Geld zu sprechen? Lass uns das Private vom Geschäftlichen trennen, so ist doch unsere Abmachung, erinnerst du dich? Das hast du selber am Anfang vorgeschlagen. Also, wenn du über Sachliches mit mir reden möchtest, tun wir das in meinem Büro, und ohne Sex. Ich fühle mich besser dabei. Leider muss ich deine Bitte um Gehaltserhöhung ablehnen. Die Letzte hast du nach der Konferenz mit den Skandinaviern erhalten, das liegt erst fünf Monate zurück und war schon die Zweite in diesem Jahr. Wofür brauchst du so viel Geld? Doch nicht nur, um scharfe Dessous zu kaufen? Andrea, ich habe eine Idee. Lass uns zusammen einkaufen gehen. Wir könnten es in der Ankleidekabine tun, du nur mit Leoparden-Pumps bekleidet, umgeben von durchsichtigen Dingen aus Seide und Spitzen, die Verkäuferin hinter dem Stoffvorhang lauernd! Wie wäre es am nächsten Donnerstag um siebzehn Uhr dreißig?

Lieber Max, leider habe ich am nächsten Donnerstag keine Zeit. Wie du weißt, findet gerade ein Fortbildungsseminar

über amerikanische Werbekampagnen statt. Mein Terminkalender ist im Augenblick sehr voll. Ich rufe dich an.

Andrea, Andrea, du wickelst mich um deinen kleinen Finger! Wie raffiniert du manchmal bist! Du bist, ach, wie soll
ich es sagen! Erst sagst du, dass du keine Zeit hast, und
dann dieser feurige Angriff in der Mittagspause! Ich bin
noch ganz außer mir. Ach Andrea, du kriegst schon deine
Gehaltserhöhung, obwohl es den Kollegen gegenüber
nicht fair ist. Wie könnte ich dir etwas abschlagen? Aber sei
bitte ein bisschen diskret, und nicht nur im Büro. Vorhin
hast du deinen Slip in meine Manteltasche gesteckt, ich
möchte lieber nicht, dass meine Sekretärin oder meine
Frau das süße Stück entdeckt. Ich mag kein Gerede in der
Firma. Wie du weißt, wird sich einiges ändern. Wir erwarten Herrn Dr. S. aus New York, du hast ihn in London kurz
kennen gelernt, wenn ich mich nicht irre. Er wird die Fir-
menleitung übernehmen und wünscht sich frisches Blut
im Management. Ich fürchte nicht um meine Stellung, mit
fünfzig bin ich fast so jung wie mit dreißig (besonders
wenn ich mit dir zusammen bin, du, mein geiles
Mädchen!). Außerdem kann die Firma auf meine Erfah-
rung nicht verzichten, aber du weißt wie das ist, Andrea,
wenn die Köpfe zu rollen beginnen …
  Jetzt etwas Anderes. Wie ware es am Freitag Abend, bei
mir zu Hause? Meine Frau fährt zu ihren Eltern, ich werde
erst am Samstag nachfahren. Das Ehebett ist fast jungfräulich, Andrea, das sollte dich anregen. Seit du in London
warst, sehen wir uns viel zu wenig.
  P.S. Ich habe ein Geschenk für dich!

Ach, Max! Die Matratze deines Ehebettes taugt nicht für
Sex. Sie ist viel zu weich. Die Perlenkette war wunderschön, und ich hoffe, du bist nicht beleidigt, dass ich sie dir
zurückgegeben habe. Ich glaube nicht daran, dass Perlen
Unglück bringen, aber ich finde, dass man einen solchen,

fast königlichen Halsschmuck erst ab vierzig Jahren tragen sollte, um den Blick von der welken Haut etwas abzulenken. Ich bin zu jung, stehe außerdem eher auf Diamanten. Danke trotzdem, Max, für alles. Ich möchte keine teuren Geschenke, du darfst mich aber gern nächste Woche zum Essen einladen, ich muss dringend mit dir reden.

Andrea, Liebling, auch ich muss dringend mit dir reden: Ich werde mich scheiden lassen. Ich will dich heiraten. Meine Ehe ist seit Jahren nur noch eine Konvention, die Kinder sind aus dem Haus, die Arbeit langweilt mich, du bist das Einzige, was in meinem Leben zählt. Jede Nacht träume ich von dir, wache auf, denke an Sex mit dir. Und diese Qual, dich im Büro zu sehen und dich nicht anfassen zu dürfen! Viel zu selten sind unsere Treffen geworden, Andrea, seitdem du die rechte Hand von Herrn Dr. S. geworden bist. Bitte, Andrea, vergessen wir unsere Karrieren! Heirate mich, ich habe ein kleines Haus in Irland, lass uns Schafe züchten und abends am Kamin zusammen Whisky trinken! Heirate mich. Lass mich deine Zukunft sein!

Ach, Max! Es tut mir leid, dass ich dir diese unangenehme Nachricht überbringen muss, aber vielleicht ist es für dich besser, wenn du es von mir erfährst. Morgen wirst du deine Kündigung erhalten. Bob, also, Dr. S., hat beschlossen, dich und einige andere, die älter als fünfundvierzig Jahre alt sind, durch jüngere zu ersetzen. Stell dir vor, er hat mir deinen Posten angeboten! Ich habe zugesagt. Jeden Morgen werde ich an dich denken, wenn ich in deinem Sessel Platz nehme und die Post durchsehe. Es hängen viele süße Erinnerungen an deinem Schreibtisch, der ab morgen der meine sein wird.

Die Kündigung ist sofort wirksam. Da du vorhast, nach Irland zu ziehen, wird es dir nicht schwer fallen. Du wirst eine großzügige Abfindung bekommen, sicher genug, um ein paar Schafe und mehrere Kisten Whisky zu kaufen. Wir werden nicht voneinander Abschied nehmen, da ich in wenigen Minuten mit Bob nach New York fliege. Wir werden es in der Flugzeugtoilette treiben – komisch, ihr habt denselben Geschmack, Bob und du. Auch er hat mich das erste Mal gebeten, ohne Höschen in die Vorstandsitzung zu kommen.

Samstags im Kaufhaus

Sie haben sich in der Lebensmittelabteilung kennen gelernt, als sie sich beide gleichzeitig bückten, um nach der
letzten Milchflasche im Regal zu greifen. Ihre Hände
berührten sich, sie sahen einander an, und schon war es geschehen.

Er erzählte ihr, er hätte vor, Kartoffelbrei zu kochen, aus
echten Kartoffeln. Sie brauchte die Milch nur für ihre Katze. Er hatte blaue Augen, sie auch. Er hatte sinnliche Lippen. Sie wollte geküsst werden.

»Ich kann H-Milch nicht ausstehen«, sagte er, nur um
etwas zu sagen, und sah auf ihren Mund, der leicht nach
Kaffee roch und noch zu weit von seinem entfernt war.

»Ich auch nicht«, sagte sie, obwohl es ihr vollkommen
egal war, und rückte näher, als hätte sie jemand angerem-
pelt.

»Ziemlich eng hier«, sagte er und legte ihr kurz den
Arm um die Taille, »fallen Sie nicht um.«

»Ich heiße Sonja«, sagte sie. »Nehmen Sie doch die Milch,
ich bitte Sie, meine Katze braucht sie nicht, wirklich nicht.«

Seine Augen wanderten über ihr Gesicht, blieben auf
den Lippen haften. Ein klein bisschen rote Farbe war um
die Mundwinkel verschmiert. Er hob den Zeigefinger,
zeigte auf ihren Mund, dann auf seinen Mund.

»Da ...«, fing er an, aber sie unterbrach ihn.

»Nehmen Sie doch die Milch, ich möchte, dass Sie die
Milch nehmen und Kartoffelbrei machen«, wiederholte sie.
»Werden Sie für mich auch einmal Kartoffelbrei kochen?«

»Ja«, sagte er, »wann immer Sie wollen, werde ich für
Sie Kartoffelbrei kochen.«

Er hatte keine Sekunde die Augen von ihren Lippen gelassen.

»Küssen Sie mich«, sagte sie.

Jemand Anderer nahm die letzte Flasche Milch, ohne dass sie es bemerkten. An diesem Sonntag wurde bei Felix kalt gegessen. Sonjas Katze war zufrieden, denn sie bekam Sahne.

Das liegt nun einige Monate zurück. Felix hat noch nicht für Sonja gekocht, aber sie treffen sich jeden Samstag im Kaufhaus. Bei ihm klingelt um halb elf der Wecker. Er stellt ihn sofort ab, um den Schlaf seiner Frau nicht zu stören, steht auf, duscht und putzt sich die Zähne. Beim Rasieren schaut er sich im Spiegel an, sucht nach Spuren von schlechtem Gewissen, nach Reuefalten, nach einem verlegen zusammengepressten Mund und wundert sich über die Gelassenheit, die sein Gesicht ausstrahlt.

»Du siehst gut aus«, lächelt er sein Spiegelbild an, »besser als sonst. Schau, wie glatt deine Haut ist, und deine Augen glänzen, und das nur, weil du ein Rendezvous hast ... Pssst, nicht so laut. Wir wollen sie nicht wecken.«

Die Gefahr ist gering. Jeden Freitagabend löst er eine Schlaftablette im Wein seiner Frau auf. Sie schläft, bis er zurückkommt, dann bringt er ihr das Frühstück ans Bett.

»Das bisschen Fremdgehen belebt mich«, sagt er seinem Spiegelbild, »es tut niemandem weh. Im Gegenteil. Sex macht gute Laune.«

»Sex hebt die Stimmung«, sagt Sonja vergnügt und beginnt zu kichern.

Die Lust hat sie mit einer solchen Wucht erwischt, dass sie nicht aufhört, über sich zu staunen und mehr oder weniger pausenlos an Sex denkt. An Sex und an Felix, aber das ist das dasselbe.

»Felix«, hat sie ihm einmal ins Ohr geflüstert, als sie sich noch nicht solange kannten und einen Einkaufswagen zwischen die Regale mit Keksen und Schokolade schoben, »Felix, wenn ich nur deinen Namen sage, wird mir an manchen Stellen warm, du kannst dir gar nicht vorstellen, wie warm.«

»Wo?«, hat er gefragt, »zeig es mir.«

An dem Tag hat sie es getan. Später hat sie behauptet, es sei ein Fehler gewesen und sie würde es nie mehr tun, aber an diesem Tag hat sie seine Hand genommen und sie zu dieser Stelle am Ende ihres Rückens geführt, an der sie so empfindlich ist, und als er sie berührt hat, hat sie laut gestöhnt und seine Hand weggestoßen.

»Ich kriege keine Luft mehr«, hat sie gesagt, »mir ist viel zu heiß, ich muss meine Bluse öffnen.«

Sie war bei den Salzstangen stehen geblieben und begann mit dem obersten Knopf. Dann sah sie ihn an, sah seinen Blick an ihrem Hals hinabgleiten, schon fiel der zweite Knopf auf den Boden, und der Dritte auch.

»Fass mich nicht an«, sagte sie und legte seine Hand auf ihren Busen.

»Nein«, antwortete er, als er ihre Brustwarze zwischen die Finger nahm.

Sie atmete tiefer, schloss die Augen, bewegte sich nicht. Alles stand still, nur ihre Brust bebte in seiner Hand. Plötzlich krachte direkt neben ihnen ein mannshoher Stapel Erdnussdosen zusammen. Sie blickten auf und lachten laut los. Die Herumstehenden amüsierten sich mit. Unweit fiel ein zweiter Stapel um, diesmal waren es Erbsendosen, und die Menge brach in Gelächter aus. Überall drängten sich die Leute vor, um besser zu sehen, was da los war; die Kinder kletterten auf die Kühltruhen und die Kassiererinnen verließen ihre Kassen. Ein Abteilungsleiter mit weißem Hemd paddelte gegen den Strom der Samstagseinkäufer, ohne voranzukommen, und schrie mit weit aufgerissenem Mund Anweisungen, die keiner verstand, geschweige denn befolgte.

Felix zog Sonja, die immer noch lachte, durch eine Schwingtür in die Lagerräume. Niemand achtete auf sie. Sie gingen an endlosen Regalen voller Lebensmitteln vorbei bis zu einer Kiste, die mit fünf Kilo Reissäcken gefüllt war.

Da haben sie endlich miteinander geschlafen, das erste Mal. Unter ihnen raschelte der Reis, in der Ferne hörten sie, wie sich das Lachen im ganzen Gebäude ausbreitete, beginnend vom Untergeschoss bis in die obersten Stockwerke. Und auch sie haben gelacht, während sie sich auf den Reissäcken liebten. Eine Stunde später sind sie über eine Seitentür hinausgegangen. Der Platz war abgesperrt. Polizisten kontrollierten die Einkaufstaschen und verlangten nach Kassenzetteln. Sie wurden durchgelassen, denn sie hatten nichts dabei, außer Reiskörnern, die aus ihren Kleidern rieselten.

Am Montag war in der Zeitung gestanden: PANIK IM EINKAUFSZENTRUM, REGALE GEPLÜNDERT, HAUSDETEKTIV VERLETZT.

»So geht das nicht weiter«, hat sie Felix eine Woche später gesagt, als sie an der Käsetheke in der Schlange standen und er von hinten ihre linke Hüfte anfasste, während sie Camembert bestellte. »Du machst mich verrückt. Es wird mir schon wieder heiß.«

»Wo?«, hat er gefragt und sie fester an sich gedrückt.

»Ein Stück Parmesan, bitte. Und einen Bergkäse, ja, das große Stück da. Überall. Überall. Und ein Stück Gorgonzola. Lass mich los, sonst ... Nein, ohne Sahne.«

»Ich habe meinen Wagen in der Tiefgarage«, hat Felix gesagt, und sie hat doch keinen Gorgonzola gekauft, sondern ist ihm gefolgt.

»Ich wüsste gern, was sie unter der Woche treibt«, wirft Felix seinem Spiegelbild zu, während er sich die Wangen mit Rasierwasser abklopft. »Oder auch nicht, solange sie samstags nur zum Einkaufen kommt. Na ja, ich wüsste es doch gern ...«

Er fährt noch einmal mit dem Kamm durch seine Haare und wirft dem Spiegelbild einen Kuss zu, bevor er geht.

Unter der Woche ist sie Porzellanmalerin. Sie heißt Frau Mayer und wie alle anderen trägt sie einen weißen Kittel über ihrer Kleidung. Ihre Kollegen halten sie für schüchtern.

Das bin ich jetzt nicht mehr, sagt sie, das war ich, bevor ich Felix kennen lernte, aber das braucht er nicht zu wissen, sonst würde er sich sonst was auf seine Potenz einbilden.

Sie aalt sich im Bett, streckt sich aus, genießt die Wärme. Es gehört zum Spiel, dass sie so gut wie nie vor ihm da ist. Sie kommt absichtlich spät, manchmal erst kurz bevor der Laden schließt. Sie liebt es, dass er auf sie wartet, während sie an ihn denkt.

»Heute werde ich Felix treffen«, singt sie mit tiefer, kehliger Stimme. »Felix, o je o je Felix, mmm Felix, mmm, Felix, wenn du wüsstest, Felix, ach Gott, ach Gott, Felix, ah …«

Sie wälzt sich zwischen den Betttüchern, summt seinen Namen, dehnt das E, bis es beginnt, im Kopf zu vibrieren, bis die Schwingungen sich nach unten ausbreiten, und wenn ihr Bauch zittert und sich weitet, zischt das X wie eine Schlange zwischen ihre Beine und dringt in sie ein.

»Verdammt noch mal«, sagt sie laut und wirft ihr Kopfkissen auf den Boden, »das gibt es gar nicht, was dieser Mann für eine Wirkung auf mich hat.«

Einmal ist er bei der Kühltruhe vor ihr auf die Knie gefallen, hat ihr die Hand auf den Fuß gelegt, und ihr ist so heiß geworden, dass sie beinahe umgefallen wäre. Sie hat sein Gesicht angeschaut, seinen Mund mit diesen breiten Lippen, die sie so gut küssen, und seine Augen, die ihr jedes Mal dasselbe sagen: »Ich will dich, der Rest ist mir egal, komm, ich will dich, alles andere ist mir egal, ich will dich, jetzt und sofort, hier, oder da drüben, in der Umkleidekabine, oder dort, hinter den Mülltonnen, zieh dich aus, es ist mir egal, ich will dich, jetzt.«

Sie hat ihn angeschaut, ihren Zeigefinger in einen Vanillepudding hineingesteckt, damit seine Lippen gestreichelt und ihn hochgezogen, um mit der Zungenspitze das süße Zeug von seinem Mund zu lecken. Wenn sie nur daran denkt, kommt es ihr fast wieder, wie damals, als er bei den Cornflakes seine Hand zwischen ihre Beine legte, ohne sie zu bewegen.

»Ich bin noch nie so begehrt worden«, sagt sie und springt aus dem Bett.

Sie hätte noch Zeit, hätte so tun können, als wäre es Sonntag, und eine Traumlänge vor sich hin schlummern, aber sie wird unruhig. Er ist schon unterwegs zu ihr, das spürt sie, und heute ist ein besonderer Tag.

Heute nieselt es. Das ist ihm egal. Er würde bei jedem Wetter gehen. Er wohnt nicht weit vom Kaufhaus entfernt, braucht sich nicht zu beeilen. Manchmal geht er absichtlich langsam oder macht einen kleinen Umweg, weil das seine Erregung steigert. Beim Anblick der hässlichen, waffelähnlichen Fassade beginnt sein Herz, schneller zu schlagen. Seine Haut prickelt, er atmet tiefer, sein Mund wird trockener. An der Ampel muss er warten. Auf der linken Seite des Platzes ist eine Bäckerei mit einem Café.

»Ich sollte zwei Mohnbrötchen und ein Croissant kaufen und einfach nach Hause zu meiner Frau zurückgehen«, sagt er zu sich selbst, »aber ich werde es nicht tun. Ich bin schlecht.«

Neben ihm steht eine Dunkelhaarige, die ihn von der Seite anschaut. Das gefällt ihm. Er schaut zurück, deutet ein Lächeln an. Sie ist nicht ganz so, wie er sie mag, ein wenig zu dünn ist sie, aber trotzdem hat sie das gewisse Etwas. Normalerweise würde er sie auf einen Cappuccino beim Italiener einladen und sehen, wie es weitergeht, aber heute ist Samstag, und wenn er an Sonja denkt, wird sein Schwanz schon steif. Er reibt sanft daran unter dem Regenmantel und lächelt dabei die Dunkelhaarige an.

In jungen Jahren hat er sich bemüht, seine Triebe unter

Kontrolle zu halten, aber das ist ihm nicht gut bekommen. In dieser Zeit hatte er oft Migräne, schlief schlecht ein und verlor seine Haare. Sogar seine Mutter machte sich Sorgen um seine Gesundheit. Das war furchtbar. Eines Tages hatte er dann diesen Satz bei einem südamerikanischen Schriftsteller gelesen: »Ein Mann kann zwar nicht mit allen Frauen dieser Erde schlafen, aber er sollte es versuchen.« Das hatte ihm eingeleuchtet, und ab diesem Zeitpunkt war es mit ihm bergauf gegangen. Er begehrte mehr oder weniger jede Frau, die ihm über den Weg lief, freute sich, wenn es ihm gelang, eine zu verführen, und wenn es ihm nicht gelang, war er nicht traurig, sondern ergab sich wahren Selbstbefriedigungsorgien, die er mit den schönsten Frauen der Welt feierte. Und jetzt war Sonja gekommen, jeden Samstag Sonja, die er Sonne und Ja nennt; Sonne für ihre linke Brust, die ein wenig größer ist als die rechte, und Ja, weil sie das leise haucht, wenn er sie berührt.

Er lacht, und als die Dunkelhaarige ihn fragend anschaut, sagt er zu ihr: »Ich kann mich wirklich nicht beklagen. So eine schöne Frau.«

Sie lächelt verlegen. Als die Ampel endlich grün wird, folgt er ihr über den Zebrastreifen. Von hinten ist sie nicht so dünn und hat einen einladenden Hüftschwung. Sie biegt nach links ab, schaut noch einmal zurück, er aber eilt geradeaus auf das Kaufhaus zu, beschleunigt den Schritt, bis ihm menschliche Ausdünstungen gemischt mit Parfümschwaden entgegenkommen. Dann geht er langsamer. Er saugt die Gerüche ein, drückt die Glastür auf, in der Luftschleuse bedauert er eine Sekunde lang seine Frau, die in ihrem weißen Nachthemd schläft und von Sex wenig hält, fühlt die Wärme der Körper, die ihm im Vorbeigehen streifen, reibt ein wenig fester an seinem Schwanz, der sich schon auf Sonja freut.

In der Küche trinkt sie nackt und im Stehen einen Kaffee, dann füttert sie die Katze und schreibt einen Einkaufszettel mit Sachen, die sie nicht brauchen wird. Dann schenkt sie sich eine zweite Tasse Kaffee ein und spürt, wie ihre Brustwarzen hart werden, wie immer am Samstagvormittag, bevor sie sich auf den Weg ins Kaufhaus macht. Manchmal, wenn sie schon angezogen ist, knöpft sie ihre Bluse ein wenig auf oder hebt ihr T-Shirt hoch und wundert sich, wie ihre Brüste anschwellen, jedes Mal wenn sie an Felix denkt.

Ihre Brüste haben sich verändert, seit sie ihn kennt. Sie sind lebendig geworden, sie richten sich auf und verlangen nach Händen, die sich um sie wölben, sie wachsen, werden voller, runder und schwerer. Dafür hat der Rest von ihr abgenommen. Ihr Körper hat sich für die Liebe ummodelliert, früher war er funktionell, unauffällig, etwas neutral. Jetzt ist er eindeutig weiblich geworden, und auch ihr Hintern ist nicht mehr zu übersehen. Sie übt Posen vor dem Badspiegel, die Beine leicht gespreizt, macht sie ein Hohlkreuz, streckt ihren Busen, ihren Hintern heraus, stemmt die Fäuste in die Hüften und schickt sich selber einen Kuss.

»Dein Hintern breitet sich zum Arsch aus«, sagt sie zu ihrem Spiegelbild. »Du führst dich auf wie eine richtige Schlampe, wenn dich jemand so sehen würde ...«

Aber sie schämt sich nicht, im Gegenteil. Es gefällt ihr, die Blicke der Passanten anzuziehen, die geilen Blicke der Männer und die taxierenden Blicke der Frauen, und dass ihr Chef ihr Gehalt sofort erhöht hat, als sie ihn darum gebeten hat, lag an ihren Beinen, die sie an diesem Tag bis zu den Schenkeln zeigte, wie sie es auch in der süßen Hölle der Lebensmittelabteilung für Felix bald tun wird.

Er steht in der Fleischabteilung, beugt sich über plastikumhüllte Rinderbraten, prüft die Konsistenz einer Hammelkeule und denkt an Sonjas Beine, wie sie sich vor einigen Wochen langsam über die Tiefkühltruhe neigte, um nach einer Packung gefrorener Scampis zu greifen. Dabei rutschte ihr Rock so hoch, dass er den Rand ihres Höschens sah und nicht umhinkonnte, mit beiden Händen nach ihren Pobacken zu greifen. Danach haben sie die Lebensmittelabteilung verlassen und sind eng umschlungen durch das Haus gelaufen. Sonja hatte die Scampis eingesteckt, riss nun die Packung auf, taute einzelne Scampis in ihrem Mund auf, küsste ihn im Gehen, um ihn mit den von ihrem Speichel aufgewärmten Meerestieren zu füttern. Noch nie hatte er so köstliche Scampis gegessen.

Sie hatten sich schließlich im Mutter-Kind-Raum eingesperrt, Sonja hatte sich auf den Wickeltisch gesetzt, ihre Bluse aufgeknöpft und ihre Brustwarze mit Scampis geschmückt, dann hatte sie Felix' Kopf in die Hände genommen, an ihre Brust gedrückt und ihm befohlen, den salzigen Saft zu lecken, der auf ihren Bauch hinuntertröpfelte. Später hatte er sie gebissen, ihr Höschen zerrissen, seine Hose aufgeknöpft und war in sie eingedrungen, und sie hatte vor Lust geschrien. Damals waren sie so spät aus dem Wickelraum gekommen, dass das Kaufhaus schon am Schließen war.

Warum ist nicht jeden Tag Samstag?, denkt Felix, der an einem Werbestand stehen geblieben ist und Trüffelpastete in seinen Mund schiebt. Hoffentlich kommt sie bald, denn ich bin wahnsinnig geil!

Sie kommt. An diesem Samstag trägt sie so gut wie nichts, nur Strapse und Strümpfe und einen Büstenhalter, der nichts hält, sondern ihre Brüste betont, und darüber ihren Regenmantel. Sie läuft schnell, der Wind hebt die Seiten ihres Mantels, und eine Dunkelhaarige, die ihr entgegenkommt, betrachtet sie mit offenem Mund. Sie beeilt sich, geht bei Rot über die Ampel, denn es ist schon halb zwei, läuft vorbei an bettelnden Obdachlosen, musizierenden Südamerikanern und lächelnden Parteivertretern, weicht geschickt einer Schirmspitze aus, lächelt einen Mann an, der Glanzmittel für Radkappen anpreist und schöne dunkle Augen hat. Aber sie bleibt nicht stehen, sondern stürzt auf die Rolltreppe zu, die sie nach unten führt.

Sie findet Felix vor den Melonen. Sie geht auf ihn zu,

öffnet ein wenig ihren Mantel. Er hat sie noch nicht gesehen. Er riecht gerade an einer Melone, als ihr Bein in sein Gesichtsfeld tritt.

»Sie ist überreif«, sagt Sonja und öffnet ihren Mantel noch weiter. »Nimm lieber eine andere. Diese, vielleicht.«

Sie zeigt auf ihre linke Brust. Felix legt die Melone weg.

»Ich halte es nicht mehr aus«, sagt er, »schau hier, was hier los ist, was du mit mir tust. Eine ganze Woche warte ich schon auf dich, und er auch.«

Er zeigt auf seine Hose. Sonja steckt die Hände in die Manteltasche, um nicht nach ihm zu fassen.

»Gleich«, sagt sie, »auch ich halte es nicht mehr aus, kannst du dich noch ein paar Minuten gedulden?«

»Aber sie schließen gleich«, protestiert Felix, »lass uns schnell irgendwohin gehen. Wie wäre es mit dem Aufzug? Ich möchte dich mal im Aufzug vögeln.«

»Heute nicht«, sagt Sonja, »heute wirst du für mich kochen. Kartoffelbrei, erinnerst du dich?«

Sie kommt näher, öffnet ihren Mantel und drückt ihren fast nackten Körper an seinen.

»Ich werde für dich kochen«, sagt Felix außer Atem, »aber wo?«

Ein Gong ertönt, und eine zuckersüße Stimme bittet die Kunden über Lautsprecher, ihre Einkäufe zu beenden und das Haus zu verlassen, da es in wenigen Minuten geschlossen wird. Sonja führt Felix weg von den Melonen, an Pflaumenmus und Marmelade entlang, schnappt sich ein Glas Honig im Vorbeigehen, kreist um die Gewürze. Vor den Kassen stehen die Menschen Schlange. Die Verkäuferinnen stapeln die Ware weg, schließen die Kühltruhen, und die türkische Putzkolonne rückt mit großen Maschinen an.

»Komm, schnell, zurück zum Obst«, sagt sie leise.

Der Abteilungsleiter stellt sich ihnen mit weit geöffneten Armen in den Weg.

»Wir schließen«, sagt er.

»Entschuldigung, wir haben unsere Bananen bei der Gemüsewaage liegen lassen! Nur ein paar Sekunden!«

Der Mann nickt freundlich und macht ihnen Platz. Einige Meter weiter schwankt ein älterer Mann auf den Getränkestand zu. Der Abteilungsleiter möchte ihn aufhalten, aber dieser besteht darauf, die Flasche alkoholfreies Bier, die er aus Versehen mitgenommen hat, gegen eine richtige einzutauschen.

»Gehen wir zusammen, Bruder«, sagt der ältere Mann und hakt sich beim Abteilungsleiter ein, »das finde ich nett von dir, dass du mir hilfst.«

Die beiden entfernen sich, biegen um die Ecke und verschwinden hinter einem Regal.

»Jetzt«, sagt Sonja.

Sie hebt den künstlichen Rasen, der vom Obsttisch herabfällt. Darunter öffnet sich eine dunkle Höhle. Felix zögert einen Augenblick. Sonja taucht in die Dunkelheit unter.

Felix folgt ihr.

Am Samstagabend gegen sieben hat sich Felix' Frau dazu entschlossen, die Polizei anzurufen. Der Beamte sagte ihr missmutig, ihr Mann sei erwachsen, er könne ihr nicht helfen, und erwähnte, es würden jährlich Dutzende Männer verschwinden, die nur kurz einkaufen gegangen waren. Meistens hätten sie dann eine andere, fügte er hinzu. Sie sollte es nicht so schwer nehmen.

Felix meldet sich erst am Montagmorgen kurz nach neun aus einer Telefonzelle. Sie verlangte die Scheidung.

»Wie du willst«, sagte er und mietete sich in der kleinen Pension gegenüber vom Kaufhaus ein.

Sonjas Katze war beleidigt, dass man sie fast zwei Tage allein gelassen hatte, aber sie hörte bald auf zu schmollen. Sonja hatte ihr Lachs mitgebracht.

Im Kaufhaus rief die Verkäuferin der Bettenabteilung den Abteilungsleiter und den Hausdetektiv.

»Als hätte eine ganze Horde hier nächtelang gefeiert«, sagte sie empört. »Sehen Sie sich mal diese Sauerei an!«

Ein Wasserbett hatte nicht standgehalten, sonst hielt sich der Schaden in Grenzen. Auf dem großen Messingbett mit den dunkelroten Seidenlaken hatte man offensichtlich gelagert. Einige Weinflaschen standen halb leer herum, unter den Kissen fand man Melonenscheiben und zerquetschte Trauben, die Bettwäsche roch nach Erdbeeren, unter dem Bett war ein Teller mit Käseresten, sowie ein Topf mit angetrocknetem Kartoffelbrei.

»Viel gegessen haben sie nicht«, sagte der Abteilungsleiter.

Es wurde Anzeige gegen Unbekannt erstattet.

Die Seuche

Ich war der Erste. Als ich in den späten Fünfzigerjahren geboren wurde, war diese Krankheit noch unbekannt. Lange galt ich als medizinischer Wunderfall, die Schlagzeilen in Fachzeitschriften berichteten von mir und Spezialisten aus aller Welt untersuchten mich, probierten verschiedene Therapien aus. Es war lästig, aber nicht zu vermeiden. Geheilt haben sie mich nicht. Im Gegenteil, mein Zustand hat sich bei jedem Versuch verschlechtert. Kaum setzte man die jeweiligen Pillen ab, ging es mir wieder besser. Als ich in die Pubertät kam, wehrte ich mich gegen weitere Experimente. Ich wollte endlich in Ruhe gelassen werden. Die Klinikleitung war erleichtert, weil es einige Schwierigkeiten mit den Krankenschwestern gegeben hatte. Ich wurde auf eigene Verantwortung entlassen. In der Zwischenzeit waren hier und dort neue Fälle mit meiner Krankheit aufgetreten, der Wissenschaft standen genug andere Meerschweinchen zur Verfügung.

Jetzt hat die Medizin kleine Fortschritte gemacht. Vorsorge ist möglich, man kann die Embryos im Mutterleib impfen, vor der zwölften Schwangerschaftswoche, sonst wirkt der Impfstoff nicht mehr. Etwa ein Drittel der Embryos vertragen die Impfung nicht und sterben ab, eine geringe Prozentzahl erleidet Missbildungen im Herz- und Lungenbereich, die restlichen sind angeblich lebenslang immun, doch viele Eltern verweigern die Impfung oder sie melden die Schwangerschaft absichtlich zu spät. So breitet sich die Krankheit allmählich aus. Heute schätzt man, dass ungefähr 10 Prozent der Bevölkerung angesteckt ist, aber die Dunkelziffer ist enorm. Von den Angesteckten möchte keiner geheilt werden.

Meine Mutter erzählte mir, dass ihre Schwangerschaft normal verlief. Als sie die ersten Wehen spürte, packte sie ihren Klinikkoffer und setzte sich ins Taxi. Sie wurde in den Kreißsaal auf einer Metallbahre mit silbernen Rollen gefahren, von einem Mann, der sie an Taras Bulba erinnerte und einen langen Schnurrbart trug. Im weiß getünchten Flur versuchte sie, diesen Schnurrbart zu berühren, war aber zu schwach, um den Arm zu heben. Taras Bulba neigte sich über ihre Hand. Als sie seinen Atem an ihrer Wange spürte, wurde sie ohnmächtig und wachte auf, als ich schon geboren war. Sie beendete die Geschichte mit dem Kommentar: Eine leichte Geburt, aber was danach kam ...

Was danach kam, steht in meiner medizinischen Akte. Baby Simon, männlich, 57 Zentimeter lang, sieben Pfund, Herz, Lunge, alle Befunde korrekt. Erste Reaktionen etwas verlangsamt und im unteren Normbereich, Fontanellen weit geöffnet, Saugreflex sehr gut ausgeprägt. Nach drei Tagen ein erster Vermerk: Der Säugling schläft zu viel, nimmt konstant ab. Kinderarzt konsultiert. Nach einer Woche: Befund unverändert. Das Säuglingsgewicht ist unter sechs Pfund gesunken, weitere Spezialisten werden hinzugezogen. Das Blutbild verschlechtert sich. Man fürchtet Organschädigungen. Der Säugling wird künstlich ernährt. Die Mutter darf Baby Simon nicht stillen, bekommt daraufhin eine Brustentzündung, darf den Säugling aus Hygienegründen nicht mehr anfassen. Der Zustand des Patienten verschlimmert sich. Baby Simon kommt in den Brutkasten. Sein Leben ist in Gefahr.

Nachts im Fieberwahn sah meine Mutter Taras Bulba an ihrem Bett stehen. Er kam ihr sehr groß vor, aber sie erschrak nicht. Er nahm sie in die Arme, hob sie auf eine Bahre mit silbernen Rollen, rollte sie zur Intensivstation, legte ihr das sterbende Baby Simon an die Brust, schob ihre schmerzende, tröpfelnde Brust in seinen, meinen Mund und rollte uns beide aus dem Krankenhaus bis zum Taxistand. Als meine Mutter im Auto saß, wickelte Taras Bulba eine Decke um sie, schloss die Tür, gab dem Taxifahrer Geld und winkte dem Wagen nach. Zu Hause fühlte sich meine Mutter elend, ging mit Baby Simon, also mit mir, ins Bett. Sie stand nicht auf, wechselte keine Windeln, hörte das Telefon nicht, das Klingeln an der Tür nicht, und schlief sich gesund. Währenddessen nuckelte Baby Simon, also ich, ununterbrochen an ihrer Brust. Nach einigen Tagen wurde die Haustür durch die Polizei aufgebrochen, Mutter und Kind wieder ins Krankenhaus gebracht. Da mein Zustand sich gebessert hatte und ich beachtlich zugenommen hatte, beschlossen die Ärzte gegen die damalige Regelung, dass meine Mutter mich bei sich behalten dürfe und so oft wie möglich stillen sollte. So verbrachten wir die ersten Wochen meines Lebens zusammen, eng aneinander geschmiegt in einem Krankenhausbett.

Im Entlassungsbericht steht: Geburtsgewicht von sieben Pfund wieder erreicht, körperlicher Zustand befriedigend, Kopfgröße der Norm entsprechend, allgemeine Konstitution schwächlich. Die zuerst deutlichen, atypischen Unregelmäßigkeiten im neurologischen Befund verschwunden. Der Patient neigt zu Untertemperatur. Mutter neurotisch veranlagt. Nachbehandlung nötig. Prognose: Günstig.

Vor dem Krankenhaus blieb meine Mutter stehen, die Sonne blendete sie, die frische Luft stieg ihr in den Kopf. Sie taumelte. Auf einmal sah sie Taras Bulba. Er hatte auf sie gewartet, dabei die silbernen Rollen einer Bahre mit einem Tuch poliert. Sie musste den Kopf in den Nacken werfen, um ihm in die Augen zu schauen, so groß war er. Wie kann ich Ihnen danken, sagte sie zu ihm und war froh, dass sie mich mit beiden Händen hielt, sonst hätte sie sein Gesicht berühren müssen. Taras Bulba antwortete nicht. Er öffnete die Tür des Taxis und schob sie hinein. Fahren Sie schnell, sagte er zum Fahrer, dieses Kind braucht Wärme. Sehr viel Wärme. Dann drehte er sich zu meiner Mutter um. Du musst ihn mit deinem Körper warm halten, sagte er, sonst stirbt er. Hast du verstanden? Dann nahm er ihre Hand, hob sie zu seinem Mund und küsste ihre Innenfläche. Er schloss die Tür. Schnell, rief er dem Fahrer noch zu, schnell, fahren Sie so schnell Sie können.

Später behauptete meine Mutter, das alles wäre nur ein Traum gewesen. Ein Mann, der wie Taras Bulba aussieht und einen langen Schnurrbart trägt, hätte sie niemals berührt, es hätte ihn niemals gegeben, sie hätte ihn bloß erfunden, aber wenn sie von ihm sprach, streichelte sie die Innenfläche ihrer Hand, als hätte sich sein Mund dort eingebrannt. Kurz vor ihrem Tod begegnete sie ihm ein letztes Mal. Sie dämmerte dahin, hatte sich seit Stunden nicht mehr bewegt, als sie plötzlich die Augen aufriss. Sie hob zitternd die Hand, streckte das Gesicht mit den ausgehöhlten Wangen wie zu einem Kuss nach oben, ihre dünnen Lippen öffneten sich ein wenig, als würde sie lächeln. Dann schloss sie die Augen, fiel in das Kissen zurück. Er war's, sagte sie und starb.

Sie ist die Einzige, die Taras Bulba je gesehen hat. Die Ärzte ließen damals, nach meiner Geburt, nach ihm suchen, doch im Krankenhaus trug unter den Angestellten niemand einen solchen Schnurrbart, und nicht einmal die Taxifahrer erinnerten sich an ihn. Schließlich diagnostizierte man bei meiner Mutter eine Schwangerschaftspsychose mit Halluzinationen und gab die Suche auf. Ich für meinen Teil habe noch keine Sekunde an der Existenz von Taras Bulba gezweifelt. Er hat mein Leben gerettet, ich bin ihm unendlich dankbar. Ich brauche ihn nicht zu sehen, ich weiß, dass es ihn gibt.

Als meine Mutter zum zweiten Mal mit Baby Simon nach Hause kam, legte sie den Säugling in ein Körbchen, deckte ihn zu und ging ein wenig in der Wohnung herum. Sie öffnete alle Fenster. Die Morgensonne zeigte auf die dicke Schicht Staub, die sich in ihrer langen Abwesenheit gebildet hatte, auf die hängenden Grünpflanzen und die verschmutzten Scheiben. Meine Mutter seufzte, schloss die Augen, ließ sich auf das Sofa sinken. Im Krankenhaus hatte sie nichts Anderes zu tun gehabt, als mir ihre Brustwarzen in den Mund zu schieben und mich nuckeln zu lassen. Das war nun vorbei. Sie seufzte noch einmal, stand auf, machte sich eine Tasse Kaffee, die sie im Stehen trank, stellte den Schrubber, die Gießkanne, das Fensterleder bereit, und nahm sich vor, als Erstes den Staub zu entfernen. Sie hatte noch nicht damit angefangen, als sie sich an Taras Bulbas Worte erinnerte. Sie fröstelte, ließ das Staubtuch fallen, schloss die Fenster und ging zum Körbchen von Baby Simon. Der Kleine lag blass, fast bläulich da, atmete kaum noch. Er sah tot aus. Sie befühlte seine Wange. Die Haut war kalt. Als sie Simon aufnahm, öffnete er nicht die Augen. Er schrie nicht, er rührte sich nicht mehr. Aber er lebte. Das stellte sie fest, als sie ihr Ohr auf die schmale Brust legte. Sie hörte seinen Herzschlag, weit entfernt.

Sie rief nicht den Notarzt an, sondern dachte an Taras Bulba, zog sich und Baby Simon aus, presste das Kind an ihren warmen Körper. Nach einer Weile spürte sie, wie Baby Simon sich bewegte und deutlicher atmete. Später, als er anfing, an ihren Brustwarzen zu nuckeln, entspannte sie sich und erkannte, was zu tun war, nämlich nichts. An Putzen war nicht zu denken. Nur die Pflanzen begoss sie noch schnell, bevor sie sich mit Baby Simon, also mit mir, ins Bett legte. Später ließ sie die Pflanzen eingehen.

Jedes Mal, wenn sie Baby Simon ins Körbchen legte, wurde es nach kürzester Zeit blass und kalt. Es hielt keine Viertelstunde ohne Körperwärme aus. Sie versuchte zu mogeln und einen Ersatz zu finden, probierte andere Wärmequellen aus: Decken, Heizkissen, Plüschtiere, Wärmflaschen, später besorgte sie ein lebendiges Kaninchen. Das nützte alles nichts. Baby Simon wollte Körperwärme, Menschenwärme und nichts Anderes. Es ließ sich nicht überlisten. Ein später herbeigerufener Kinderarzt meinte, das würde sich mit der Zeit geben, sie müsste sich nur etwas gedulden. Er verordnete eine ganztägige Haushaltshilfe. Meine Mutter blieb liegen, kümmerte sich um nichts, wartete gelassen, träumte glücklich vor sich hin. Es war eine gute Zeit, sagte sie, aber irgendwann will jeder doch wieder aufstehen.

Nach zwei Jahren hatte es sich nicht gegeben. Mein Wärmebedürfnis hatte nicht nachgelassen. Ich ließ meine Mutter keine fünf Minuten in Ruhe, wollte nach wie vor gestillt werden, wurde ohnmächtig, sobald sie aufhörte, mich zu berühren. Meine Mutter war fertig mit den Nerven. Sie brachte mich zurück ins Krankenhaus, und diesmal hatte sie leichte Wahnvorstellungen: Ununterbrochen stellte sie sich vor, wie sie mich erwürgte oder gegen die Wand knallte. Man glaubte ihr nicht. Sie tobte, drohte mit Mord und Selbstmord, ging schließlich mit dem Brieföffner auf den Arzt los. Daran kann ich mich sehr gut erinnern, obwohl ich noch sehr klein war. Mir wurde es kalt und schwarz vor Augen, mein Blutdruck sank rapide. Ich sah noch, wie meine Mutter den Arzt mit dem Brieföffner traktierte, hörte mehrere Leute durcheinander schreien, wurde ohnmächtig. Leider habe ich das Ende der Szene verpasst. Ich wachte in einem gutbeheizten Raum auf, nackt wie es mir am liebsten ist, zusammen mit einer nackten Krankenschwester.

Die nächsten Jahre waren nicht immer angenehm. Meine Mutter ließ sich kaum blicken. Ich vermisste sie. Ich musste in der Klinik bleiben, auf der Kinderstation wärmten mich pflichtbewusste Krankenschwestern. Der Schichtdienst, dieser andauernde Wechsel, war schrecklich. Man gab mir gerade genug Körperwärme, um mich am Leben zu halten, sonst wurde ich wie ein Phänomen behandelt, vorgeführt, fotografiert, gemessen, gestochen, getestet. Täglich nahm man mir Blut ab, machte Röntgenbilder, Ultraschall, EEG, EKG und was die Wissenschaft sonst noch alles erfunden hat, um die Patienten zu quälen. Alles umsonst. Die ganzen Untersuchungen für nichts und wieder nichts. Keine Viren, keine Bakterien, keine pathologischen Veränderungen der Organe. Nichts. Alle Therapieversuche sind gescheitert: Tabletten, Tropfen, Bäder, Infusionen, Elektroschocks, Psychoanalyse etc. Es gibt einfach kein Mittel gegen diese Krankheit. Nur Körperwärme. Ich brauche Körperwärme, viel Körperwärme. Am besten von Frauen, aber übergangsweise geht es auch mit Männern.

Mit fünfzehn verließ ich das Krankenhaus und zog zurück zu meiner Mutter. Sie selber berührte mich nie mehr, es war nicht notwendig, denn ich sah gut aus, und mein Fall war bekannt. Viele Frauen wollten mich unbedingt kennen lernen, sie waren neugierig und gern bereit mit mir nackt zu liegen. Einige fanden sogar großen Gefallen daran, sie blieben lange, kamen immer wieder. Keine einzige verlangte Geld für ihre Dienste.

Seit ich wieder zu Hause lebe, geht es mir ziemlich gut. Ich habe es in der Hand. Inzwischen kann ich mich auch eine Weile von einer Nähequelle entfernen. Ich habe gelernt, die Wärme zu speichern. Dazu stelle ich mir vor, wie sich der Körper einer Frau anfühlt, wie weich ihre Brüste und wie fest ihre Brustwarzen werden, wenn ich mit ihnen spiele, und es wird mir sofort warm. Überall. Ich habe einen Artikel zu diesem Thema in einer Fachzeitschrift veröffentlicht, aber nicht die ganze Wahrheit gesagt. Ich habe behauptet, es würde höchstens zwei Stunden halten. Dass es mit einiger Übung länger hält, weiß ich schon. Aber wer möchte das schon? Es ist ein großes Vergnügen, sich nackt an einen anderen Menschen zu schmiegen.

In den letzten Jahren hat sich die Krankheit sprunghaft verbreitet. Die Zahl der Betroffenen wächst. Wir veranstalten Kongresse, wählen unsere Abgeordneten, haben eine eigene Zeitung. Wir müssen unsere Interessen vertreten. Noch sind wir eine Minderheit. Und wir sind in Gefahr. Man spricht davon, uns auszurotten, man nennt uns den Abschaum der Menschheit. Manchmal zeigt das Fernsehen zur Abschreckung Bilder von unseren Versammlungen, aber sie bewirken meist das Gegenteil. Nach jeder Sendung schoss die Zahl der Erkrankten in die Höhe. Man sieht uns, wie wir wirklich sind. Wir streicheln uns und vögeln mehr oder weniger ununterbrochen und alle zusammen, wir liegen ineinander verschlungen, sodass keiner mehr weiß, wo er anfängt und wo er aufhört.

Unsere Feinde werfen uns vor, Parasiten zu sein, nicht zu arbeiten, nichts zu produzieren, kaum zu konsumieren. Sie sagen, wir würden die Grundwerte der Gesellschaft unterminieren. Sie haben Recht, das tun wir, ich hoffe, dass uns das bald gelingt. Zurzeit sieht es gut aus.

Ach, Rudy!

Ich wäre die Richtige für dich gewesen, Rudy, das sage ich dir. Du hättest eine wie mich gebraucht. Eine, dir zu dir steht, jawohl! Da wärest du noch hier. Schade, wir haben uns verpasst, Rudy. Das Schicksal hat es nicht gut mit uns gemeint.

Ich bin noch immer mit Silvio verheiratet – er ist kein schlechter Kerl, das kannst du mir glauben. Manchmal schreit er, aber das nehme ich ihm nicht übel. Männer sind halt so, Rudy, sie müssen zeigen, wer der Mann im Haus ist, auch wenn die Frau die Zügel in der Hand hält.

Wovon habe ich gerade gesprochen? Ach ja, von Silvio. Weißt du, warum ich ihn geheiratet habe? Weil er Italiener war, wie du. Und weil seine Lippen dieselbe Form hatten wie deine. Als er mich das erste Mal geküsst hat, war es fast, als würdest du mich küssen, Rudy. Das hat mir gefallen. An dem Tag hatte er noch keine Zwiebeln gegessen. Ach, Rudy! Du hast sicher nie aus dem Mund gestunken. Du nicht.

Bei der Hochzeit habe ich geweint. Ich habe nur an dich gedacht, Rudy. Ich wollte nur dich. Als ich mit dem Silvio vor dem Priester stand, war mein Verlangen nach dir so stark, dass du zu mir gekommen bist. Ich habe unserem Jesus in die Augen gesehen, und er hatte deine Augen, Rudy. Ich erinnere mich daran, als wäre es gestern gewesen. Meine Knie sind weich geworden. Er hatte deine dunklen Samtaugen mit den schweren Lidern. Mein Mund war trocken. Ich habe den Jesus angeschaut, und plötzlich warst du da, auf dem Altar. Du hast mich angelächelt. Ich bin fast in Ohnmacht gefallen.

Ach, Rudy, kannst du dich daran erinnern? Du bist die paar Stufen hinabgestiegen, zu mir – ja, und danach …

Ich bin erst im Restaurant wieder zu mir gekommen, als meine Freundin Marga mir in die Seite gekniffen hat: »Ich hätte nie gedacht, dass du diesen Silvio so liebst«, hat sie gesagt, »aber deine Stimme, als du ›Ja‹ gesagt hast, die klang, als würdest du einen König heiraten!«

Sie hatte Recht, ach wie Recht sie hatte! Ich habe »Ja« zu dir gesagt, Rudy, als du mir vor dem Altar die Hand gereicht hast. Den Silvio habe ich nie geliebt.

Einmal habe ich es gebeichtet. Ich hatte ein schlechtes Gewissen. Der Priester hat nichts verstanden. Er hat behauptet, ich würde sündigen, weil ich immer an dich denke, wenn ich mit Silvio im Bett liege. Dabei ist genau das Gegenteil der Fall. In Wahrheit habe ich dich geheiratet, Rudy. Dir habe ich vor Gott Treue geschworen! Der Priester, dieser Einfaltspinsel, sage ich dir, der hat gemeint, ich sollte schnell ein paar Kinder bekommen, das würde mich zur Vernunft bringen. Ich habe nie mehr mit ihm darüber geredet. Wenn ich beichten war, habe ich unkeusche Gedanken gebeichtet. Mehr nicht. Mit meinem Gewissen habe ich mich arrangiert.

Aber ich schwör's dir, Rudy, in meinem Herzen war immer nur Platz für dich. Meine Seele ist dir immer treu gewesen.

Ach, Rudy!

Weißt du noch, die Spagetti Bolognese bei der Hochzeit? Der Kellner – das war ein junger, etwas ungeschickter Kellner, der hatte mir beim Servieren Soße auf den Rock geschüttet. Die Braut hatte einen roten Fleck auf dem Schoß. Das war ein Skandal! Meine Mutter schimpfte und bemühte sich, den Fleck zu entfernen, aber ich habe nur vor Freude gelacht, Rudy. Ich war ja gerade deine Frau geworden.

Später habe ich die Fotos von der Hochzeit Hunderte von Male betrachtet und nach dir gesucht. Ich habe jedes einzelne Bild mit der Lupe angeschaut, bis mir die Augen weh taten. Nichts. Du bist nirgends zu sehen. Ein Glück, dass ich die anderen Fotos von dir habe. Aber eins hätte ich auch schon gern, wo wir beide darauf wären.

Der Silvio meint, dass ich spinne. Ein ganz Gescheiter war er nie. Dumm ist er auch nicht. Einmal, da war er betrunken, hat er ein Bild von dir zerrissen. Dann hat er mich ins Schlafzimmer gezerrt und herumgeplärrt, er wäre mein Mann, ich würde ihm gehören, und dann hat er ein paar hässliche Dinge über dich gesagt, ich wiederhole sie lieber nicht …

Unter uns, Rudy, ich war gar nicht so unglücklich, dass er sich endlich wie ein Mann verhält. Aber dann, weißt du, was er getan hat? Er ist auf dem Bett eingeschlafen. Hat laut geschnarcht. Na ja.

In den letzten Jahren hat er Fett angesetzt, besonders um den Bauch herum. Seinen Gürtel trägt er jetzt darunter, und ich habe ihm schon Hosenträger gekauft, aber ich sage nichts. Männer sind sensibel, Rudy, und eitel, da muss man aufpassen, dass man sie nicht verletzt. Ach, Rudy, wenn ich nur an deine Figur denke! Du wärest niemals dick geworden. Meine Güte! Deine Arme und deine Beine, und diese Muskeln! Kein Wunder, dass sich all diese schrecklichen Weiber auf dich gestürzt haben.

Eins gebe ich zu: Ganz so hübsch wie die war ich nie. Die Negri und deine Natascha und all die anderen Weiber, die haben schon nicht schlecht ausgesehen. Aber wie die sich zurecht gemacht haben! Kiloweise Make-up! Und die Kleider und die Frisuren! Und die Umgebung! Nur Gold und Glitzer, wie im Theater! Ob du sie nur eines Blickes gewürdigt hättest, wenn sie sich einfach so gezeigt hätten, wie sie sind? Wenn du sie auf der Straße gesehen hättest, wenn sie vom Einkaufen zurückkommen und an jeder Hand ein schreiendes Kind haben?

Ach, Rudy!

In meinem Leben mit dir gehe ich nie einkaufen. Es gibt Leute, die mir alles abnehmen, die mir die Haare machen, die Nägel lackieren. Ich liege auf einem riesigen Bett, mitten im Zimmer, auf einem weißen Fell, und ich trage einen türkisblauen Morgenmantel aus Seide mit chinesischen Stickereien. Ich liege da und warte auf dich, Rudy.

Ich liege auf dem Bauch. So gefällt es mir am besten. Und während ich warte, rauche ich parfümierte Zigaretten mit einer silbernen Zigarettenspitze und schaue mir deine Fotos an. Mein liebstes ist das Bild aus der Kameliendame, als du den Armand Duval gespielt hast. Da bist du so schön, das es mir jedes Mal den Atem verschlägt.

Meine Tochter Tina, ich habe sie Valentina nach dir genannt, also Tina findet dich kitschig. Ich lasse sie reden. Sie hat keine Ahnung. Ihr Mann arbeitet bei der Bank und spricht nur von Geld und Aktien und Zinsen. Er hat keinen Sinn für Poesie. Und ihre Kinder, meine Enkelkinder ...

Ach, Rudy, ich will dich nicht mit meinen Familiengeschichten langweilen, aber weißt du, zusammen hätten wir eine schöne Familie haben können. Und dann wärest du noch am Leben, weil ich auf dich aufgepasst hätte. Doch. Ich kenne Männer, sie brauchen alle eine Frau, die sich um sie kümmert.

Der Silvio ist nicht anders. Er braucht mich. Deswegen habe ich ihm in all den Jahren nie gesagt, dass ich einen anderen liebe. Dass mir die Knie zittern, jedes Mal, wenn ich an dich denke!

Vor Ostern war ich beichten. Der Priester wollte mir nicht glauben, dass ich in meinem Alter immer noch unkeusche Gedanken habe. Drei Ave Maria hat er mir gegeben. Ich habe für dich gebetet, Rudy. Was für ein Blödsinn, dass du so jung gestorben bist. Wenn du mich gekannt hättest, wärest du noch am Leben. Wir würden heute zusammen Spaghetti essen.

Madame,

seit Jahren schon bereise ich in Ihrem Dienst die Welt. Bis jetzt hatten Sie allen Grund, mit mir zufrieden zu sein. Sobald Sie nach mir riefen, ließ ich meine eigenen Geschäfte im Stich und eilte zu Ihnen, um mein Schicksal aus Ihrem Mund zu erfahren. Wenn Sie es verlangten, verließ ich noch am selben Tag die Stadt. Kein Ziel war mir zu weit, keine Strapaze zu groß, vor dem Unbekannten fürchtete ich mich nicht. Nach außen hin war ich ein treuer, ergebener Reisender, man hielt mich für tapfer, bewunderte mich. Nur Sie und ich wussten es besser.

Als Sie zum ersten Mal an einem dunklen Winterabend mein Restaurant betraten, brachten Sie den kalten Wind von der Straße herein. Die Tür hinter Ihnen war offen geblieben, ich ging ein paar Schritte, um sie zu schließen, dann sah ich Sie, Madame. Ein kleiner Mann redete mit schriller Stimme auf Sie ein, er sprach Englisch mit französischem Akzent, zupfte an Ihrem Ellbogen. Sie zogen Ihren Handschuh aus, und ich begann zu brennen. Ich begehrte Sie mit jeder Faser meines Körpers, Madame, von der ersten Sekunde an, und ich zeigte es Ihnen ohne Scham. Sie schienen meine Aufmerksamkeit zu genießen, schenkten mir ein Lächeln, wenn sich unsere Augen begegneten, und ich war dumm genug, mir einzubilden, auch Sie würden an mir Gefallen finden. Sie taten alles, um diese Illusion zu nähren.

Fast täglich speisten Sie bei mir, immer in Gesellschaft. Sobald Sie in der Tür erschienen, kam ich auf Sie zu, nahm Ihnen den Mantel ab, führte Sie zu meinem besten Tisch. Wenn ich mich entfernte, um mich um andere Kunden zu kümmern, spürte ich Ihre Augen, die mich im Raum verfolgten, und kam zu Ihnen. »Ich will, dass Sie da bleiben«, sagten Sie und lächelten mir über den Rand des Weinglases zu. Ich gehorchte, bediente nur noch Sie. Manchmal legten Sie die Hand auf meinen Unterarm, wenn Sie sich mit mir über das Menü unterhielten. Ich wähnte mich dem Glück nah. Eines Abends kamen Sie allein, es war schon spät, ich hatte nicht mehr mit Ihnen gerechnet. Sie bestellten den teuersten Wein und einen Risotto mit Trüffeln, baten mich, Platz zu nehmen und mit Ihnen zu essen. Sie trugen ein rotes Kleid, weit ausgeschnitten, Madame, Sie beugten sich zu mir, um mir Oliven in den Mund zu stecken, ich sah Ihre Brüste, Ihr Fuß berührte den meinen unter dem Tisch, Sie reichten mir Ihr Glas zum Kosten, ich legte meine Lippen auf die roten Spuren Ihres Lippenstiftes, trank und verlor jede Zurückhaltung. Trunken von Ihrem Parfüm erklärte ich Ihnen meine Liebe. Sie ließen mich sprechen.

»Ich liebe Sie nicht«, sagten Sie ruhig, »aber ich habe Mitleid mit Ihnen.« Sie baten mich, Ihre Serviette vom Boden aufzuheben. Ich fiel auf die Knie, kroch unter den Tisch. Die Serviette lag zwischen Ihren Füßen. Sie zogen langsam Ihr Kleid hoch, öffneten die Beine, luden mich ein, Sie zu berühren. Sie trugen seidige Strümpfe, die Haut Ihrer Schenkel machte mich verrückt, ich drängte meinen Kopf zwischen Ihre Beine und verlor die Besinnung. Als ich wieder zu mir kam, waren Sie verschwunden.

Ich schickte Ihnen Blumen und Geschenke, die Sie zurückschicken ließen. Ich fing an, Ihnen zu schreiben. Meine ersten Briefe kamen ungeöffnet zurück, doch ich gab nicht auf, schrieb Ihnen beinahe täglich, und gelegentlich lasen Sie wohl meine Briefe, denn eines Tages bekam ich eine Antwort. »Wenn Sie tatsächlich bereit sind, alles zu tun, um mir zu gefallen, kommen Sie am nächsten Dienstag um elf Uhr«, schrieben Sie. Als ich die Treppe zu Ihrer Wohnung hochstieg, Madame, hoffte ich noch, Sie zu gewinnen. Sie empfingen mich in Ihrem Salon. Sie saßen auf einer roten Ottomane und ließen mich vor Ihnen stehen.

»Legen Sie die Blumen auf den Tisch, Sabattini«, sagten Sie zu mir, »und nehmen Sie sie wieder mit, wenn Sie gehen, ich mag keine Blumen. Ersparen Sie mir in Zukunft diese billigen Aufmerksamkeiten. Sie behaupten, mich zu lieben. Werden Sie wirklich alles tun, was ich verlange?«

Von Ihrer Rede hatte ich nur das Wort Zukunft gehört, begeistert sagte ich zu. Sie warnten mich: Ich dürfe mir keine Hoffnung machen, nie würden Sie ein Bett mit mir teilen. Für sexuelle Begegnungen hätten Sie nichts übrig, den Kontakt fremder Schleimhäute fänden Sie abstoßend und unhygienisch, kurz, alles andere als lustvoll. Dennoch, wenn ich Ihre Wünsche zur vollen Zufriedenheit erfüllte, wären Sie bereit, mich an Ihren erotischen Spielen teilhaben zu lassen, vorausgesetzt, ich hielte mich streng an Ihre Bedingungen. Ich ließ mich auf alles ein. An diesem Tage zeigten Sie sich gnädig, Madame, meine kleine Belohnung, wie Sie es nannten, bekam ich ausnahmsweise im Voraus. Ich musste auf einen kleinen Schemel zu Ihren Füßen niederknien und durfte Ihnen zusehen, während Sie sich selber streichelten. Großzügig erlaubten Sie sogar, dass ich mich selber berührte. Unsere Augen verließen einander keine Sekunde, wir atmeten im gleichen Rhythmus, zwei Meter voneinander entfernt erreichten wir gleichzeitig den Höhepunkt. Danach liebte ich Sie mehr denn je, Madame.

So begann ich für Sie zu reisen, und nach jeder Reise wurde ich für meine Berichte von Ihnen belohnt. Sie bestellten mich zu sich nach Hause, sperrten die Tür hinter mir ab. Wir waren allein. Oft ließen Sie mich ganze Nachmittage in Ihrer Nähe bleiben, und ich unterwarf mich vollständig Ihrem Willen. Ich war zufrieden, Madame, auch wenn Sie mich fesselten, sodass ich mich selber nicht berühren konnte. An diesen Tagen zogen Sie sich nackt aus. Sie taten so, als wäre ich nicht da, doch Sie achteten darauf, dass ich Ihnen immer zusah. Sie sprachen kein Wort mit mir, Sie spazierten herum, telefonierten, aßen, rauchten, lasen und öffneten Ihren Körper meinen gierigen Blicken. Ich bemühte mich um Ruhe, aber es schmerzte mich, so sehr begehrte ich Sie, Madame, und wenn ich stöhnte, lachten Sie nur.

Manchmal zwangen Sie mich, Ihnen meine erotischen Fantasien zu erzählen, doch ich war einfältig, ich träumte nur davon, Sie zu besitzen, und wenn ich es verriet, wurden Sie zornig. Sie schlugen mich und schickten mich weg. So lernte ich lügen. Für Sie, Madame, erfand ich Geschichten, die Ihnen gefallen sollten. Da küsste ich Ihren Schatten auf der Straße, da leckte ich die Spuren Ihrer nassen Füße, wenn Sie aus dem Bad stiegen, da brauchte ich nur Ihre Unterwäsche zu bügeln, um das vollkommene Glück zu erreichen.

Ich weiß nicht, ob Sie meinen Lügen glaubten, aber Sie dankten es mir. Ich durfte Ihnen beim Baden zuschauen und Ihren Körper mit Ölen einreiben, einmal ließen Sie mich an Ihren Zehen lecken, während Sie sich hin und her auf Ihrer Ottomane wälzten, die Hand fest zwischen die Schenkel gepresst, ein anderes Mal rieben Sie sich sogar an meinem Bein, bis Sie vor Lust aufschrien. Und einmal, Madame, erinnern Sie sich daran? Sie hatten wohl Ihre Abscheu vor Schleimhäuten vergessen, denn Sie steckten mir Ihren Zeigefinger in den Mund, während es uns beiden gleichzeitig kam.

Haben Sie sich gewundert, Madame, dass ich mich nie wehrte? Dass ich Sie mit mir alles machen ließ, was Sie wollten? Dass ich nie versuchte, Sie einfach zu nehmen, wie ich es wollte? Ich glaube nicht, dass Sie sich je Gedanken darüber gemacht haben. Das war ein Fehler. Sie hätten Angst vor mir haben sollen.

Ich lebte nur für Sie, Madame. Nicht für diese kargen Augenblicke, die Sie mir als Belohnung gönnten. Glücklich war ich nur, wenn ich in Ihrem Auftrag unterwegs war. Meine Briefe hatten Ihnen gefallen, Sie langweilten sich, Sie wollten Intensives erleben, aber nichts dafür geben. Sie wollten durch die Wüste laufen, in allen Ozeanen dieser Welt schwimmen, Partisanen kennen lernen, die Geschosse von Scharfschützen in Ihren Ohren pfeifen hören, im Schneesturm umherirren, Zenbuddhistin werden und die

Erleuchtung erlangen, alles durch mich, denn Sie waren zu bequem. Sie sind faul und feige, Madame. Für Sie ließ ich mich von Moskitos beißen, für Sie bekam ich Malaria, für Sie stand ich mit einer Bettelschale an einer Straßenecke in Kalkutta, für Sie wurde ich in der New Yorker U-Bahn ausgeraubt und halb tot geschlagen. Sie genossen meine Berichte, Madame, aber Sie wussten es nicht, Nacht für Nacht träumte ich von Ihnen.

Sie waren mir eine willige Geliebte, die mich auf jede Reise begleitete. Nie hatte ich Angst um mein Leben, nie spürte ich Kälte, Hunger oder Schmerzen, denn Sie waren bei mir. Sie warteten auf mich in der Schiffskabine, schliefen mit mir, während draußen ein Orkan tobte. Sie leisteten mir Gesellschaft im nigerianischen Gefängnis, zerdrückten meine Flöhe mit Ihren Fingernägeln und legten sich für mich auf den schmutzigen Boden. Sie leckten meinen Schweiß, als ich krank war, ließen mich aus Ihrem Mund trinken, wenn ich durstig war, und immer wieder zogen Sie mich aus, öffneten Ihre Beine, forderten mich auf, in Sie einzudringen. Sie waren unersättlich, Madame, wie es Ihrer wahren Natur entspricht, aber ich behielt dieses Geheimnis für mich. Sie ahnten nicht, dass ich Sie genauso gebrauchte wie Sie mich.

In all den Jahren habe ich keine andere Frau gekannt als Sie, Madame. Sie hatten mir jeden Geschlechtsverkehr verboten, ich gehorchte Ihnen. Das fiel mir nicht schwer, Sie waren mir mehr als genug. Ich vermisste nichts. Doch als ich Sie nach meiner letzten Reise wie üblich besuchte, um meine Belohnung abzuholen, spürte ich, dass Sie verändert waren. Sie hatten Ringe unter den Augen, waren ungeschminkt, und Ihre Haare wirkten schmutzig. Sie trugen nicht wie sonst Reizwäsche oder dekolletierte Kleider, sondern Jeans und ein T-Shirt. Sie rauchten pausenlos, die Aschenbecher waren nicht geleert, Ihre Wohnung unordentlich. Ich fragte Sie, ob ich aufräumen sollte, denn manchmal gefiel es Ihnen, mir dabei zuzuschauen. Sie zuckten mit den Schultern, ließen mich eine Weile machen, gingen nervös hin und her. Als ich den Staubsauger holte, befahlen Sie mir aufzuhören und Ihnen von der Reise zu erzählen.

Diesmal hatten Sie mich in die Berge geschickt. Sie wollten unerreichte Höhen erklimmen, die kalte Luft der Gletscher einatmen. Ich hatte wenig zu berichten, keine erfrorene Zehe, nur ein paar harmlose Schürfwunden aufzuweisen, weil ich von einem Felsen abgerutscht war. Ich beschrieb die Sonnenuntergänge und den Sternenhimmel. Sie gähnten. Ich sprach von den Nächten in den Hütten, wenn es nach Bohnensuppe riecht, und vom Schnarchen der Bergsteiger. Sie rieben sich die Augen, wendeten sich ab. Ich schwieg und wartete. Dass Sie es dort mit mir stundenlang im Schnee getrieben hatten, erzählte ich nicht. Nach einer Weile legten Sie sich angezogen auf die Ottomane, streichelten sich ein wenig, sprangen plötzlich auf. »Gehen Sie, Sabattini«, sagten Sie. »Das macht mir keinen Spaß. Wenn ich Sie brauche, werde ich nach Ihnen rufen, wie immer.«

Doch Sie ließen nicht nach mir rufen. Wochenlang hörte ich nichts von Ihnen. Ich vermisste Sie, Madame. Ich suchte selber nicht den Kontakt, schickte weder Blumen noch Geschenke, schrieb keine Briefe, das hatten Sie mir verboten. Ich arbeitete Tag und Nacht in meinem Restaurant, um mich abzulenken, wartete auf einen Anruf, der nicht kam, verzweifelte allmählich. Eines Abends kamen einige Ihrer Bekannten zum Essen, Madame, darunter war der kleine Mann mit der schrillen Stimme. Ich nickte ihnen aus der Ferne zu, ließ sie von einem meiner Kellner bedienen und vermied es, in ihre Nähe zu kommen. Sie waren nicht da, Madame, und doch drehte sich alles nur um Sie. Der kleine Mann versuchte, meine Aufmerksamkeit auf sich zu ziehen, er winkte mich sogar herbei, doch ich ignorierte ihn und verzog mich in die Küche. Ich wollte nicht Ihren Namen aus seinem Munde hören, ich wollte Sie, Madame,

Sie hören, Sie sehen, Sie riechen und vielleicht gar die flüchtige Berührung Ihrer Hand auf meinem Arm spüren.

Als ich zu später Stunde aus der Küche kam, waren Ihre Freunde gegangen. Das Restaurant war leer, nur Sie saßen da, allein an einem Tisch. Eine Flasche Wein stand vor Ihnen. Sie hatten sich ein zweites Glas bringen lassen, der Platz vor Ihnen war frei. Sie sahen mich an. Sie trugen das rote, tiefausgeschnittene Kleid, das ich nur zu gut kannte. Ich drehte mich um, räumte Pfeffermühlen auf. Die Kellner stellten die Stühle auf die Tische, schlossen die Fensterläden. Sie blieben sitzen, leerten Ihr Glas, schenkten sich nach, füllten das zweite Glas. Ich rechnete ab, trank wie immer einen letzten Cognac mit meinen Leuten zusammen, und wir scherzten miteinander, als wären Sie nicht da. Die Kellner gingen, einer nach dem anderen, zuletzt verabschiedete sich der Koch. Er warf Ihnen einen Blick zu, klopfte mir auf die Schulter und seufzte. Ich sperrte hinter ihm zu. Schaltete die Saalbeleuchtung aus. Wir blieben allein im Dunkel, und ich wartete auf Ihren Befehl.

Nun, Madame, Sie taten, worauf ich solange gewartet hatte. Sie zogen sich in meinem Restaurant aus, Sie tanzten für mich, Sie räkelten sich nackt auf der Theke, Sie flehten mich an, Sie hier und sofort zu nehmen, frei über Sie zu verfügen, und es tut mir leid, Madame, dass ich Sie diesmal nicht befriedigen konnte, aber ich hatte mit einem Schlag aufgehört, Sie zu begehren. Ich fand es traurig. Wir beide weinten, als ich Ihnen half, Ihre Kleider wieder anzuziehen. Ich rief Ihnen ein Taxi. Sie fuhren davon. Doch Madame, wenn es stimmt, was Sie behaupten, dass Sie zu allem bereit sind, dann sollten Sie mich am nächsten Dienstag gegen elf besuchen. Ich habe beschlossen, sesshaft zu werden, aber es gibt noch weite Flecken auf dieser Erde, die ich gern bereisen möchte. Wenn Sie, Madame, diese Aufgabe für mich übernehmen, werde ich schon einen Weg finden, mich für Ihre Mühe erkenntlich zu zeigen.

Just floating

1.

Die Frau hieß Annie. Sie hätte spätestens um sieben zu Hause sein müssen. Sie war ein pünktlicher Mensch, hinterließ Nachrichten, wo sie zu erreichen war, wann sie vorhatte, zurückzukommen, und wenn sich etwas in ihrem Tagesplan änderte, dann rief sie an. Nicht dass ihr Mann es von ihr erwartet hätte. Ihm war es egal oder gar ein wenig lästig. Er hielt es für den letzten kärglichen Rest persönlicher Freiheit, nicht erreichbar zu sein. Dass Annie durch die ausführliche Offenlegung ihres Terminkalenders viel freier war als er, weil es ihm nie eingefallen wäre, eine einzige Frage zu stellen, hat er erst verstanden, als es zu spät war.

Um Viertel nach sieben rief Annies Mutter an und befahl ihm, die Polizei anzurufen. Nie hatte ihre Tochter eine viertel Stunde Verspätung gehabt, in ihren ganzen fünfunddreißig Jahren kein einziges Mal. Es müsse ihr etwas zugestoßen sein. Er versprach, die Polizei anzurufen, und hängte ein. Selbstverständlich tat er's nicht. Diese unverplanten Minuten, die er allein in der gemeinsamen Wohnung verbrachte, hatten den Geschmack der Zigaretten, die er als Kind auf der Toilette geraucht hatte. Gegen halb acht schaltete er den Anrufbeantworter ein. Annies Mutter hatte schon wieder angerufen.

Dann ging er in Annies Zimmer und stellte sich vor, wie das Leben ohne sie sein würde. Für eine halbe Stunde Verspätung gab es keine Erklärung. Vielleicht lag sie schwer verletzt in einem Krankenhaus, war tot oder gefesselt in einem Heizungskeller. Vielleicht hatte sie auch einen Schlag auf den Kopf bekommen, das Gedächtnis verloren und irrte nun verwahrlost durch die dunklen Straßen der Stadt. Früher oder später würde man ihre geschändete Leiche mehrmals vergewaltigt und kräftig aufgedunsen im Fluss finden, und er, der rechtmäßige Ehemann, würde sie an dieser kleinen halbmondförmigen Narbe auf der linken Schulter identifizieren müssen.

Er öffnete gedankenverloren ihre Schubladen. Das Telefon klingelte mehrmals, er ließ es klingeln. Ihre Unterhosen hatten alle einen Spitzenbesatz, nie waren sie schwarz, das fand sie vulgär, gern kremfarben oder altrosa. Er berührte die seidenen Stoffe und dachte darüber nach, dass er nie mehr mit ihr schlafen würde, und es tat ihm Leid. Ihr Sexleben war zufrieden stellend gewesen. Nicht besonders aufregend, es ging schnell und war nach seinem Geschmack ein wenig mechanisch und fantasielos, aber was die Häufigkeit betraf, standen sie an der Spitze der deutschen Statistiken. Sie taten es mindestens einmal am Tag. Sie brauchte ihren täglichen Orgasmus, um zu funktionieren, sagte sie.

Unter dem Stapel heller Unterwäsche lag etwas Dunkles. Er zog es hervor. Es war ein schwarzer Spitzenbody, den er nie gesehen hatte. Der Stoff glänzte, als wäre er feucht. Er stellte sich Annie in diesem Satinteil vor, sah ihren festen, eher üppigen Busen und wurde augenblicklich geil. Sie hatten an diesem Tag noch nicht miteinander geschlafen. Er knöpfte seine Hose auf, holte seinen Schwanz heraus und nach einigen kurzen heftigen Hin- und Herbewegungen kam es ihm in dem schwarzen Body. Noch einmal tat es ihm Leid, dass Annie verschwunden war. Dann klingelte es an der Tür.

Annies Mutter stand mit zwei Polizisten dort. Er sah ihnen an, dass sie ihn verdächtigten, seine Frau umgebracht zu haben. Es wäre zu lächerlich gewesen, wenn er nicht den schwarzen Body noch in der Hand gehalten hätte. Als er versuchte, ihn unauffällig hinter dem Philodendron gleiten zu lassen, griff ein Polizist danach, hatte die Hand voller Spermien und verhaftete ihn. Zwei ganze Tage saß er in Untersuchungshaft.

2.

Dass Stephan an diesem Abend nicht nach Hause kam, merkte niemand. Er wohnte allein, aß meistens in Restaurants und war beruflich viel unterwegs. Seine Putzfrau hatte einen eigenen Schlüssel und kam nur einmal in der Woche. Seine Abwesenheit wäre wochenlang nicht aufgefallen, wenn seine Firma ihn nicht als unentbehrlich betrachtet hätte. Da er immer erreichbar sein sollte, stand ihm ein nagelneuer Firmenwagen mit Autotelefon zur Verfügung und dazu noch ein Europiepser mit einer Reichweite von mehreren Kilometern. Er hatte sich um vier Uhr zum letzten Mal gemeldet, danach hatte die Sekretärin frühzeitig das Büro verlassen, weil sie Zahnschmerzen hatte.

Wenn seine Ex-Ehefrau geahnt hätte, dass ihm vielleicht etwas zugestoßen sein könnte, hätte sie sich vermutlich gefreut. Der monatliche Scheck, der jeden Vierten des Monats auf ihrem Konto gutgeschrieben wurde, wäre zwar ausgeblieben, dafür wäre ihr aber seine Lebensversicherung auf einmal ausgezahlt worden, womit sie endlich das Grundkapital für eine Boutique gehabt hätte. Seit der Scheidung, die mehrere Jahre zurücklag, hatte sie vor, einen Wäscheladen zu eröffnen. Aber ihr fehlte das Geld, und Stephan hatte sich strikt geweigert, den monatlichen Scheck durch eine einmalige Zahlung zu ersetzen, obwohl es ihn langfristig billiger gekommen wäre. »Dein Laster werde ich nicht finanzieren«, hatte er gesagt.

Er war kein Moralist, er selber schätzte gutes Essen und aufregende Damenunterwäsche. Er hatte ihr einiges geschenkt, winzige Nichts aus Seide, zarte BHs, die nicht zum Halten gedacht waren, geschmeidige Unterhemden mit dünnen Trägern, die von alleine von der Schulter fielen. Sie brauchte sie bloß anzuziehen, um ihn weich zu stimmen. In seiner Gier nach ihrem Körper riss er dann Seide und Spitzen in Fetzen und nahm sie, ohne groß zu fragen. Danach erfüllte er ihr dann jeden Wunsch. Dass sie ihr teuerstes Teil von La Perla trug, als er sie in den Armen eines anderen Mannes erwischte, war der Scheidungsgrund gewesen. Nicht nur, dass sie ihn betrogen hatte, das hätte allein nicht gereicht, aber dass sie dabei ein delikates zartgrünes Teil trug, das er ihr einen Tag zuvor geschenkt hatte, sie also mit jungfräulicher Unterwäsche fremdging und ihm nicht das Vorrecht des Erstbenutzers gönnte, hatte Stephan endgültig verstimmt.

Gegen neun betrat die Sekretärin das Büro. Ihre Backe war geschwollen. Sie hörte den Anrufbeantworter ab und erfuhr, dass Stephan zum ersten Termin dieses Tages nicht erschienen war. Sie unternahm alles, was in solchen Fällen zu unternehmen ist: Im halbstündigen Abstand rief sie in seiner Wohnung an, wählte das Autotelefon und den Pieper an, dann schickte sie einen Firmenfahrer zu seiner Adresse und beauftragte ihn, sich beim Hausmeister zu erkundigen und in der Tiefgarage nachzuschauen. Alles umsonst. Sie wartete bis Mittag, bevor sie ihren Geschäftsführer in einem New Yorker Hotel anrief. Vielleicht hätte Stephan ja eine Freundin, deutete sie an.

»Nein«, sagte der Geschäftsführer, nachdem er endlich seine, von einer überraschend verlaufenden New Yorker Nacht noch verklebten Augen geöffnet hatte und über die Anwesenheit eines ihm unbekannten nackten weiblichen Körpers in seinem Bett einmal tief geschluckt hatte. »Er nicht. Es ist etwas geschehen. Rufen Sie zuerst alle Krankenhäuser durch, dann die Polizei. Finden Sie heraus, wo das Auto steht. Lassen Sie die Umgebung durchkämmen. Steve ist einer unserer besten Mitarbeiter. Das ist das Mindeste, was wir für ihn tun können. Rufen Sie mich in einer Stunde zurück und berichten Sie.« Er hängte ein und bestellte ein Frühstück für zwei. Die Sekretärin führte die Befehle aus, gab eine genaue Beschreibung von Stephan ab, (der Chef hatte beschlossen, dass Steve dynamischer klang) und berichtete nach einer Stunde, alles in die Wege geleitet zu haben. Später am Abend rief sie noch einmal an. Man hatte zwar das Auto gefunden, aber noch keine Spur von Stephan.

Das Auto parkte im Stadtzentrum, in einer Einkaufszone, in der man sein Fahrzeug bis 18 Uhr für höchstens eine Stunde mit Parkscheibe abstellen durfte. Es war gegen 17 Uhr vor einem Feinkostgeschäft geparkt worden. Der Feinkosthändler, der hauptsächlich italienische Weine verkaufte, hatte niemanden beobachtet. Er hatte das Auto registriert, weil es ein Ferrari war, der Traum eines jeden italienischen Feinkosthändlers. Der Tabakverkäufer von der anderen Straßenseite wusste nur, dass am Morgen die Müllabfuhr vom parkenden Fahrzeug behindert wurde. An der Windschutzscheibe klemmten Strafzettel über eine Summe von insgesamt schon sechzig Mark. Spätestens am nächsten Tag wäre ein Abschleppunternehmen verständigt worden.

Im Fahrzeug fand man weder Spuren von Gewalt noch Hinweise. Stephans Aktentasche lag auf dem Beifahrersitz. In der Nähe gab es gute Restaurants, zahlreiche Geschäfte, Cafés, Kinos, Theater, Kneipen, Night Clubs und einige Absteigen; kurz, alles, was die Fahndung der Polizei erheblich erschwerte. Die ersten Nachforschungen blieben erfolglos. Das Auto wurde sorgfältig nach Fingerabdrücken untersucht, danach durfte es die Sekretärin von einem Firmenfahrer abholen lassen. Sie übergab den Schlüssel dem Nachfolger von Stephan, einem gewissen Dick. Der Piepser war nicht gefunden worden und wurde ersetzt.

3.

Am nächsten Morgen stellte der Inspektor, der sich um Stephans Fall kümmerte, zufällig fest, dass Annie ungefähr um dieselbe Zeit verschwunden war. Sofort witterte er einen Zusammenhang. Beide waren im entsprechenden Alter, hatten ähnliche soziale Positionen, wohnten nicht einmal weit voneinander entfernt. Möglicherweise hatten sie sich vor längerer Zeit kennen gelernt, waren leidenschaftlich ineinander verliebt und hatten beschlossen, zusammen das Land zu verlassen, um ein neues Leben zu beginnen, oder auch gemeinsam in den Tod zu gehen. Der Inspektor hatte ein weiches Herz, auch wenn er es lieber nicht zeigte.

Die Fotos der beiden, die am Flughafen gezeigt wurden, brachten keine Resonanz. Annies Mann hielt seine Frau für hundertprozentig treu und meinte, dass sie bei ihrem genauen Tagesablauf weder die Gelegenheit noch die Zeit gehabt hätte, ihn zu betrügen. Auch Annies Mutter hielt eine Bekanntschaft zwischen Stephan und ihrer Tochter für unmöglich. »Sie erzählt mir alles«, behauptete sie, »ich weiß alles von ihr.« Der Beamte, der sie befragte, kam erst nach zwei Sunden zurück. Er war erschöpft. Annies Mutter hatte darauf bestanden, ihm alle Fotos ihrer Tochter zu zeigen. Die meisten waren am Meer aufgenommen worden. Annie trug nur einen Badeanzug. Das war seine einzige Entschuldigung für die Verspätung.

Die Sekretärin übergab den Beamten eine Fotokopie von Stephans Terminkalender. Die mutmaßliche Liebesaffäre zwischen Stephan und Annie zweifelte sie an und erwähnte die geschiedene Ehefrau. Auch bei ihr erschienen die Polizisten und brauchten lange, um wenige Informationen zu erhalten. Nachdem sie mit der Dame eine Tasse Kaffee getrunken hatten, nahmen sie noch ein Bier an. Sie selber trank einen Prosecco nach dem anderen. Seit sie erfahren hatte, dass Stephan verschwunden war, sah sie ihr Wäschegeschäft endlich näher rücken. Voller Begeisterung informierte sie die jungen Männer über die verschiedenen Marken, zeigte ihnen Kataloge und später sogar Muster aus ihrem eigenen Kleiderschrank. Die Polizisten wären gern bei ihr geblieben.

Ihr Bericht endete mit dem Satz: »Die geschiedene Ehefrau drängt auf baldige Lösung des Falles, da sie mit dem Geld der Versicherung einen Miederwarenladen eröffnen möchte.« Der Inspektor blätterte in Stephans fotokopiertem Kalender. Sein letzter Termin um 16 Uhr hatte knapp zehn Minuten gedauert. Ganz unten war etwas gekritzelt worden, was einem Fisch ähnlich sah. Der Inspektor dachte über Schwimmbäder nach, als ihm einfiel, dass Annies Mann offensichtlich in ein teures Unterwäschestück onaniert hatte, bevor er verhaftet wurde. Er organisierte eine Gegenüberstellung von Annies Mann und Stephans Ex-Frau, Susanne, aber die beiden schienen sich nicht zu kennen oder spielten gut. Der Inspektor zögerte. Dann ließ er Annies Mann auf freien Fuß setzen, ordnete an die Schwimmbäder zu überprüfen, schickte Taucher in alle Gewässer der Umgebung, um eventuelle Leichen zu entdecken, und verlangte nach einem Wäschekatalog, der ihm auch umgehend gebracht wurde.

4.

Susanne und Rolf, Annies Mann, verbrachten den Abend zusammen. Sie sprachen zuerst nur von ihren verflossenen Partnern, verglichen ihre Vorlieben und Abneigungen, und dabei wurde ihnen bald klar, dass der Inspektor mit der Hypothese von einer Liebesaffäre auf dem Holzweg war. Dass sie zur gleichen Zeit verschwunden waren, konnte nur Zufall sein. Rolf schlug Susanne vor, dass sie sich wieder treffen sollten. Er würde sich gern an einem Wäscheladen – und an ihrem besonders gern – beteiligen. Seine Hand hatte sich bereits ziemlich weit unter ihrem Rock hochgearbeitet, und seine Finger spürten, dass sie einen guten Geschmack hatte. Ihr Höschen war dünn und nass, und als sie beim Kaffee rhythmisch seinen Penis mit ihrem nur bestrumpften Fuß drückte, hätte er den Vertrag am liebsten sofort unterschrieben.

Der Inspektor hatte beschlossen, den Fall nun selber in die Hand zu nehmen. Nach einer unruhigen Nacht, in der er zuerst von einem weißen Hai und dann von Goldfischen träumte, suchte er Annies Mutter auf. Auch er musste die Familienfotos anschauen und fand, dass Annie im Badeanzug einen attraktiven Körper und einen besonders schönen Busen hatte. »Wirklich?«, fragte die Mutter geschmeichelt. »Das hat sie von mir.« Sie streckte dem Inspektor ihren eigenen Busen entgegen. Er zog sich bald darauf zurück. Ein Foto von Annie nahm er mit.

Er saß im Revier und dachte nach. Annie hatte an diesem Tag nur bis 16 Uhr gearbeitet und vorgegeben, einen Arzttermin zu haben. Ihrem Mann hatte sie erzählt, dass sie bis 18.30 Uhr arbeiten müsste. Annie hatte gelogen, denn eine Anfrage bei Ärzten war ohne Ergebnis geblieben. Unter ihrem eigenen Namen hatte sie keinen aufgesucht, und ihr Bild, das inzwischen von der Presse veröffentlicht wurde –

nur eine vergrößerte Aufnahme ihres Gesichtes, kein Bild im Badeanzug – hatte niemand erkannt. Der Inspektor schenkte sich Kaffee ein, als das Telefon klingelte. Es war der Feinkosthändler, der sich plötzlich erinnerte, dass Stephans Auto schon kurz nach vier dort stand. Annies Arbeitsstelle war nicht weit entfernt. Der Inspektor ließ sich einen Stadtplan geben, sinnierte über Miederwaren und Aquarien nach und beschloss, in dem Viertel spazieren zu gehen. Es waren schon drei ganze Tage vergangen, seitdem die beiden verschwunden waren.

Wallstraße 7 hatte Stephan das Auto geparkt. Am frühen Abend stieg der Inspektor aus dem Taxi und folgte seiner Nase. Die Nachtluft war voller Düfte. Es dauerte nicht lang, bald hatte er einen Faden gefunden und den Fall so gut wie gelöst, wenn man es so nennen kann. Er ging umher in den kleinen Gassen, blieb in der Sternstraße stehen. Die Sternstraße. Der Name stand vor kurzem in einem Polizeibericht, den er zufällig gesehen hatte. Es hatte nichts mit Mord zu tun, sondern mit einer dieser Belanglosigkeiten, die in einem Beamtenstaat regelmäßig stattfinden. Der Inspektor suchte in seinen Taschen nach Kleingeld, musste 20 Pfennig von einer Passantin ausleihen, die hohe rote Stiefel trug, und rief im Revier an. Innerhalb weniger Sekunden hatte er die Antwort, eine Viertelstunde später parkten drei Streifenwagen und ein Krankenwagen in der Sternstraße. Männer rannten eine Treppe hoch.

5.

Die Tür mussten sie nicht aufbrechen, denn den Schlüssel hatten sie selber. »High-Tech-Relax« stand auf einem Kupferschild. Der Raum war dunkel, irgendwo piepste noch schwach ein Europiepser. Der Inspektor ging dem Geräusch nach und fand hinter einem Vorhang zwei große eiförmige türkisfarbene walfischartige Dinge, die sich gegenüber standen. Daneben, in zwei Umkleidekabinen warteten sauber geordnet die Kleider von Stephan und Annie. Sie hatte ihr Kleid, ein beiges Jerseykleid, das dem Inspektor nicht gefiel, auf einen Bügel gehängt. Über der Stuhllehne lag ein schwarzer Body, der glänzte, als wäre er feucht. Stephan hatte alles gefaltet, sogar seine Unterhose. Der Inspektor wunderte sich nur, dass er seine Schuhe obendrauf gelegt hatte.

An den türkisfarbenen Gegenständen war ein Chromgriff angebracht. Fast hätte der Polizeiarzt sie geöffnet, aber der Inspektor bestand darauf, den Besitzer von »High-Tech-Relax« holen zu lassen. Er war drei Tage zuvor, zur gleichen Zeit, als Annie und Stephan verschwunden waren, festgenommen worden. Der Inspektor wusste nicht mehr warum, vermutete aber, dass er mit der Miete im Rückstand war oder seine Umsatzsteuererklärung nicht rechtzeitig abgegeben hatte. Er sah sich um, entdeckte jede Menge Meditationskassetten, legte eine in den Recorder ein und hörte in aller Seelenruhe Sphärenklänge an, bis der junge Mann, von zwei Kollegen begleitet, zu ihm geführt wurde. Er war blass. »Ich habe doch gesagt, dass da zwei Leute drin sind«, sagte er mit heiserer Stimme, »es ist nicht meine Schuld.«

Der Inspektor beruhigte ihn. Es stand im Protokoll, dass er das gesagt hatte. Niemand machte ihm einen Vorwurf. Der zuständige Beamte würde suspendiert werden. Dem Inspektor ging es nur darum, von ihm zu erfahren, was in einem solchen Ding stattfindet und ob man nach drei Tagen noch hoffen konnte, Stephan und Annie lebendig zu bergen. Er wollte alles über diese so genannten Isolationstanks erfahren. Der junge Mann holte Prospekte. So erfuhr der Inspektor, dass jeder Tank ein perfektes System für Lüftung und Wärmezufuhr besaß. Annie und Stephan konnten weder ersticken noch ertrinken. Das Wasser war zu salzhaltig. Drei Tage im Wasser ohne Essen und Trinken sollte man überleben können, meinte der Inspektor, also wolle man jetzt aufmachen. Aber vorsichtig.

Der junge Mann übernahm die Leitung der Operation. Er wählte eine Kassette aus und ließ sie zuerst leise, dann allmählich lauter laufen. Die Musik war überall zu hören und wurde über spezielle Unterwasserlautsprecher in die türkisfarbenen Eier geleitet. Nach circa zehn Minuten schaltete er die eingebauten Wasserströmungen ein, die Annie und Stephan sanft stimulieren sollten. In der Zwischenzeit stellte sich bei jedem Ei ein medizinisches Team auf, mit Bahre, Sauerstoffzelt und allem, was man braucht, um Menschen ins Leben zurückzuholen. Einige Journalisten, die vom Feinkosthändler benachrichtigt worden waren, trafen ein. Der Inspektor überlegte, ob er Rolf und Susanne holen lassen sollte, entschied sich ab nur für Rolf. Die andere Ehe war schließlich geschieden worden.

Der junge Mann schaltete das Licht in den Tanks ein. Als Rolf ankam, wurde er zum türkisfarbenen Sarg seiner Frau geführt. Er berührte die glatte Kunststoffoberfläche und wurde mit der Hand auf dem Tank mehrfach fotografiert. Was Annie in so einem Ding zu suchen hatte, war ihm schleierhaft. Dass sie Wasser mochte, das wusste er. Die Ferien wollte sie immer nur am Meer verbringen, sie schwamm sehr gut und bestand darauf, jeden Sommer mindestens einmal bei Vollmond nackt in irgendeinem Gewässer unterzutauchen, während Rolf angezogen am Ufer auf sie wartete. Als er das dem Inspektor erzählte, schüttelte dieser den Kopf. »Wie lange kennen Sie Ihre Frau?«, fragte er. »Sie hat seit Jahren ein Abonnement für dieses – Ding.«

Rolf war verstört, fragte nach dem anderen Mann. Ob er auch schon so lange käme. Der Inspektor antwortete nicht.

Rolf dachte über Annie nach. Er hatte ihr nie Fragen gestellt. Sie redete gern und viel, erzählte bereitwillig alles, er
hatte ihr nur halb zugehört, ihre Existenz schien durchsichtig zu sein, viel zu durchsichtig. Und jetzt … Ein
nachträglicher Eifersuchtsanfall erfasste ihn: Ihm fiel ihr
neuer Lippenstift ein, der nicht zu ihr passte, ihre Geschäftsreisen drei bis vier Mal im Jahr, ihre Art, sich in letzter Zeit im Bad einzusperren und den Klassiksender auf
volle Lautstärke zu drehen. Plötzlich hasste er sie, sinnierte über eine Post-Mortem-Scheidung, als der junge Mann
sagte, dass man jetzt die Tür aufmachen würde. Er sollte
mit dem Mann anfangen, meinte der Inspektor.

Der junge Mann von High-Tech-Relax nahm den Griff in
die Hand und hob langsam die Klappe hoch. Der Inspektor bückte sich, auch die Sanitäter spähten in das Ei hinein.
Die Kameras blitzten umsonst, denn das Ei war vollkommen leer. Türkisfarbenes Wasser plätscherte ruhig vor sich
hin, sanft beleuchtet von einem goldenen Licht, das sich
brach und hübsche Sternenmuster auf den Wänden ver-
teilte. Rolf hatte eine schreckliche Vorahnung: Dieser Stephan lag eng umschlungen mit Annie in ihrem Tank. Am
nächsten Tag würde man das Bild der zwei nackten Lie-
besleichen in jeder Zeitung sehen. Er wollte schon etwas
sagen, als der Inspektor, der wahrscheinlich dasselbe be-
fürchtete, die Journalisten zurücktreten ließ. Dann erst befahl er, Annies Tank zu öffnen.

6.

Sie stieg aus dem Ei nackt wie am Tag ihrer Geburt, an
ihren wunderschönen Brüsten perlten sternförmige Wassertropfen. Sie brauchte keine Hilfe, ignorierte die Hände,
die ihr entgegengestreckt wurden. Sie schien weder erschöpft noch hungrig oder durstig zu sein. Ihre nassen

Haare fielen auf ihre Schulter, sahen heller und länger aus, als auf dem Foto, das in den Zeitungen erschienen war. Ein Sanitäter reichte ihr ein Handtuch, das sie nicht nahm. Die Pressefotografen kamen näher und fotografierten ununterbrochen. Sie blieb stehen und lächelte, ohne ein Wort zu sagen. Der Kreis um sie herum wurde enger. Sie bewegte sich nicht. Ein Sanitäter bedeckte sie ungeschickt mit dem Handtuch, das gleich wieder herunterfiel. Ihre Augen streiften ihren Ehemann, sahen ihn nicht. Er wurde ohnmächtig. Den Rest erfuhr er durch die Presse.

Die Frau ging einen Schritt zur Seite. Hinter ihr stieg der Mann aus dem Ei. Auch er war nackt, auch auf seiner Brust perlten wunderschöne sternförmige Wassertropfen. Sein Penis war halb erigiert. Er blieb neben ihr stehen, schaute sich die Menschen an, die im engen Kreis um sie herum standen, und nahm ihre Hand. Niemand sprach. Dann ließ der Inspektor die Journalisten hinauswerfen. Doch es war schon zu spät. Am nächsten Tag stand das nackte Paar in jeder Zeitung auf der ersten Seite. Der Arzt kümmerte sich um den in Ohnmacht gefallenen Ehemann und brachte ihn ins Krankenhaus. Die Sanitäter trockneten Annie und Stephan ab, die nichts zu bemerken schienen. Man bat ihnen zu essen und zu trinken an. Sie zeigten keine Reaktion, sahen verständnislos auf die Kleider, die man ihnen hinhielt. Sie blieben stehen, bis fast alle weg gegangen waren, bis die Morgendämmerung begann, in den Raum einzudringen.

Der Inspektor und der junge Mann, der High-Tech-Relax betrieb, waren allein mit dem nackten Paar. Sie flüsterten. Der Inspektor ging bis zur Tür und bat einen Polizisten, Weintrauben zu holen. Er stellte sie in einer Schüssel vor Annie und Stephan, die sich bewegungslos anlächelten. Der junge Mann suchte seine Kassettensammlung durch, fand aber nichts Geeignetes. »Rockmusik«, schlug der Inspektor vor. »Zu hart«, sagte der junge Mann. »Das könnte gefährlich werden.« Sie unterhielten sich leise. Als sie sich nach einigen Minuten umdrehten, war das Paar verschwunden und die Trauben auch. Sie waren in das Ei zurückgekehrt.

Nach einigem Hin und Her beschloss der Inspektor, sich selber in das andere Ei zu legen. Er wollte nachdenken. Der junge Mann versprach, weder Journalisten noch Polizisten einzulassen und ihn nach spätestens zwei Stunden herauszuholen. In der Zwischenzeit wollte er einige Kollegen anrufen und versuchen zu erfahren, ob es je Präzedenzfälle gegeben hatte. Bevor er die Klappe über dem nackten Inspektor schloss, zeigte er ihm noch, wie man von innen mit verschiedenen Schaltern Licht, Musik und Wasserströmung regulieren konnte. Der Inspektor schämte sich seiner schwarz behaarten Beine und schaltete das Licht sofort aus.

Er lag ausgestreckt in vollkommener Dunkelheit und hörte nichts, bis auf seine eigene, ein wenig unregelmäßige Atmung und später sein Herz, das außerhalb seiner Brust laut hallte. Er betastete sich und fand es angenehm. Sein Körper war ganz mit einem schmierigen Film bedeckt und er wusste nicht, ob er im Wasser war oder auf dem Wasser schwebte. Er streichelte seine Arme, dann seinen Bauch und spürte eine vage, leichte Erregung in sich und ein bisschen überall. Er fühlte, wie er davon getragen wurde und träumte von Frauenhänden, die ihn berührten. Er erinnerte sich an Frauen, an alle Frauen, die er je begehrt oder geliebt hatte, und es war ihm, als würden sie jetzt bei ihm sein. Er fühlte ihre Nähe, ihre Küsse, ihre Umarmungen, er lächelte sie an, und eine Liebeswelle trug ihn samt dem türkisfarbenen Ei weit weg von hier.

Aus weiter Entfernung kam das Geräusch des Meeres. Ein Licht flackerte auf. Der Inspektor erinnerte sich. Er lag ausgestreckt in dem Ei, sein Körper glänzte silbern in der schmierigen Flüssigkeit und er fand ihn schön. Er erinnerte sich an den nackten Körper der Frau und an den Mann, der neben ihr mit halb erigiertem Penis stand, und empfand einen tiefen, glücklichen Schmerz. Als die Klappe aufging, stieg er hinaus, ohne sich um seine behaarten Beine zu kümmern. Der junge Mann wusch das Salz von seiner Haut ab, dann wickelte er ihn in ein Handtuch ein, trocknete ihn ab und führte ihn zu einem Ruhebett. Der Inspektor schlief ein und trennte sich im Traum von seinen anderen Träumen.

Als er aufwachte, ließ er sich seine Kleider bringen und zog sie an. Dann öffnete er die Tür, bestellte die Journalisten zu einer Pressekonferenz, nachdem er zuerst kurz mit dem jungen Mann gesprochen, dann mit dem Polizeipräsidium telefoniert hatte. Er teilte den Journalisten mit, Annie und Stephan seien bei bester Gesundheit. Sie bräuchten nur Ruhe. Der lange Aufenthalt im Wasser hätte ihre Reaktionsfähigkeit verlangsamt, aber das Essen von Obst, insbesondere von Traubenzucker in Form von frischen Trauben hätte ihren Stoffwechsel schließlich wieder aktiviert. Der Vorfall würde keine juristischen Konsequenzen haben, da beide am Leben seien. Ein Journalist rief das Wort Scheidung, aber dazu hatte der Inspektor nichts zu sagen. Nach einigen enttäuschten Fragen verließen die Reporter den Raum.

7.

Selbstverständlich ließ sich Rolf von Annie scheiden. Sie erschien nicht zum Gerichtstermin, das hatte er auch nicht erwartet. Dass die Ehe endgültig zerrüttet war, musste er nicht beweisen, auch die Unterhaltsfrage war sofort geklärt. Ob er mit Susanne den Wäscheladen noch aufmachen wollte, wusste er nicht. Eher nicht. Er hatte einen Schock erlitten und schlief nicht mehr. Er hielt es nicht aus, dass seine Frau nackt mit diesem Mann im Salzwasser zusammenlebte. Er hoffte, die Lüftungssysteme würden irgendwann versagen, und wünschte ihren Tod. Er konnte ihre Augen nicht vergessen. Sie hatte ihn angeschaut, als wäre er nicht da, als würde er nicht existieren. Seitdem fühlte er sich so, als würde er täglich an Substanz verlieren, und wurde immer mehr zu einem Nichts.

Susanne, die Ex-Ehefrau bemühte sich umsonst um die Auszahlung der Lebensversicherung, weil Stephan noch am Leben war. Da er kein Einkommen mehr hatte, wurde auch kein Unterhalt mehr bezahlt. Das war für sie zuerst sehr unangenehm. Aber sie dachte nach, verkaufte ihre Geschichte an verschiedene Zeitungen und die Einnahmen waren hoch genug, um endlich eine Boutique aufzumachen. Eine Beteiligung von Rolf hätte sie abgelehnt, wenn er sie angeboten hätte, was er nicht tat. Sie nannte ihren Laden »Wäsche und Bademoden« und hatte damit Erfolg.

High-Tech-Relax eröffnete Filialen in jeder Kleinstadt und in manchen Dörfern. Die Hauptgeschäftsstelle blieb in der Sternstraße, wo die Tanks allerdings nicht mehr zur Verfügung standen. Die Räume waren für das Publikum Tag und Nacht geöffnet, manchmal kamen nur wenige Leute, manchmal mehr. Man sah dort immer neue Gesichter. Sie nannten sich die »Just Floating People«, saßen tagelang in der Sternstraße und warteten, dass Annie und Stephan aus ihrem Tank stiegen und nackt davor stehen blieben. Man behauptete, dass unfruchtbare Frauen, die seinen halb erigierten Penis berührten, noch im selben Jahr schwanger würden. Viele Fälle sind belegt. Niemals hätte sich jemand getraut, Annie anzufassen. Aber wer von ihr gesehen wurde, ging davon, als hätte er selbst den Himmel gesehen. Stephan und Annie ernährten sich von wenig Obst und

Nüssen, zuweilen setzten sie sich zu den »Just Floating People«, atmeten den Duft der Blumen, die man ihnen reichte, und schienen sich zu freuen, wenn jemand eine Geschichte erzählte oder ein Gedicht rezitierte. Auch Musik hörten sie gern. Sie selber sprachen nach wie vor nicht.

Der Inspektor bewohnte zuerst das Ei gegenüber. Er war noch Polizist, hatte aber seine Wohnung aufgegeben und seine eigenen Arbeitsmethoden durchgesetzt. Er löste im Jahr nur wenige Fälle, die schwierigsten, an denen alle anderen gescheitert waren. Er verbrachte immer mehr Zeit in dem Ei und kam seltener heraus. Der Besitzer von High-Tech-Relax behauptete einmal, der Inspektor wäre unsterblich in Annie verliebt. Ob das stimmte, wusste niemand. Annies Augen waren, wenn sie ihn anblickten, besonders sanft. Er selbst vermied den Blickkontakt mit ihr. Er war dünner geworden, sah jünger aus, und sein Mund hatte einen weichen Ausdruck bekommen, der zugleich Schmerz und Glück versprach. Die »Just Floating People« mochten ihn sehr und freuten sich, wenn er mit ihnen zusammensaß.

8.

Als sie viele Jahre später zum letzten Mal gesehen wurden, geschah folgendes: Mehrere junge Leute warteten auf ihre Erscheinung und hörten Musik. Der Inspektor saß nackt unter ihnen und aß eine Mango, deren klebriger Saft an seinen Armen entlanglief und auf seine Beine tröpfelte. Die Klappe des Eis ging auf, Annie und Stephan stiegen aus und blieben wie immer lächelnd stehen. Sie waren beide blond geworden und ihre Haut war fast weiß. Plötzlich hörte man Geräusche an der Tür. Jemand brach gewaltsam herein – es war Rolf. Er hielt ein Maschinengewehr in den Händen und ballerte sinnlos herum. Der Inspektor stand auf und bewegte sich auf Annie und Stephan zu. Die »Just Floating People« stellten sich Rolf in den Weg. Er feuerte einige Schüsse ab, aber niemand wurde verletzt. Dann stürzte er auf das Ei zu. Der Inspektor half Annie und Stephan einzusteigen, dann ging er selber hinein und schloss die Luke, bevor Rolf sie erreicht hatte. Man nahm ihn fest. Er wurde verurteilt und sitzt immer noch im Gefängnis. Aber er schläft jetzt besser. Als die »Just Floating People« sich nach Wochen des Wartens entschlossen, das Ei zu öffnen, fanden sie niemanden. Das türkisfarbene Wasser plätscherte voller Sterne. Das nackte Paar und der Inspektor waren verschwunden, einfach so. Die meisten meinen, dass man sie nie wieder sehen wird. Aber die »Just Floating People« versammeln sich nach wie vor in der Sternstraße und warten. Seit Annie, Stephan und der Inspektor verschwunden sind, wächst ihre Zahl.

Montag früh

Du stehst auf einem Parkplatz neben einem Motorrad. Am Berghang wachsen Zypressen, die Straße ist gesäumt von Palmen und blühenden Lorbeerbäumen, vielleicht ist es Italien. Nicht weit von dir entfernt siehst du Wasser, viel Wasser, eine blaue Wasserfläche wie in einem Traum, tiefblau mit ein paar weißen Flecken darauf, du folgst einer Frau im Badeanzug, Kieselsteine rollen unter deinen Füßen, die Hüften der Frau tanzen vor deinen Augen –

Der Wecker klingelt, zerreißt deinen Traum. Du drehst dich auf die Seite, um das blöde Ding abzuschalten, und fällst aus dem Bett, du bist bloß in München, es ist Montag morgen, Viertel vor sieben, auf dem Boden vor dem Bett liegen lauter Traumscherben. Du weißt noch, es hatte mit Italien zu tun, jemand war ganz in Leder gekleidet, es roch nach Motoröl, und du warst durstig. Eine Frau gab es auch in deinem Traum, sie hatte runde Hüften und langes rotes Haar, jetzt ist sie weg –

Du springst aus dem Bett, ab unter die Dusche, rasieren, Zähne putzen, das frisch gebügelte Hemd aus der Reinigung anziehen, Krawatte und Schuhe binden. Du trinkst deinen Kaffee im Stehen vor dem Fenster, die Sonne scheint, der Himmel ist gnadenlos blau, der Nachbar schleppt sein Schlauchboot zum Auto, seine Frau winkt dir zu und lacht, sie fahren in den Urlaub, du hast versprochen, den Briefkasten zu leeren und die Blumen zu gießen, denn du bleibst da. Du winkst zurück, blickst auf die Uhr, stürzt aus der Wohnung –

An diesem Morgen kommst du dir vor wie ein Lebenslänglicher, statt Sträflingsanzug trägst du Bürokluft, die schwarzen Halbschuhe drücken. Ich fahre nach Belize, hatte Jolanda gesagt, wenn du magst, kannst du mitkommen;

würde mich freuen, mit dir in der Hängematte zu liegen, wenn nicht, dann ist es aus zwischen uns. Sie hat eine Postkarte geschickt, ein kitschiges Bild mit Meer, Himmel und Palmen, davor lächelt eine Einheimische mit einem Obstkorb auf dem Kopf, auf der Rückseite standen nur ein paar Worte: Es ist sehr schön hier, schade, dass du nicht da bist, habe Manfred kennen gelernt. Küsse, deine –

Jolanda war nur ein nettes Zwischenspiel, redet dir dein Hirn ein, heutzutage muss man Prioritäten setzen, du hast eine gute Stelle, das Geld stimmt einigermaßen, und es gibt den Firmenwagen dazu. Der ist keine zwei Monate alt, eine echte Luxuskarosse, mit allem modernen Schnickschnack und so vielen Knöpfen, dass du sie noch nicht alle ausprobiert hast. Bei 180 Stundenkilometern auf der Autobahn bist du der King –

Jetzt auf dem Ring sind die Holländer los, alle mit dem Wohnwagen unterwegs nach Süden, die Surfbretter auf dem Dach, das Mountainbike hinten dran, es zwickt irgendwo in deinem Bauch. Damals auf dem Campingplatz, Margrit hieß sie, sie kam aus Nijmegen, du warst fünfzehn, sie war viel älter als du, mindestens sechzehneinhalb. Tagsüber lag sie oben ohne am Strand neben der Mama und tat so, als würde sie dich nicht kennen, aber nachts lag sie bei dir. Das darf nicht wahr sein, noch zwanzig Jahre später schmeckst du die Sonne auf Margrits Brüsten, und das Meer rollt dir entgegen, das ganze Mittelmeer und ein paar Delfine dazu, das muss wohl am Wetter liegen, deine Urlaubshormone rotieren –

Hier steht alles, neue Baustelle, neuer Stau bis zur Brücke, die Blonde mit der Sonnenbrille im roten Passat zündet sich eine Zigarette an. Deine Schachtel ist leer, ein Lastwagen klebt an deiner Stoßstange, irgendwo hupt ein Idiot, der nichts kapiert. Jeden Tag derselbe Wahn, eine halbe Stunde Blechlawinenalbtraum, jeder in seiner Kiste eingesperrt, und im Radio nur diese geklonten Boygroups mit den Kastratenstimmen –

Heute singt eine Frau, eine Richtige, die klingt wie Tom Waits auf weiblich mit einem Schuss Edith Piaf dazu, es hört sich südamerikanisch an. Ihre raue, dunkle Stimme ist das reinste TNT für deine Lenden, dein Hintern tanzt Samba auf dem Leder. Du drehst die Musik voll auf, öffnest alle Fenster, verdammt, das Dach klemmt, geht nur einen winzigen Spalt auf, bleibt stecken –

Der alte Cabriokäfer von Rita, der wär's. Eine totale Rostlaube und kein TÜV mehr, dafür pustete dir der Fahrtwind das Hirn frei, ein Sommer lang seid ihr zusammen durch die Landschaft gegondelt, auf der Suche nach einem lauschigen Plätzchen zwischen den frisch gemähten Wiesen, hinten im Wagen der Picknickkorb mit ein bisschen Käse und Brot und einer Flasche billigem Rotwein von Aldi. Lerne deine Heimat kennen, sagte Rita und überzeugte dich auf der karierten Wolldecke immer wieder von neuem, dass Bayern ziemlich schön ist –

Da vorne blinkt ein Blaulicht, hinten heult die Sirene vom Krankenwagen, du fährst Schritttempo an der Unfallstelle vorbei. Ein roter Babyhonda hat sich um die Leitplanke gewickelt, hat sich wohl mit dem dicken BMW angelegt, das hätte er nicht tun dürfen. Vor dir bremst ein dunkelgrauer Saab mit diplomatischen Kennzeichen, hinten sind Stiernacken in schwarzen Anzügen, wahrscheinlich Bodyguards. Im Rückspiegel siehst du den Kühler eines Lastwagens und ein Stück Fenster, der Fahrer heißt Ulrich –

Ein Geruch steigt dir in die Nase, es riecht zum Hineinbeißen, dein Magen fängt zu knurren an, Sonnenöl mit Erdbeer und Vanille gemischt. Neben dir schiebt sich ein Mädchen auf der Vespa, unter den weißen Shorts hat sie ein dunkles Höschen an, deine Augen gleiten hungrig ihr rechtes Bein hinab, sie trägt eine Sandalette aus Kork mit pinkglänzenden Riemen, der lackierte Nagel ihrer großen Zehe lacht dich an wie die Kunstkirsche auf einem Eisbecher. Ein rotes Handtuch ist auf ihrem Gepäckträger festgeschnallt, zum Baggersee geht's geradeaus, da gibt es einen Nacktbadestrand –

Du biegst rechts ab, die Firma befindet sich mitten im Industriegebiet, weit und breit alles quadratisch grau, die Schranke öffnet sich, der Pförtner grüßt nicht, hinter dir fällt die Schranke zu. Die Sekretärin trägt beige von Kopf bis Fuß, sie blickt demonstrativ auf die Uhr. Der Chef wartet schon, sagt sie, die Lippen schmal wie ein Rasiermesser –

Du lächelst die Zicke an, siehst dich heute Abend schon auf einer Terrasse mit einem hübschen Mädchen im durchsichtigen Kleid auf deine Gehaltserhöhung anstoßen, dann stehst du vor dem Chef. Auch er heißt Ulrich. Sein Hals quillt über den Hemdkragen heraus, wenn er spricht, spuckt er wie ein Walross, jetzt sabbert er etwas von nicht erfüllten Erwartungen, von Versetzung in eine andere Abteilung, neben ihm steht dein Nachfolger, ein Kahlköpfiger mit Fischaugen, und plötzlich würgt es dich –

Du hörst nicht mehr zu, es ist viel zu kalt in diesem Büro, du drehst dich um und läufst hinaus, einfach so, du weißt nicht genau, wohin du willst, nur, dass du nicht mehr magst. Du gehst zu deinem Schreibtisch, schiebst alles, was darauf liegt, in den Papierkorb, öffnest die Schubladen. Die Hustenbonbons und die Taschentücher lässt du da, die wird der Kahlköpfige brauchen, jeder, der in dieser Firma arbeitet, kriegt es mit den Nebenhöhlen zu tun. In der untersten Schublade ist eine volle Kondompackung, die steckst du ein und gehst an Ulrich und dem Kahlköpfigen vorbei bis zum Aufzug –

Unten auf dem Parkplatz holt dich die Sekretärin ein, sie ist außer Atem. Der Chef will den Autoschlüssel, sagt sie und entschuldigt sich. Wofür denn?, fragst du und zum ersten Mal siehst du sie an. Sie ist gar nicht so hässlich, wie du immer dachtest, ihre Haare glänzen in der Sonne, und sie wird rot, als sie dir einen schnellen Abschiedskuss gibt, der nach Pfirsich und Pfefferminze duftet. Du gehst weiter, am Pförtner vorbei, er kommt aus seinem Häuschen, klopft dir auf die Schulter und wünscht dir alles Gute. Du gehst zur Bushaltestelle, setzt dich auf die Bank –

Dein Hirn ist stocksauer, brüllt dich an, dass du nicht alle Tassen im Schrank hast, dass du zurückgehen musst, und zwar sofort. Es brüllt dich nieder mit Vorwürfen, hält dir deine Kontoauszüge vor die Nase, rattert die Arbeitslosenzahlen hinunter, dass dir der Schädel zu rauchen anfängt, und du siehst dich schon vor dem Ulrich auf dem Boden kriechen –

»Magst du Smarties?«, fragt ein kleiner Junge, der mit seiner Oma neben dir auf der Bank sitzt. Er kippt drei bunte Dinger in deine Hand, die steckst du gleich in den Mund, der Junge redet vom Tierpark, er will Pinguine sehen, die Oma erzählt von den Gazellen aus Afrika, die Smarties schmelzen süß auf deiner Zunge. Du sagst deinem Hirn, dass es endlich die Klappe halten soll. Dann kommt der Bus, du steigst nicht ein, sondern bleibst allein sitzen, ziehst dein Jackett aus, lockerst die Krawatte, öffnest die ersten Knöpfe vom weißen Bürohemd, das nicht mehr weiß ist, weil du dir die Hände daran abwischst, und plötzlich siehst du auf der anderen Straßenseite, direkt gegenüber von der Bushaltestelle –

Punkt neun Uhr am Montag morgen saust du auf dem Ring durch den stehenden Verkehr mit einem türkisblauen Gefährt unter dem Gesäß, einer Siebziger Jahre Vespa, die macht es nicht mehr lang, hat der Verkäufer gesagt, auf deinem Kopf sitzt ein enormer Helm mit orangefarbenen Feuerzungen, dein Hemd ist offen bis zum Bauchnabel, die Luft weht dir zwischen den Brusthaaren. Bei jedem Holländer bremst du ab und schaust, ob die Margrit im Wagen sitzt. Einmal knatterst du um die ganze Stadt herum, mit dem Ding kommt dir das vor wie eine halbe Weltreise. An einer Kreuzung bleibst du stehen, rechts geht es zum Baggersee, links zu den Eiscafés mit den kurzberockten Frauen, geradeaus ist die Autobahn nach Italien –

Ein Dutzend Harleys braust an dir vorbei. Die Letzte hält an, drei Meter von dir entfernt. Eine echte Amazone sitzt darauf, sie ist von Kopf bis Fuß in Leder gekleidet und rote Locken kullern aus ihrem Helm. Sie nimmt die Brille ab und sieht dich an, ihre Augen sind grün wie das Meer; es duftet nach Motoröl, du steigst von der Vespa ab, gehst auf die Frau zu. Dir zittern die Beine, schon spürst du, wie du dich an ihren Rücken schmiegst, deine Arme um sie legst –

Die Harley bäumt sich auf, die Amazone fliegt mit hundert Sachen davon, du lächelst zur Sonne hoch und tuckerst auf der Vespa hinterher. Und es ist dir vollkommen egal, dass dich alle anderen überholen, denn am nächsten Morgen stehst du ein wenig benommen auf einem Parkplatz neben einem Motorrad und deine Hände riechen nach Motoröl, die Vespa mag nicht weiter, am Berghang wachsen Zypressen, die Straße ist gesäumt von Palmen und blühenden Lorbeerbäumen, unter dir ist Wasser, viel Wasser, eine blaue Wasserfläche wie in einem Traum, tiefblau mit ein paar weißen Flecken darauf, du folgst einer Frau im Badeanzug, ihre Hüften tanzen vor deinen Augen, du hast Durst nach ihren Lippen, und jetzt klingelt der Eisverkäufer, der »Gelati, Cola, Limonade« ruft.

Der Brautkiller

Sie haben geheiratet. Die Schlampe sitzt ganz in Weiß in einem weißen Cabriolet. Er steht an der Tür und unterhält sich. Die Schlampe hat einen Schleier auf dem Kopf, einen weißen, jungfräulichen Schleier, und sie ist wie eine Nutte geschminkt, wie die Nutte, die sie ist, wenn sie nicht heiratet. Rote Kusslippen hat sie, diese Schlampe, sie trägt den Lippenstift, den sie trug, als ich sie das letzte Mal küsste.

Es passt zu ihr, dass sie unter meinem Fenster heiratet. Sie weiß, dass ich ihr zuschaue. Sie will, dass ich ihr zuschaue. Deswegen hat sie, als sie aus dem Auto ausgestiegen ist, ihren Rock so weit gehoben, dass ich ihre weißen Strümpfe gesehen habe, und auch die weißen Strapse. Für mich hat sie immer Strapse getragen, die Schlampe, und einen Büstenhalter, der die Brustwarzen frei lässt, damit ich sie in den Mund nehmen konnte. Die Schlampe hat es gern.

Ich habe immer alles getan, was sie wollte. Ich habe ihr auf den Arsch geschlagen, wenn sie danach verlangt hat. Ich habe ihren Rock gehoben, sie über mein Knie gebeugt und ihr Klapse gegeben, als wäre sie ein unartiges kleines Mädchen, aber nur weil sie es so haben wollte. Ich habe alles getan, was sie wollte, wirklich, und jetzt hat sie unter meinem Fenster geheiratet, diese Schlampe!

Sie weiß, dass ich da bin und ihr zuschaue, sie hebt schon wieder ihren Rock bis über die Knie und zeigt mir ihre Schenkel mit den weißen Strümpfen, als sie sich auf das weiße Leder setzt. Die Schlampe hat jetzt eine Laufmasche an der Innenseite des linken Beines, sie fährt die Laufmasche entlang mit ihrem roten Fingernagel. An der Ferse beginnt sie und zeichnet die Rundung ihrer Wade nach, dann streichelt sie ihre Kniekehle und leckt sich die Lippen, während sie zu meinem Fenster hochschaut. Der Ehemann diskutiert immer noch und wendet ihr den Rücken zu. Er sieht nicht, was sie tut, diese Schlampe, die mir jetzt auch ihre Oberschenkel bis zu den Strapsen zeigt, und noch höher; ich sehe ihre Haut bis zum Saum der Unterhose. Sie hat ein weißes Höschen aus Spitze an, mit kleinen Seidenschleifen, ich sehe ihr dunkles Schamhaar hinter den weißen Spitzen, sehe ihren Finger mit dem roten Nagel, der den Saum des Höschens hebt und mir ihre Scham zeigt, die Schlampe, ich erkenne ihren kleinen Leberfleck links, und mir scheint, als würde ich das Knistern ihrer Schamhaare bis hierher hören, und das Geräusch des feuchten Fleisches zwischen ihren Beinen. Mir scheint, als könnte ich riechen, wie sie riecht, da unten, als wäre die ganze Straße bis hoch zu meinem Fenster von ihrem Weibsgeruch erfüllt. Mir ist, als wäre mein Kopf in ihren Schoß gebettet, wie gestern, als sie mir noch erlaubte, sie zwischen den Beinen zu berühren.

»Aber schlag mich zuerst«, sagte sie, »nimm einen Gürtel, mach es mir fester, tu mir richtig weh«, hat sie noch gestern gesagt, die Schlampe. Und ich habe es getan, ich habe immer alles getan, was sie wollte, sie an den Haaren gezogen, sie ans Bett gefesselt, ihre Kleider zerrissen und alles Andere habe ich gemacht, wie sie es wollte.

Und jetzt sitzt sie in ihrer Hochzeitslimousine mit offenem Verdeck, mit offenen Beinen sitzt sie da, hinter dem Rücken ihres Ehemannes, der sich immer noch an der Tür unterhält. Sie zieht ihren Finger mit dem langen roten Nagel aus ihrer nassen Fotze, ich sehe den Glanz auf ihrer Fingerkuppe, und sie blickt hoch zu meinem Fenster, steckt den Finger in ihren Mund und saugt daran, während sie die andere Hand zwischen ihre Beine presst. Sie wird es machen, bis es ihr kommt, hinter dem Rücken des Mannes. Ich kenne sie, diese Schlampe.

Ich sehe sie gut durch das Zielrohr des Gewehrs. Ich sehe, wie sie ihren Finger in dem Mund bewegt, als würde sie einen Schwanz lutschen, und ich sehe ihre Augen, halb geschlossen, ihre Brustwarzen, aufgerichtet unter dem weißen Stoff, und ich möchte jetzt abdrücken, aber sie nimmt den Finger aus dem Mund und berührt ihre Brust. Sie öffnet die Knöpfe, einen nach dem anderen. Ihre Zungenspitze spielt auf ihren Lippen, ich kenne diese Schlampe, ich weiß, dass sie jetzt anfängt zu stöhnen, und ihr Ehemann hört sie nicht, und er dreht sich nicht um, sondern unterhält sich immer noch an der Tür des Autos. Ich ziele auf ihr Herz, während sie mir ihre linke Brust zeigt, sie hält ihre linke Brust in der Hand und zwickt die Brustwarze mit den Fingerspitzen. Ihr Becken hebt sich und senkt sich, sie hat jetzt zwei Finger in ihre Fotze hineingesteckt, die Schlampe. Sie weiß, dass ich ihr zuschaue, sie will, dass ich sehe, wie es ihr kommt, unter meinem Fenster in ihrer Hochzeitslimousine, und ich sehe ihren Körper sich anspannen, und sie ist rot im Gesicht geworden, und sie schreit so laut, dass ich sie bis hierher höre, und ihr Weibsgeruch breitet sich in der ganzen Straße aus, bis hoch zu meinem Fenster, und da kommt es mir schon, und ihr Ehemann unterhält sich an der Autotür, und als es mir kommt und aus mir herausfließt, als es in hohen Wellen aus mir herausfließt und mir die Beine hinunterfließt, drücke ich ab.

Der Knall vermischt sich mit Ihrem Schrei, und als ich die Augen wieder öffne, sehe ich auf der Straße unter meinem Fenster einen toten Mann neben einer weißen Hochzeitslimousine liegen. Der Verdeck ist geschlossen. Die Autokolonne setzt sich langsam in Bewegung und hupt und hupt, und bald sind alle verschwunden, nur der tote Mann bleibt bis zur nächsten Hochzeit auf der Straße unter meinem Fenster liegen.

Der Torso

Der Mann, oder was von ihm übrig war, lag auf dem Rücken. Man hatte seinen Kopf und seine Arme abgeschnitten, seine muskulösen Oberschenkel hatte man ihm gelassen und seine Männlichkeit auch. Marmorne Schamhaare kräuselten sich auf seinem Bauch. Ein magerer Hund näherte sich, hob das Bein, pinkelte an die abgeschnittene Schulter. Jemand warf einen Stein, der Hund bellte, rannte heulend davon, als der zweite Stein ihn traf. Langsam ging die Sonne unter. Der Mann blieb allein im Hof.

Später, als es vollkommen dunkel war, kamen die Frauen. Sie sprachen nicht, bewegten sich geräuschlos durch die Nacht auf den Hof zu. Die Männer in den Häusern schlossen die Fenster, um nichts zu sehen, stopften sich die Ohren mit Wachs zu, um die Schreie der Frauen nicht zu hören, tranken ganze Krüge süßen Weines, der traumlose Nächte verspricht, doch sie konnten nicht einschlafen. Ihre Herzen pochten zu laut, sie schwitzten und wälzten sich unruhig umher.

Die Frauen betraten den Hof. Keine sprach. Sie stellten sich in einigen Metern Entfernung um den Torso auf und bildeten einen weiten Kreis. Es dauerte lange, bis der Kreis vollkommen war. Es waren mehr als hundert Frauen da, junge und alte, schöne und hässliche. Sie waren von überall her gekommen, um den Mann zu feiern. Sie sahen ihn nicht, aber sie spürten seine Nähe. Er lag in ihrer Mitte auf dem Rücken wie ein Käfer, der sich nicht umdrehen kann, seine leicht geöffneten Oberschenkel ragten in die Luft, seine Männlichkeit schutzlos preisgegeben. Die Frauen warteten.

Als der Mond endlich zwischen den Bergen erschien, ging ein Raunen durch die Gruppe der Frauen. Einige lachten, andere flüsterten miteinander. Eine trat vor, lief bis zum Torso, legte eine Blume auf sein ruhendes Geschlecht und kehrte zurück zu ihrem Platz. Der Kreis schloss sich enger zusammen, die Frauen nahmen sich bei den Händen und begannen leise zu summen. Der Mann spürte den Gesang der Frauen in seinem Rückgrat kribbeln. Aus seinen verstümmelten Schultern schossen die Arme heraus bis zu den Ellenbogen. Dann schob sich eine Wolke vor den Mond, ein Schatten fiel über den Mann und die Frauen verstummten. Als das weiße Licht zurückgekehrt war, sangen sie lauter. Der Mann fühlte seine Unterarme, seine Hände wachsen. Das Blut bahnte sich einen Weg durch den Marmor und erreichte die Fingerspitzen. Noch konnte er sich nicht rühren. Der Gesang wurde dringlicher, das Blut sammelte sich in seinem Bauch, schoss durch seine Oberschenkel und Muskeln, Knochen bildeten sich nach, bis seine Zehen gen Himmel zeigten. Als seine Männlichkeit anschwoll, wurden die Stimmen der Frauen rauer und lauter. Sie atmeten schneller, traten auf der Stelle, stampften ihre Lust in den staubigen Boden hinein. Am Hals des Mannes pochte die Schlagader im selben Takt.

Eine zweite Wolke schob sich über den Mond. Die Frauen hielten den Atem an, wagten nicht, den Mann anzusehen. Erstarrt und stumm warteten sie. Als die Wolke sich endlich auflöste, stieg der Gesang der Frauen wie aus einer Kehle durch die Nacht, man hörte ihn über die ganze Stadt, über die Täler und Hügel, bis zum Meer hörte man noch den Gesang der Frauen. Überall wachten die Kinder auf und weinten, die Männer bissen in ein Holzscheit, um nicht laut zu schreien, einige schlugen sich den Kopf gegen die Wände, bis sie die Besinnung verloren und ohnmächtig am Boden liegen blieben. Andere wurden halb verrückt, griffen nach ihren Waffen, rannten zur Tür und rüttelten daran, doch überall im ganzen Land waren die Türen abgesperrt und keiner konnte hinaus.

Der Mann im Hof öffnete die Augen. Er sah den Mond,

spürte, wie die kühle Nachtluft seine Lungen füllte, streckte sich aus und gähnte. Die Frauen traten einen Schritt nach vorn, sie atmeten laut und keuchten, sie stöhnten ihr Verlangen und sangen immer noch. Die Erde bebte unter ihren Füßen, bebte im Rücken des Mannes, bebte in seinen Lenden. Langsam setzte er sich auf, fuhr sich mit den Fingern durchs Haar, kratzte an seinem Hodensack. Als er die Frauen bemerkte, die um ihn standen, erschrak er. Mit einem Satz sprang er auf die Füße, legte beide Hände auf seine aufgerichtete Männlichkeit, um sie vor ihren Blicken zu schützen, suchte mit den Augen nach einem Fluchtweg, betete zum Mond, er möge verschwinden und seine Flucht ermöglichen, betete zu allen Göttern, die er kannte, fluchte, weil niemand antwortete. Zuletzt rief er nach seiner Mutter. Die Frauen lachten. Eine alte Frau trat vor.

»Komm, Junge«, sagte sie, »wir warten.«

Der Mann sah sie an, verstand nicht, was sie von ihm wollte. Sie zeigte auf seine Hände. Er öffnete sie. Sein Geschlecht hing schlaff zwischen seinen Beinen. Er spürte, wie die Schamesröte ihm ins Gesicht stieg, ballte die Fäuste, spannte die Muskeln an, als wollte er den Kreis der Frauen durchbrechen und davonrennen, aber er blieb stehen. Er sah in die Gesichter der Frauen, die so nah waren, dass er sie hätte berühren können, und fühlte, wie sein Schwanz sich langsam unter ihren Augen mit Blut füllte und aufrichtete. Dann lächelte er. Stolz durchflutete ihn, Hitzewellen liefen ihm über die Haut, und die Begierde staute sich in seinen Lenden. Als er Hände auf seinem Hintern spürte, zuckte er kurz, dann ergab er sich seinem Schicksal.

Die ganze Nacht über sangen die Frauen, während sie sich eine nach der anderen des Mannes für ihre Lust bedienten. Sobald er eine befriedigt hatte, legte diese sich erschöpft auf den Boden und schlief ein. Der Gesang wurde allmählich leiser, aber der Mann wurde nie müde, im Gegenteil, bei jeder Frau fühlte er sich kräftiger und größer und stärker werden und wollte nie mehr aufhören. Doch zuletzt blieb nur eine Frau übrig, sie war fast noch ein Kind. Im Hof war es still geworden. Sie öffnete ihr Kleid, legte es ab, stand nackt vor dem Mann und wartete. Er sah sie an, zögerte. Sie war so klein, hatte das Gesicht voller Sommersprossen und winzige Brüste.

»Wie heißt du denn, Schwesterchen?«, fragte er leise.

»Ich heiße Lila und ich bin nicht deine Schwester«, antwortete sie. »Mach nur, ich habe die ganze Nacht für dich gesungen, mach nur, und mach schnell, bevor die Sonne aufgeht, und mach es gut, ich bin noch Jungfrau.«

Er beugte sich zu ihr, nahm sie in die Arme und küsste ihre Wange.

»Lila, Schwesterchen, geh weg von hier, geh nach Hause, warum bist du hergekommen, du bist so jung, du solltest noch mit deinen Puppen spielen.«

»Ich bin alt genug«, sagte die Kleine und stampfte zornig auf. »Vor drei Monaten habe ich mein erstes Blut bekommen, und ich will dich und keinen anderen, worauf wartest du also? Küss mich, Geliebter, wir haben so wenig Zeit, sieh, es wird schon hell, komm Geliebter, komm zu mir …«

Der Mann sah in den Himmel, sah in der Ferne die Umrisse der Hügel, roch das Meer, die Ferne. Er sah die Mauer des Hofes, das offene Tor, die schlafenden Frauen. Er sah auf Lila, die ihm das Gesicht entgegenhielt, fiel auf die Knie vor dem Mädchen, küsste die kleinen Brüste, streichelte die zitternden Beine, küsste die noch fast unbehaarte Scham, dann zog er das Mädchen hinunter in den Staub des Hofes. Als er in sie eindrang, schrie sie laut auf. Die Frauen erwachten, rieben sich den Schlaf aus den Augen, standen auf, schüttelten ihre Haare, sammelten ihre Kleider zusammen und zogen sich langsam an. Als Lila zum zweiten Mal aufschrie, kamen sie näher und warteten, bis der Mann erschöpft in ihren Armen einschlief.

Das Mädchen hielt ihn fest und streichelte sein Gesicht.

Sie leckte den Schweiß von seiner Wange, flehte ihn an, wachzubleiben, aber der Mann schlief fest und rührte sich nicht. Lila zog ihn an den Haaren, trommelte auf seiner Brust, sie zwickte ihn, schlug ihn, brüllte ihn an, er solle endlich aufwachen, doch das tat er nicht. Er lächelte nur im Schlaf. Lila legte sich auf ihn, saugte die Luft aus seinem Mund ein und wehrte sich mit allen Kräften, als die Frauen sie von dem Mann wegzogen. Die alte Frau wischte das Blut ab, das ihr zwischen den Schenkeln rann, legte den Arm um die Schultern des Mädchens. Zusammen blieben sie vor dem Mann stehen und warteten.

Als der erste Sonnenstrahl in den Hof fiel, hob eine Frau das Schwert und köpfte den Mann mit einem einzigen Schlag. Er träumte von einem Mädchen mit winzigen Brüsten und einem Gesicht voller Sommersprossen und merkte nichts davon. Er spürte auch nichts, als die Frauen seine Arme und seine Unterschenkel abhackten. Spürte nicht, wie seine Rumpfmuskeln erstarrten, seine Wirbelsäule steif wurde.

Lila weinte, als sie mit den Frauen den Hof verließ. In ihrem Schoß trug sie den Samen des Mannes.

Eine endlose Nacht

Faschingsgeschichte für einen Taxifahrer

216142 ... 216142 ... 216142 ...

Sie sieht in den Spiegel. Das Rosa auf ihrer Wange ist künstlich. Es verwandelt sich sogar in Lila, was sie unter der nackten Glühbirne im Bad älter aussehen lässt, als sie tatsächlich ist. 2161 ... Sie findet sich poetisch, entrückt, als ob sie einem englischen Weihnachtsmärchen entstiegen wäre. 216142 ... Das weiße Rüschenkleid schimmert bläulich kühl, sie friert und schüttelt ihr Unbehagen ab. 216142 ... Sie freut sich auf das kristallene Meer der Lüster im Ballsaal, das die Wände in Regenbogenfarben tanzen lässt. Alice aus dem Wunderland ... Sabrina, Eleonare, Nathalie ... ein guter Name, wenn die Seele ein wenig zittert und die Wege zugeschneit sind. Nein, kein Schleier. Die Spitzenhandschuhe und die winzige Perlentasche, ein Lippenstift, eine Puderdose, den Wohnungsschlüssel unter die Fußmatte legen, und noch einmal 216142 ... 216142 ...

Rolf liest. Die Fenster des Wagens sind so beschlagen, dass er überhaupt nicht mehr nach draußen sehen kann. Er versucht es auch nicht. Er liest. Irgendwann reißt ihn die Hupe eines Kollegen mitten aus einem Absatz heraus, er schreckt auf, kurbelt das Fenster herunter und sieht das Leuchtsignal, das die Nacht zerreißt.

Was fehlt? Soll sie das Haar noch weiß und silber pudern? Die große Katze unter der Heizung reckt sich ein wenig und träumt von Mäusen. Lieber kein Puder. Marie Antoinette ist auf der Guillotine gestorben. Nur ein wenig Sil-

berstaub, das reicht. Ihre Absätze klappern auf der Holz-
treppe, das Licht im Flur geht aus.

Rolf wartet. Er kennt das. Die Leute rufen an, und wenn
der Fahrer bestätigt hat, dass er gleich kommt, dann fangen sie an, noch alles Mögliche zu erledigen. Es ist schwer,
sich zu verabschieden, sogar von einer leeren Wohnung.
Und die meisten verlegen ihre Schlüssel. Rolf ist das egal.
Er mag die Nacht. Wenn sich die Menschen und die Stadt
zurückziehen und nach und nach einschlafen, kann er endlich frei denken. In seinem Geist ordnen sich dann alle Bilder des Tages, alle Gestalten und Gespenster, die sonst eif-
rig hin und her schreiten und zusammenhanglose Reden
halten. Er hat Zeit und wischt das beschlagene Fenster mit
seiner Hand frei.

Ein Mann nähert sich mit großen Schritten. Er trägt hohe
Stiefel und hat eine rote Feder an seinem Hut. Eine Maske
verbirgt seine Züge und ein weiter Umhang seinen Körper.
Ein Musketier ... Aber die Stimme am Telefon war sanft
gewesen, eine schüchterne Frau oder ein errötendes
Mädchen ... Und doch bleibt die dunkle Gestalt neben
dem Wagen stehen.

»Sei gegrüßt, Kutscher, öffne mir die Tür deiner schäbigen
Karosse und fürchte dich vor dem Kuss meines Floretts!
Lass dein Gespann wie der Wind fliegen, ich habe es eilig,
meine Geliebte tanzt heute Nacht mit mir ...« Der Musketier reißt die Tür auf und nimmt den Hut ab. »Entschuldigen Sie bitte, dass ich Sie warten ließ. Ich hatte meinen Lippenstift vergessen.«

Rolf erkennt die Stimme. Der Gang hatte ihn verwirrt,
zu forsch, fast herrschsüchtig ... Und, während sie sich neben ihn setzt, schwebt ihm ihr Geruch entgegen – zuerst
unschlüssig wie die ersten Blumen, die sich nach dem
Frost ans Tageslicht wagen. Dann auf einmal atmet Rolf
ihn tief ein und sieht die Frau an. Sie hat sich einen dünnen

Schnurrbart angemalt und ihre Augenbrauen geschwärzt. Sie lässt seinen Blick stumm zu. Er vergisst wegzuschauen. Ihre Zweideutigkeit rührt ihn. »Gefalle ich Ihnen?«, fragt sie mit rauer Soldatenstimme und, ohne auf die Antwort zu warten, spricht sie weiter: »Ich möchte in die Oper.«

Der Wagen rollt am Fluss entlang durch die Baumalleen, sie schweigen. Das Parfüm steigt in warmen Wellen auf, es schmeckt fruchtig auf der Zunge und nistet sich unmerklich in alle Ecken ein. Der enge Raum füllt sich mit Südseeträumen und Rolf wünscht sich, es wäre Sommer ... Aber es ist Februar und er hört sie sagen: »Lassen Sie mich bitte hier raus.« Sie gibt ihm einen Schein, steigt aus und entfernt sich mit schnellen Schritten. »Sie sind schön, Prinzessin«, ruft ihr Rolf nach. Er wird rot im Dunkeln. Sie sieht es nicht, dreht sich auch nicht um, sondern eilt auf ein offenes Tor zu.

Das spiegelglatte Pflaster glänzt schwarz und scheint endlos weit zu führen. Lichtreflexe flackern grell, die Füße stolpern, zögern, werden unruhig. Plötzlich beginnt die Musik. Ihr Rhythmus zieht die Menschen, die noch draußen sind, magisch an. Die Frau hat keine Wahl, es ruft, es zerrt sie dicht heran, bis sie nicht mehr weiterkommt. Eine Hitzemauer steht vor ihr, die Frau wird zurückgedrängt, sie kämpft, hält sich fest, weicht aus und findet eine Lücke.

Vage, undeutliche Gestalten umarmen sich im Nebel. Sie mag nichts mehr sehen. Unter der Maske tröpfeln die Schweißperlen, eine Woge trägt sie nach vorne, fast verliert sie einen Satinballschuh. Ihr Herz möchte zurück, sie wehrt sich verzweifelt gegen die Rauchwolken, gegen die Fabelwesen, die überall grinsen. Sie versucht, den dröhnenden Lärm zu ignorieren, jemand zieht sie heftig in die Menge. Sie wirbelt herum und schwankt, einer Ohnmacht nahe. Plötzlich hört die Musik auf.

Sie steht allein auf den breiten Marmorstufen der Eingangshalle und spürt die nasse Kälte der Nacht um ihre Schulter. Alles bleibt einen Augenblick lang in der letzten Bewegung still und erstarrt.

Der Mann im Wagen vor ihm bremst unerwartet. Rolf kann gerade noch ausweichen. Das Pärchen auf dem Rücksitz ist so sehr mit Küssen beschäftigt, dass es nichts gemerkt hat. »Alle verrückt heute Nacht«, denkt Rolf. Er sieht den Fahrer des anderen Autos, der neben seinem Wagen steht und gestikuliert. Es ist ein dunkelhaariger Pirat mit einer Augenklappe und einem Haken statt der linken Hand.

Die Zigeunerin am Eingang wirft ihre Mähne nach hinten, dann geht sie mit hoch erhobenem Kopf hinein. Ihre Augen funkeln dunkel, als sich ein Arm um ihre Taille legt. Sie befreit sich, und Hunderte von Goldstücken und fremden Münzen, die auf ihrem Kostüm glänzen, verspotten den enttäuschten Kavalier. Eine rote Rose fällt aus ihrem Haar. Er hebt sie auf und atmet den Duft tief ein. »Dich möchte ich wieder finden«, flüstert er der Blume zu und steckt sie sich ins Knopfloch.

Die Zigeunerin verschwindet in der Menge. Er steigt auf die Galerie und von oben sieht er sie ein letztes Mal: Sie dreht sich wild auf der Stelle, Maskierte bilden einen weiten Kreis um sie und klatschen immer schneller. Ihre weiße Bluse gleitet über ihre Schulter, ihre Brust ist halb entblößt, ihr Rock bauscht sich. Sie verliert einen Kamm, und beim letzten Paukenschlag ist sie verschwunden. Später sieht der Kavalier eine ähnliche Silhouette in den Armen eines Piraten herumwirbeln; als er näher kommt, steht der Pirat allein mit einem Glas Sekt an der Garderobentür und wartet.

Sie ist außer Atem. Sie fühlt die Schminke zerfließen und sucht sich einen Platz vor dem Spiegel. Der rote Mund, die Goldsterne, sogar das Herzchen auf der Wange, alles hält. Unter der weiten Matrosenbluse rinnt der Schweiß kühl zwischen ihre nackten Brüste. Sie tupft sie trocken und streichelt sie ein wenig. Sie hat schöne, runde, feste Brüste und mag es, wenn ein Tänzer sie wie aus Versehen berührt ...

Sie verlässt die Garderobe und stürzt sich ins Gewühl, wo sie Stunden später unermüdlich von Arm zu Arm wandert. Das Herzchen auf der Wange ist vom vielen Küssen ganz verwischt, dafür hat sie einen halben Schnurrbart von einem schönen Ritter geerbt, der eine Zigeunerin sucht. Da er sie nicht findet, küsst er die andere und drängt sie hinter die Säulen, um ihren Busen ungestört streicheln zu können. »Ja, ich geh mit dir«, haucht sie ihm zu und verschwindet in die Damentoilette.

Der Mann mit dem verschmierten Mund lacht laut über sein unerwartetes Glück. Die Frau gefällt ihm. Auf den ersten Blick ist sie vielleicht nicht so glamourös wie manch andere, aber sie scheint nicht zimperlich zu sein, sie lässt sich anfassen und beantwortet seine Liebkosungen. Er holt noch ein Glas Sekt und wartet beim Ausgang.

Langsam leert sich der Saal. Auf einer Bank weint eine Prinzessin in den Armen zweier anderer Prinzessinnen. Die letzten Tänzer, ein Clown, ein Rotkäppchen mit Netzstrümpfen und einige angetrunkene Seeleute bewerfen sich mit Luftschlangen und Konfettis, die sie vom Boden aufsammeln. Das halb nackte Mädchen hinter der Theke singt und schaukelt im Takt, während sie dem Spüler die leeren Gläser bringt. Der Mann wird ungeduldig. Paare gehen eng umarmt, ohne ihn zu beachten.

Eine schwarze Katze streift ihn im Vorbeigehen. Sie trägt einen hautengen Samtanzug, der ihre wohl geformten Brüste betont. Sie bewegt sich anmutig, aber er ignoriert sie. Er sucht nur eine helle Matrosenlady und vielleicht noch eine Zigeunerin … Die Katze springt die Treppe hinunter und entfernt sich, ohne Spuren zu hinterlassen.

Rolf hat eine anstrengende Nacht verbracht. Die ganze Stadt schien ein Taxi zu brauchen, die Fahrgäste kamen dicht hintereinander. Einige waren angetrunken, andere hatten die eigene Adresse vergessen. Er ist müde, hat keine Zeit zum Träumen gehabt und lässt jetzt den letzten Fahrgast am Bahnhof aussteigen, obwohl kein Zug mehr fährt. Rolf schaltet das Leuchtschild ab und fährt ziellos durch die Nacht. Die Stille tut ihm gut. Bald ist es Morgen.

Sie will nicht am Ufer entlang laufen, also geht sie mitten auf der Straße wie auf einer Opernbühne. Ihr Kleid ist zerrissen, ihre Strümpfe voller Laufmaschen, aber was soll's, es singt in ihrem Herzen. Sie ist in sich selbst und in die Nacht verliebt. Langsam dreht sie sich um sich herum und die Straßenlaternen tanzen mit wie sommerliche Glühwürmchen. Sie lacht und es hallt zwischen den verschlafenen Häusern, sie lacht … und wünscht sich, es würde nie mehr hell werden.

Als ihr Absatz abbricht, bleibt sie einige Sekunden reglos auf einem Fuß stehen. Sie schwankt mit ihrem Schuh in der Hand. Ein Taxi ohne Leuchtschild hält an. Die Tür geht auf. »Darf ich Sie nach Hause fahren?«, fragt Rolf. Er findet die Frau schön, eine verblichene Prinzessin mit Rüschenkleid, das zerrissen herunterhängt, und mit ihrem fast nacktem Fuß, der in der Luft sehr klein erscheint.

Sie steigt ein, lehnt sich an seine Schulter und schläft sofort ein. Er fährt geradeaus, wohin, weiß er nicht. Das Rosa auf ihren Wangen löst sich in Lila auf und lässt sie älter aussehen, als sie wahrscheinlich ist. Das rührt ihn. Ihre Züge verwandeln sich im Schlaf. Rolf glaubt, ihren Geruch zu erkennen, zarte Frostblumen, die schnell wachsen, schwer auf seiner Schulter liegen und in ihm auf einmal Erinnerungen wecken ... Zigeuner sitzen in der Nacht um ein Lagerfeuer, das Meer ist stürmisch, eine Frau mit rauer Stimme und einem breitkrempigen Männerhut küsst ihn, bis er keine Luft mehr bekommt ... Eine große schwarze Katze läuft von links nach rechts über die Straße.

Am Ende der Baumallee wird es schon hell.

Man erzählt sich, dass ein Taxi mit Münchener Nummernschild leer in Schottland entdeckt wurde. Von seinem Fahrer und von einer Frau fehlen bis jetzt jede Spur.

»Hier ist Ihr Mann«, sagt der Sanitäter, »ich brauche noch Ihren Abdruck, bitte.«

Die Frau legt ihren Daumen auf den elektronischen Lieferschein unten links. Im Display erscheint ihr Name, dann eine Reihe von Zahlen und Informationen. Sie heißt Zweig, Doktor Alisa Zweig, ist 32 Jahre alt und arbeitet als Human Software Stylistin. Das Gerät piept. Links entsteht ein Identifikationsfoto, grob gerastert, aber gut erkennbar. Der Sanitäter sieht die Frau an, vergleicht ihr Gesicht mit dem Bild. Er lässt sich Zeit. Sie hat dunkles, fast schwarzes Haar, eine helle Haut mit einigen Sommersprossen und grüne Augen. Nur ihre Lippen sind geschminkt. Dunkelrot. Der Sanitäter räuspert sich.

»Stimmt etwas nicht?«, fragt sie gelangweilt.

»Nein, nein, alles in Ordnung«, sagt der Sanitäter. »Aber hier steht, dass Sie Human Software Stylistin sind, darf ich Sie fragen, was das genau ist?«

Alisa Zweig hebt die Brauen. Wenn Sanitäter mit ihr reden, sagen sie nur Banalitäten, wie »Ruhig haben Sie es hier« und »Schönes Wetter heute«. Dieser muss wohl neu sein.

»Sind Sie zum ersten Mal hier?«, fragt sie.

»Ja«, antwortet er. »Ich studiere noch und finanziere mein Studium, indem ich zwei Mal die Woche Krankentransporte mache.«

»Der Mann, den Sie mir bringen, ist nicht krank«, sagt die Frau. »Er ist nur falsch programmiert. Ich werde sein Programm ändern. Das ist mein Beruf. Was studieren Sie?«

»Ach, nichts Besonderes. Maschinenbau. Was ist denn an diesem Mann falsch?«

Alisa Zweig lächelt dem Studenten zu. Auch er hat grüne Augen.

»Er ist nicht glücklich«, antwortet sie. »Seit längerer Zeit geht alles schief in seinem Leben. Er ist leer, hat keine Energie, wird pausenlos krank, seine Leistungen sind stark abgefallen. Seine Frau hat ihn eben verlassen.«

»Und Sie können das ändern?«, fragt der Student.

»Seine Frau kann ich ihm nicht zurückgeben«, sagt Alisa, »aber er wird sicher eine andere Partnerin finden, wenn ich seine Programmierung geändert habe. Glückliche Menschen haben eine gute Ausstrahlung und wirken auf andere sehr anziehend.«

»Ach«, lacht der Student, »wenn das so leicht ist, lege ich mich gleich dazu. Meine Freundin hat mich auch sitzen gelassen, und das Studium ödet mich an. Wo kann ich mich anmelden?«

»Sie reden Unsinn. Sie sind noch jung, Sie haben das ganze Leben vor sich«, sagt Alisa Zweig streng.

»Ich bin schon vierundzwanzig«, sagt der Student. »Und manchmal komme ich mir vor wie fünfundfünfzig. Können Sie mir helfen?«

Alisa schüttelt den Kopf.

»Keine Chance«, sagt sie. »Gehen Sie jetzt, bitte. Ich habe zu tun.«

»Sind Sie glücklich?«, fragt der Student.

»Ich?«, fragt Alisa. »Aber selbstverständlich. Sehr sogar. Und ich wäre noch glücklicher, wenn Sie mich jetzt arbeiten lassen würden.«

»In Ordnung«, sagt der Student. »Wo soll ich ihn abstellen?«

Der Raum, auf den sie deutet, ist ganz weiß und vom Boden bis zur Decke gleißend hell. Und er ist leer. Kein einziges Möbelstück steht darin.

»Schieben Sie ihn hinein«, sagt Frau Dr. Alisa Zweig. »Lassen Sie ihn da stehen. Danke. Auf Wiedersehen.«

»Das würde mich freuen«, sagt der Student. »Ich meine, wenn wir uns wirklich wieder sehen. Übrigens, ich heiße …«

»Felix Werner«, unterbricht ihn die Frau, »ich habe es

auf Ihrer Identifikation gelesen.« Sie drückt auf einen Knopf neben der Tür. »Auf Wiedersehen.«

Felix Werner geht zwei Schritte zurück. Er lässt die Frau nicht aus den Augen, wahrend sich die Schiebetür lautlos schließt. Alisa Zweig beobachtet ihn auf einem Monitor. Er bleibt noch einige Sekunden stehen, sieht hoch zur Kontrollkamera und sagt etwas, was sie nicht hört. Alisa schaltet den Lautsprecher ein, aber es ist zu spät. Felix Werner dreht sich um und entfernt sich. Bevor er um die Ecke biegt, blickt er noch einmal kurz zurück und hebt die linke Hand hoch, als würde er ihr zuwinken. Alisa lächelt, schüttelt den Kopf und schaltet den Monitor aus.

»Netter Kerl«, sagt sie, »zu jung für mich, aber er könnte mir gefallen.«

Sie deckt ihren Patienten ab. Er ist vollkommen nackt. Nur ein kleines Pflaster bedeckt die Einstichwunde der Injektion in seiner linken Armbeuge. Alisa betrachtet ihn, die verwelkte Haut an seinem Hals, die ergrauten Brusthaare, den kleinen Bauchansatz, das Geschlecht, das auf dem Oberschenkel ruht. Sie nimmt das Handgelenk, kontrolliert den Puls, berührt das Gesicht. Der Mann reagiert nicht, auch nicht, als sie sein Augenlid hebt. Sie deckt ihn wieder zu, schiebt die Bahre auf winzige Markierungen im Bodenbelag, blockiert die Räder und verlässt den Raum.

Sie kennt diesen Mann, sie weiß, wie er heißt und was er tut. Sein Foto ist oft im Wirtschaftsteil der Zeitung abgedruckt. Er ist ein Machtmensch, einer, der es angeblich geschafft hat und ganz weit oben angekommen ist. Aber hier, in ihrem Labor spielt das keine Rolle. Hier ist er nur jemand, der sich verausgabt hat, der am Ende seiner Kräfte ist. Jemand, der sie braucht. Sie wird einige winzige Verschiebungen im Wertesystem des Patienten vornehmen, das ist alles. Wenn alles wie geplant verläuft, wird der Mann nichts davon merken. Er wird leben wie bisher, nur ein klein bisschen weniger unter Druck stehen. In einem Jahr wird er feststellen, dass er gute Mitarbeiter hat, die ihm vieles abnehmen, dass er nicht pausenlos am Telefon hängt und die Geschäfte insgesamt ruhiger geworden sind und dabei besser laufen. Er wird ohne schlechtes Gewissen in Urlaub fahren, keine Arbeit mitnehmen, die Nummer seines Hotels nur für absolute Notfälle hinterlassen, und damit wird er meinen, falls seiner Mutter etwas passieren sollte. Möglicherweise wird er alte Schulfreundschaften aufleben lassen oder sich mit zwei oder drei anderen Männern anfreunden. Er wird wieder Frauen begehren und mit ihnen schlafen. In den letzten zwanzig Monaten hatte er keinen Sex mehr gehabt, davor nur mit Hilfe von Potenzmitteln oder mit Prostituierten, das stand in seiner Akte. Dieser Mann ist ein Routinefall für Alisa. Er interessiert sie nicht sonderlich. Von der Sorte gibt es Hunderte, sie hat schon viele behandelt. Mit ihrer Methode ist es leicht. Sie behandelt auch Faulheit, Feigheit, Phobien, Depressionen, Schockzustände nach Unfällen oder Gewalttaten. U-Bahn-Fahrer, die einen Selbstmörder überfahren haben. Hausfrauen, die nicht mehr aus dem Bett kommen und ihre Pflichten nicht mehr erfüllen. Sportler, die das Selbstvertrauen verloren haben. Wenn sie wollte, könnte sie noch tiefer eingreifen, die politischen Meinungen ihrer Patienten ändern, einen Rechtsradikalen in einen gemäßigten Sozialisten verwandeln oder umgekehrt, aber solche Aufträge lehnt sie grundsätzlich ab.

Alisa setzt sich an ihren Computer, tippt einige Daten ein, lässt das Standardprogramm durchlaufen. Sie lehnt sich zurück. Sie hat viel Zeit. Das Programm dauert nur wenige Minuten, doch der Patient wird erst zwei Stunden später abgeholt.

Vor anderthalb Jahren wollte ein Journalist über ihre Arbeit berichten. Da sie nie Interviews gibt und sich weigert, Fragen über ihre Methode zu beantworten, schmuggelte sich der Journalist als Patient bei ihr ein. Den Artikel schrieb er nicht. Nach der Behandlung kündigte er seinen Job, verkaufte sein Haus und zog mit seiner Familie nach Ibiza.

Alisa lacht. Sie erinnert sich gern an diesen Mann. Er war ihr sympathisch. Sie hat ihn einmal auf Ibiza besucht, er hat sie zu einem Drink eingeladen und sich bemüht, sie zu verführen. Alisa wehrte sich nicht. Nach dem Sex erzählte er ihr von seinem früheren Leben, von seinem stressigen Job, seiner schlechten Gesundheit, von der ehelichen Langeweile. Er behauptete, dass es ihm noch nie so gut ging, wie auf Ibiza. Mit seiner Frau hatte er einen zweiten Honey Moon erlebt, und sie war einverstanden, dass er mit anderen Frauen schlief, weil sie es auch tat. »Falls du Lust hast«, sagte er zu Alisa, die er nicht erkannt hatte, »können wir uns vielleicht heute Nacht zu dritt treffen.« Zwei Tage später war Alisa äußerst zufrieden davon gefahren.

»Der Patient kann abgeholt werden«, sagt sie ins Telefon. Halb hofft sie, dass Felix Werner, der Student kommt, aber das ist ein anderer, der die Bahre mit dem schlafenden Mann davon schiebt.

Sie ärgert sich, dass sie immer noch an den Studenten denkt. Seit sie aus Ibiza zurück ist, denkt sie zu viel an Sex. Wenn sie wollte, könnte sie sich das selber wegprogrammieren, aber das mag sie nicht.

Keine gute Lösung, denkt sie, während sie ihre Sachen aufräumt. Ich brauche einfach wieder einen Mann. Einen richtigen, doch keinen Studenten. Oder eine Frau, das wäre auch nicht schlecht.

Einige Tage später wartet Alisa auf einen neuen Patienten. Sie ist unruhig und weiß nicht warum. Als sie einen Blick in den Kontrollmonitor wirft, erkennt sie plötzlich Felix Werner, der wieder vor ihrer Tür steht, und spürt, wie die Lust sich in ihrem Bauch ausbreitet.

»Hallo«, sagt sie kühl und bemüht sich, nicht in seine Augen zu schauen. »Schieben Sie ihn gleich herein, bis in die Mitte des Raumes.«

Das wollte sie eigentlich gar nicht sagen. Sie wollte ihn vor der Tür abfangen. Jetzt steht er da und sieht sie an mit seinen verdammten grünen Augen. Sie sieht nach unten, auf seine enge Jeans, in ihrer Fantasie sieht sie sich auf dem Boden liegen, die Beine weit geöffnet, sieht Felix Werner über seinen Schwanz streicheln, den Reißverschluss aufmachen und langsam auf sie zukommen. Alisa schließt die Augen und stützt sich auf die Bahre. Sie zählt bis zwanzig und öffnet die Augen. Sie meidet seinen Blick, versucht, sein Kinn zu fixieren, kann dem Anblick seiner Lippen nicht widerstehen.

»Gehen Sie bitte«, sagt sie mit belegter Stimme.

»Ich brauche noch Ihren Abdruck«, sagt er. »Hier.«

Er kommt näher. Hält ihr den elektronischen Lieferschein unter die Nase. Alisas Brustwarzen werden hart. Sie hebt die Hand, legt den Daumen auf das Gerät. Sie will seinen Mund, seine Zunge. Sofort.

»Sie zittern«, sagt er, nimmt ihr Handgelenk und hält es fest. »Was ist denn los?«

Ihre Knie sind schwach. Sie riecht den Geruch des Mannes neben sich, atmet ihn tief ein und reißt mit letzter Kraft die Hand weg.

»Es ist überhaupt nichts los«, sagt sie. »Ich bin nur etwas überarbeitet. Gehen Sie jetzt, Felix Werner, und suchen Sie sich einen anderen Job. Kommen Sie nie wieder her. Ich kann Sie nicht gebrauchen, haben Sie verstanden? Verschwinden Sie. Gleich.«

Der Student lächelt und geht, ohne sich umzudrehen. Alisa schließt die Schiebetür, lehnt sich an sie, drückt beide Hände auf ihre Brust und atmet erleichtert auf. Als sie ein paar Sekunden später den Monitor ausschaltet, wirft sie aus Gewohnheit einen Blick hinein und sieht gerade noch Felix Werner um die Ecke verschwinden, bevor das Bild erlöscht. Alisa setzt sich an die Arbeit. Es fällt ihr schwer, sich zu konzentrieren. Als sie den Mann auf der Bahre entdeckt, wünscht sie sich, Felix Werner würde vor ihr liegen.

Der Patient ist ungefähr vierzig Jahre alt, vielleicht dreiundvierzig. Älter nicht. Einsfünfundachtzig groß, kein Gramm Fett. Arm- und Brustmuskeln, als würde er täglich trainieren. Eine Narbe am Kinn. Helle Haare, schon grau an den Schläfen. Alisa kontrolliert seinen Puls, legt die Hand auf seine Wange. Sie findet ihn attraktiv.

»Ich würde heute einen Besenstiel attraktiv finden«, sagt sie laut, und um sich zur Vernunft zu bringen, betrachtet sie das Geschlecht des Mannes, das schlaff auf seinem Oberschenkel ruht. Alisa berührt es. Weiche Haut. Samt und Seide. Der Schwanz fühlt die Berührung, richtet sich leicht auf. Alisa deckt den Mann bis zum Hals zu.

»Ich brauche Ferien«, sagt sie. »Ich werde in irgendeinen Club fahren, schwimmen und mir irgendwen für ein paar Nächte ins Bett holen.«

Nach der Arbeit konsultiert sie ihren Kalender. Diese Woche noch drei Termine, drei Routinefälle, das ist zu ertragen. Sie setzt sich ans Telefon, sagt für den nächsten Monat alles Weitere ab, bucht einen Flug nach San Lucia. Die Woche vergeht schnell. Die Sanitäter, die ihr die Patienten bringen, sieht sie nicht an, am Mittwoch behandelt sie eine Geigerin mit Hörsturz, am Donnerstag einen der üblichen Workoholics mit Burnout-Syndrom, beide Male lässt sie das Standardprogramm mit minimalen Änderungen durchlaufen. Am Freitag hat sie ihren letzten Klienten. Alisa hat schon ihren Koffer gepackt und denkt an den Urlaub, als sie das weiße Tuch zurückschlägt, das ihren Patienten abdeckt. Felix Werner liegt vollkommen nackt vor ihren Augen. Alisa stößt die Bahre mit einer solchen Wucht von sich, dass sie durch den ganzen Raum rollt und gegen ihren Schreibtisch donnert. Sie stürzt zum Telefon, wählt hastig die Nummer der Sanitäterzentrale, damit sofort jemand kommt und Felix Werner wegbringt, und legt wieder auf.

Sie sitzt mit zusammengebissenen Zähnen am Computer, auf dem Bildschirm ist der Kopf von Felix Werner, aber sie sieht ihn nicht, sie sieht nur seinen linken Arm, der von der Bahre herunterhängt, und sie beugt sich nach vorne, um diesen Arm nicht mehr zu sehen. Wie eine Irre haut sie in die Tasten und verändert ihr Programm. Sie hasst diesen

Studenten, sie hasst ihn so sehr, dass sie aus ihm ein Lämmchen machen wird, ein harmloses Männlein, das nie mehr eine Frau durcheinander bringen wird. »Und ich verspreche dir, dass du glücklich wirst, Arschloch«, sagt Alisa, als sie nach zwanzig Minuten die Bahre an die richtige Stelle schiebt. Mit dem Fuß drückt sie auf den Hebel, der die Räder blockiert.

Drei Stunden später klingelt das Telefon. Ein Sanitäter ruft an, fragt, ob der Patient abgeholt werden kann. »Tut mir leid«, antwortet Alisa, »ich habe einen Virus im Programm, es dauert noch eine Weile.« »Dann müssen Sie ihn selber zurückbringen, wir haben Feierabend«, sagt der Sanitäter. Alisa legt den Hörer auf, ihre rechte Hand greift nach der Maus, hält einen Zentimeter darüber an, erstarrt. Auf den Bildschirm schießt ein orangefarbenes Rohr, biegt um die Ecke, schießt nach hinten, ein zweites Rohr kommt dazu und Alisa gleitet in ein Labyrinth, das sich ständig auf und abbaut. Ihre Hand senkt sich, sie bewegt die Maus. Das Labyrinth verschwindet. Sie klickt den ersten Ordner an, schiebt die Maus nach oben, klickt auf den Befehl »löschen«, bestätigt, dass der Ordner wirklich in den Papierkorb verschoben werden soll. Mit einem weiteren Klick leert sie den Papierkorb. So löscht sie jeden Ordner auf ihrer Festplatte, löscht die Systemdateien, eine nach der anderen. Als gar nichts mehr geht, zieht sie den Stecker heraus, schraubt den Turm auf, montiert die Festplatte aus, schraubt den Metallmantel auf und zerstückelt sorgfältig die einzelnen Teile. Dann steckt sie ihre Akten in den Reißwolf und es dauert eine Weile, bis alle Spuren ihrer Arbeit vernichtet sind. Als sie damit fertig ist, geht sie zu Felix Werner. Seine Augen sind offen, aber er ist noch etwas verwirrt von der Narkose und sieht sie an, als würde er sie nicht erkennen. Alisa zieht das Laken weg, legt die Hand auf seinen Schwanz.

»Wach auf, du Idiot«, ruft sie, »ich habe ein neues Programm, wach auf und lass uns endlich damit anfangen.«

Schlaf schön, mein Herz

Soweit sie sich erinnern konnte, war sie nie Jungfrau gewesen. Das lag daran, dass sie den Schlaf nicht mochte. Jede Nacht wurde sie in ein Zimmer aufgeräumt, das tagsüber nicht benutzt wurde. Dort stand ihr Bett, sonst nichts. Man legte sie hinein, wünschte ihr »Gute Nacht« und schloss die Tür, um Dinge zu tun, für die sie noch zu klein war. Das hatte man ihr einmal gesagt, als sie danach gefragt hatte. Und ein anderes Mal hatte man behauptet, das sei nichts Besonderes. Aber man hatte sie angelogen, das wusste sie genau.

Sie lag in ihrem Holzbett auf dem Rücken, sah die undeutlichen Lichtmuster an der Decke und manchmal den langen Schatten von jemandem, der an der Milchglasscheibe vorbeischlich, und sie hörte die Geräusche. Das Schlurfen der Füße vor ihrer Tür, das anschwellende Lachen der Nachbarin, das plötzlich erstickte, eine Weile verstummte und wieder von unten nach oben purzelte, dazu die dunkle Stimme eines Mannes, der Sachen sagte, die sie durch die Wand nicht verstehen konnte. Sie hörte das Gurgeln der Frau ein Stock höher, das Getrippel ihrer Damenschuhe im Treppenhaus, das Knallen der Autotür, und wenn der Wagen weg war, hörte sie nur noch die Geräusche aus dem Wohnzimmer nebenan, die Fetzen von Liedern aus dem Radio und dazwischen die Stimmen der Erwachsenen. Am Anfang waren es ihre Tagesstimmen, seine und ihre, eine nach der anderen, und nur am Tonfall erkannte sie, worüber sie sich unterhielten. »Hast du meine Hemden gewaschen« oder »gibt es noch einen Schluck Wein« oder »heute war das Wetter aber wirklich schön« oder »bald ist der Sommer vorbei«, sagten sie, und das hatte nichts zu bedeuten, das war nur die Vorbereitung.

Auch sie bereitete sich vor. Sie versuchte, nur noch Ohr zu sein und in den Bildern an der Decke zu erkennen, was sie nebenan taten. Sie atmete ruhig, legte die Hände unter der Bettdecke auf ihre Schenkel und bewegte sich nicht mehr. Nach einer Weile wurden ihre Ohren größer und nahmen die leisen Abendstimmen auf. »Glaubst du, sie schläft schon?« und »Warte noch fünf Minuten«, da waren die Stimmen schon ein Stück tiefer geworden.

Später hörte sie dann ihre Nachtstimmen, die sich übereinander legten, wie sie es selber auch taten, und dann rollten ihre Hände das Hemd hoch und suchten die Stellen an ihrem Körper, die sich gut anfühlten, während sie im anderen Zimmer flüsterten, kicherten, ein Glas umwarfen und kurz fluchten. Sie sah an der Decke, wie sie zusammen auf dem Boden rollten, und die Frau krabbelte auf den Knien davon, und der Mann robbte hinter ihr. Er berührte ihren Hintern, hielt mit einem Arm ihre Beine fest und steckte eine Hand unter ihren Rock. Sie wehrte sich, versuchte sich zu befreien, sagte mit rauer Stimme: »Nein, nein, bitte nicht.« Aber nichts davon war echt, das wusste das Mädchen in ihrem Bett, das war leicht zu erkennen, weil die Worte nicht richtig gesprochen waren, sondern gedehnt und gehaucht, als würde die Frau aus dem Mund atmen und nicht genug Luft bekommen.

Das machte sie ihr nach. Dabei zog sie ihr Nachthemd aus und sagte: »Nein«, »nein«, »nein«, immer beim Ausatmen mit offenem Mund, und immer schneller, jede Nacht, auch wenn sie keine Geräusche hörte. Und während sie versuchte, so lange und so schnell wie möglich »Nein« zu sagen, drängten die eigenen Hände die Schenkel auseinander, suchten die Spalte zwischen ihren Beinen, und ein Finger glitt hinein, und noch ein Finger. Auch sie tat so, als würde sie sich wehren, und sagte: »Nein, nein, nein«, bis sie fast keine Luft mehr bekam. Dann drehte sie sich auf den Bauch und während ihre Hand die gute Stelle zwischen ihren Beinen furios rieb und ihre Beine die Hand gefangen hielten, rief sie »Nein« in das Kopfkissen hinein. Durch ihre geschlossenen Augen sah sie deutlich, dass es etwas Besonderes war, was sie da drüben taten, und dass sie selber kein bisschen zu klein dafür war.

Jeden Morgen, wenn sie aufwachte, lagen ihre Hände zwischen ihren Beinen. Bevor man kam, um sie zu wecken, zog sie die Hände zu ihrem Gesicht hoch, roch daran und manchmal steckte sie ihre Finger einzeln in den Mund, denn sie fand, dass es gut schmeckte.

»Und das schmeckt mir immer noch«, flüstert sie Jahrzehnte später nach zwei Ehen und einer Unzahl von Liebhabern einem Mann zu, der neben ihr im Bett liegt. »Liebling, ich hoffe, das macht dir nichts aus, wenn du merkst, dass ich es tue. Nimm es bitte nicht persönlich. Gute Nacht, schlaf schön, mein Herz.«

Tokyio

»Unterschreiben Sie bitte hier. Danke.« Der Postbote gab ihm ein Einschreiben und eine Postkarte. »Erinnerst du dich an Tokyo? Ich habe dich weiter empfohlen, Gruß, Helene.« Das war alles, was auf der Postkarte stand, typisch Helene. Auf der Vorderseite ein Flugzeug von Japan Airline. Das Einschreiben öffnete er nicht. Es gab auf dieser Erde nur einen Menschen, der mit ihm per Einschreiben verkehrte. Das war die Hausbesitzerin, eine vornehme alte Dame, die alle zwei Jahre entweder die Miete erhöhte oder ein paar Mark mehr für die Müllabfuhr verlangte. Das nervte. Milan dachte lieber über Tokyo nach. Dort hatte er Helene auf einer Konferenz kennen gelernt. Am vorletzten Tag stellte man sie einander vor. Sie musterte ihn von Kopf bis Fuß, gab ihm ihre Zimmernummer. Bis zum Ende der Tagung blieben sie dann im Bett. Im Flugzeug nach Deutschland, als seine Hand noch zwischen ihren Beinen ruhte, fragte er sie nach ihrer Adresse. Sie stellte ihren Sessel gerade. »Ich bin verheiratet«, sagte sie. Er zog seine Hand zurück. In Frankfurt am Flughafen wartete ihr Mann auf sie, höflich schlug er vor, ihn in die City mitzunehmen. Helene lächelte. Milan nahm ein Taxi. Während der Fahrt verbreitete sich Helenes Geruch im Wagen. Der Fahrer beobachtete ihn im Rückspiegel. Milan steckte die Hand in die Hosentasche. Zu Hause ging er gleich schlafen und träumte von Helene. Als er aufwachte, hob er die Hand zu seiner Nase und atmete tief ein. Ihr Geruch war verflogen. Die Erinnerung blieb. Das lag drei Jahre zurück. Sie hatten sich nicht wieder gesehen. Alle paar Monate schickte Helene eine Postkarte – eine Landschaft, wenige Worte, immer die falschen. Danach wartete er ein paar Wochen, rief sie im Büro an.

»Danke für deine Karte. Wie geht es dir?«, fragte er sie. »Gut und dir?« »Auch gut.« Mehr gab es nicht zu sagen, und das war schon zu viel.

Das Einschreiben lag immer noch ungeöffnet auf dem Schreibtisch, als einige Tage später jemand klingelte. Ein Mann stand vor der Tür, fragte, ob er bereit sei.

»Wozu?«, fragte Milan.

»Wir haben Ihnen bereits alles erklärt«, sagte er. »Sie haben doch unser Einschreiben erhalten, nicht wahr? Sie sollten uns umgehend benachrichtigen, falls Ihnen der Termin nicht passt. Das haben Sie nicht getan, jetzt ist es dafür zu spät. Mein Wagen steht vor der Tür, und die Zeit drängt. Kommen Sie.«

»Augenblick mal«, sagte er und bat ihn herein.

Der Mann folgte ihm ins Arbeitszimmer. Milan suchte nach dem Einschreiben, riss den Umschlag auf und las. »Sehr geehrter Herr Sandler, Sie sind uns für ein besonderes Projekt empfohlen worden. Wir rechnen mit Ihrem Einverständnis und werden Sie am 23.8.97 abholen. Sie erhalten eine Aufwandsentschädigung in Höhe von ...« Milan ließ das Blatt fallen. Eine aberwitzige Menge Geld sollte er bekommen, nur wofür? Der Mann hob den Brief auf, faltete ihn zusammen und steckte ihn ein.

»Können wir jetzt?«, fragte er.

»Ich muss doch noch packen«, sagte Milan, »und ich hätte das Geld gern im Voraus, wenn es Ihnen nichts ausmacht.«

»Sie können noch die Blumen gießen oder eine Nachricht für Ihre Putzfrau hinterlassen, wenn Sie möchten, packen brauchen Sie überhaupt nichts, alles, was Sie brauchen, wird gestellt, und das Geld erhalten Sie erst nach getaner Arbeit.«

Seine Kakteen waren es gewohnt, ohne ihn auszukommen, und er hatte keine Putzfrau, trotzdem nahm er ein Blatt Papier und einen Stift zur Hand. Auf der Straße vor dem Haus hupte jemand, der Mann ging zum Fenster, öffnete es, rief hinunter: »Wir kommen schon.«

»Sie haben Angst«, sagte er freundlich, »ich verstehe das. Das ist eine enorme Herausforderung, an Ihrer Stelle würde mir der Schweiß herunterlaufen, aber mich hat man nicht gefragt. Besser so, ich würde es nicht packen. Ein kleiner Schluck würde Ihnen sicher gut tun. Mir auch.«

Er schenkte zwei Gläser Cognac ein.

»Auf Sie«, sagte er und prostete ihm zu.

Milan schrieb quer über das Blatt Papier: »Bin in To-kyo«, dann hob er sein Glas und leerte es in einem Zug.

»Gehen wir«, sagte er.

Am Steuer saß eine junge Frau. Sie trug eine Lederjacke und eine dunkle Hose. Die Beifahrertür stand offen, er setzte sich neben sie. Der Mann, der ihn abgeholt hatte, knallte die Tür zu. Im Aufzug hatte er Milan noch viel Glück gewünscht. Als die Frau sich zu ihm umdrehte, sah er, dass ihre Brüste nackt unter der Lederjacke waren. Plötzlich stieg ihm der Cognac in den Kopf.

»Willkommen an Bord, Milan«, sagte sie. »Ich heiße Lisa, aber Sie können mich gern anders nennen, wenn Sie möchten. Ich freue mich, Ihnen zu Diensten zu sein. Wo möchten Sie denn hin?«

»Ich werde Sie Helene nennen«, antwortete er. »Fahren Sie los, Helene, fahren Sie, bis mir ein geeigneter Ort ein-fällt.«

Der Wagen setzte sich in Bewegung. Milan schaltete das Radio ein, fand den Jazzsender. John Zorn spielte. Die Fah-rerin lenkte den Wagen geschickt durch den Verkehr, ver-langsamte jedes Mal, wenn sie in die Nähe eines Hotels ka-men. Schließlich blieb sie vor dem Hilton stehen und wartete.

»Warum halten Sie an? Fahren Sie weiter, Helene, aus der Stadt hinaus. Und ziehen Sie Ihre Jacke aus.«

Sie gehorchte und warf ihre Jacke auf den Rücksitz. Mi-lan setzte sich so, dass er sie beobachten konnte. Sie sah nur nach vorne, reagierte nicht, als an einer Ampel der Fahrer vom Wagen neben ihrem zu hupen begann. Milan nahm ihr die Fahrermütze ab und ließ seinen Zeigefinger an ihrem Hals entlanggleiten. Sie fuhr los.

»Der Trottel folgt uns«, sagte sie.

»Fahren Sie schneller, Helene. Hängen Sie ihn ab.«

Sie beschleunigte den Wagen. Milan streichelte ihre rechte Brust, spielte mit ihrer Brustwarze, sie atmete lauter, er drückte ihre Brustwarze und legte die andere Hand kurz zwischen ihre Beine. Sie stöhnte.

»Ziehen Sie die Hose aus, Helene.«

Sie bat ihn, anhalten zu dürfen. Er erlaubte es ihr nicht. Sie waren jetzt auf der Autobahn, er beobachtete, wie sie ohne abzubremsen ihren Reißverschluss öffnete und sich hin und her wand, um die Hose hinunterzuziehen. Er half ihr nicht. Als sie nur noch ihr Höschen anhatte, setzte er ihr wieder die Fahrermütze auf und befahl ihr, schneller zu fahren. Er berührte sie nicht, sah nur ihre nackten Brüste, die Wölbung ihres Bauches und ihre leicht geöffneten Beine. Als der Wagen hundertsechzig fuhr, steckte er ihr seinen Zeigefinger in den Mund und ließ sie daran saugen. Milan schloss die Augen, erinnerte sich an Helenes Lippen in Tokyo, an ihren Mund voller Lippenstift, den sie um seinen Schwanz geschlossen hatte, an ihre Augen, die seine fest hielten, an ihre Fingernägel auf seinen Arschbacken, an die Lust, die unaufhaltsam stieg. Er zog den Finger aus dem Mund seiner Fahrerin.

»Schneller, Helene, diesmal bist du dran, ich kann warten, schneller, habe ich gesagt.«

Sie beschleunigte den Wagen. Er nahm ihre rechte Hand vom Steuerrad, leckte ihre Finger, dann drückte er ihre Beine auseinander, schob ihr Höschen zur Seite, führte ihre beiden Zeigefinger in ihre Spalte hinein und drückte ihre Hand fest auf ihre Möse. Bei hundertachtzig kam sie, den Blick starr nach vorne gerichtet, und er sah ihr dabei zu.

»Du hättest uns umbringen können«, sagte Lisa später,

als sie den Wagen auf einer Raststätte parkte. »Die erste Runde hast du gewonnen, Milan Sandler, sobald ich mich etwas erholt habe, werde ich mich revanchieren ...«

Aber er wollte nicht. Er wollte Tokyo und Helene, die richtige Helene.

Die zweite Frau erwartete ihn in einer Bar. Sie hieß Christine, aber auch sie nannte er Helene. Sie war sehr schön. Sie trug ein Kleid aus grüner Seide, das vorne mit vielen Knöpfen geschlossen und an der Seite hochgeschlitzt war. Sie unterhielten sich ein wenig, wie Leute sich unterhalten, wenn sie nicht wissen, worüber sie reden sollen. Höflich, distanziert. Als sie ihren Cocktail und er seinen Cognac getrunken hatten, rief er den Ober, um eine zweite Runde zu bestellen, aber sie warf ihm einen Geldschein zu und zog ihn hinaus auf die Straße.

»Du bist nicht zum Trinken da«, sagte sie. »Zeig mir, was du kannst.«

»Hast du eine Vorliebe?«, fragte Milan.

»Ja«, antwortete sie. »Ich möchte es hier und jetzt gleich.«

Sie standen vor einem Schuhladen. Es war schon spät am Abend, es gab kaum noch Passanten auf der Straße. Der Laden war geschlossen. Er führte die Frau rückwärts bis zur Eingangstür, öffnete einige Knöpfe ihres Kleides und beugte sich hinunter, um an ihren Brüsten zu saugen, aber sie schob seinen Kopf zurück.

»Ich habe es gern schnell«, sagte sie mit rauer Stimme, »lass den Schnickschnack weg.«

Sie hob ihr Kleid. Darunter war sie nackt. Die Seide riss. Helenes Kleid hatte er in Tokyo zerrissen, weil er den Reißverschluss nicht fand und es eilig hatte, in sie einzudringen, im Stehen. Ihr Kopf schlug ein paar Male gegen den Spiegel, dann war es schon vorbei, er ließ sie hinab, sank erschöpft auf den Boden, und sie lachte nur, weil er zu schnell für sie gewesen war, das erste Mal.

Milan drehte die Frau um. Er wollte ihr Gesicht nicht sehen, schob ihr Kleid bis zur Taille hoch. Sie streckte ihm den Hintern entgegen, presste die Hände gegen die Scheibe, schrie schon, als er in sie eindrang, schrie vor Zorn, als er sich langsam zurückzog.

»Nein«, sagte er, »so mag ich es nicht. Ich will Helene. Die richtige Helene. Nimm es nicht persönlich.«

Sie richtete sich vor ihm auf, glättete ihr grünes Seidenkleid und schlug zu. Er war so überrascht, dass er sich nicht wehrte. Der erste Schlag traf seine Schläfe, der Zweite seine Oberlippe, dann verpasste sie ihm noch einen Kinnhaken, der ihn gegen das Schaufenster des Schuhladens taumeln ließ.

An den Rest konnte er sich nur vage erinnern. Jemand schrie, dass er ein elender Versager sei, und plötzlich war Helenes Mann da, der wie ein Wahnsinniger auf ihn eindrosch. Milan sah ihm in die Augen und spürte gar nichts. Er sah die Schläge kommen, sah sich stürzen, sah sich selber am Boden liegen, sah seine Hände, die seinen Kopf schützten, sah einen Fuß mit einem Bergschuh in seine Rippen treten, hörte die eigenen Knochen brechen. Er hörte sich wimmern und wunderte sich, warum es nicht wehtat. Wahrscheinlich bin ich tot, dachte er, und das fand er ziemlich gut. Angenehm. Weich und warm, so hatte er es sich immer vorgestellt, dass es sein würde, wenn man beim Fliegen aus dem Flugzeug steigen könnte, um in die dicken Wolken zu tauchen. Tatsächlich fühlte er sich wie auf Wolken gebettet, und er fragte sich, warum man ein solches Theater um den Tod machte. Es war doch alles bestens, er hatte sich noch nie so gut gefühlt, und das Wort Glück fiel ihm ein. Er wollte Helene sagen, dass es in Ordnung sei, tot zu sein, und als er die Lippen öffnete, um es ihr zu sagen, sah er, dass er allein war. Das Weiß wurde schwarz, tief schwarz, und ihm war, als würde aus der Ferne ein Lastwagen auf ihn zurasen; er dach-

te, er würde Helene endgültig verlieren, wenn er davon-
liefe, und so wartete er geduldig, dass der Lastwagen ihn
überfuhr und seinen Körper zermalmte. Aber es war gar
kein Lastwagen, es war nur der Schmerz, der ihn über-
rollte.

Er war wieder in Tokyo. Es roch nach Helene und er atmete ihren Duft tief ein. Dabei war es ihm egal, dass jeder
Atemzug wehtat, und es war ihm auch egal, dass alles
schmerzte, als er versuchte, die Hand zu heben, um sie zu
berühren. Es war ihm egal, dass sie anders aussah, nicht
lächelte, dass ihr Gesicht bleich wie das weiß gepuderte
Gesicht einer Geisha war, dass ihre Augen rot waren, als
hätte sie geweint. Er hatte Durst nach ihren Lippen, und sie
beugte sich hinab, um ihn zu küssen. Und als er aus ihrem
Mund trank, dachte er nur, dass er nicht aufwachen wollte.
Dann hörte er ihre Stimme, die sagte, dass er schlafen sollte, und er wusste, dass irgendetwas verkehrt war. Das ist
nicht logisch, dachte er, wenn ich schon schlafe, kann ich
nicht noch einmal einschlafen, aber es war viel zu anstrengend, darüber nachzudenken, also tat er, was Helene sagte, und ließ sich in den Schlaf sinken.

Als er die Augen öffnete, war er in einem Zimmer, das er
nicht kannte, umgeben von Leuten, die er auch nicht kannte, und er wusste, dass er in Deutschland war, in einem
deutschen Krankenhaus. Wie er sich fühle, fragten die Leute. Er fühlte sich miserabel, weil er nicht in Tokyo war, aber
er sagte es nicht. Er schwieg und eine Frau, die wohl Ärz-
tin war, tätschelte seine Schulter und sagte ihm, er hätte
ziemlich viel Blut verloren und würde ein paar Narben behalten, außerdem hätte er noch einige gebrochene Rippen,
eine Gehirnerschütterung und jede Menge Prellungen.
Aber das alles sähe schlimmer aus, als es sei und er könne
Schmerzmittel haben, wenn er welche bräuchte. »Haben
Sie mich verstanden?«, fragte sie, als würde sie mit einem

Idioten sprechen, und er nickte, damit sie endlich ging und ihn in Ruhe ließ, aber sie redete weiter auf ihn ein.

Sie sagte, dass er bald wieder auf den Beinen sein würde und dass er unbedingt Anzeige erstatten müsste. Sie fragte ihn, ob er wüsste, wer ihn so zugerichtet hatte und warum, doch er sah nur zum Fenster hinaus. Sie redete mit den anderen Leuten weiter über ihn und quasselte über neurologische Tests, über Schädigung des Sprachzentrums, über die Logopädin, die man bestellen sollte. Dann gingen sie aus dem Zimmer und es blieb nur eine junge Schwester da, die irgendetwas mit ihm machte, was höllisch wehtat. Dabei redete auch sie die ganze Zeit und er hörte nur, wie sie sagte, dass seine Hände keine einzige Schramme hätten. Das klang wie ein Vorwurf und er lächelte, weil ein Flugzeug in den leuchtend blauen Himmel stieg. Der Schmerz zog sich vollkommen aus seinem Körper zurück und auf einmal war Helene bei ihm, die richtige Helene.

»Ich habe zwei Flüge nach Tokyo gebucht«, sagte sie, »wir fliegen, sobald du entlassen wirst. Du bist ein blöder Hund, Milan Sandler, ich bin wahnsinnig scharf auf dich, wie lange hast du vor, mich noch warten zu lassen?«

Dann schob sie die Bettdecke zur Seite, betrachtete seinen Körper und lachte laut, als sich sein Glied unter ihrem Blick aufrichtete.

»Ich wundere mich, warum du gerade Freitag immer von allein aufstehst, sonst muss ich dich immer zehn Mal hintereinander wecken«, sagte Karins Mutter.

»Wieso hast du es gerade am Freitag so eilig?«, fragte Karlos' Mutter.

»Freitag verbraucht Jens immer das ganze warme Wasser«, schrie Jens' Schwester. »Jeden Freitag dasselbe, ich habe die Nase voll. Was ist denn am Freitag los?« »Keine Ahnung« sagte die Mutter, »aber das ist mir egal, ich freue mich, dass er sich überhaupt einmal die Woche wäscht.«

»Dogan«, brüllte ein Vater, »das ist deine Sonntagskleidung, zieh sie sofort aus, heute ist Freitag.«

Dogan zog sich aus. Aber als der Vater die Wohnung verließ, zog Dogan den Sonntagsanzug wieder an. Er stand vor dem Spiegel, befeuchtete seine schwarzen Haare und lächelte sein Ebenbild an, bevor er aus dem Haus eilte.

»Du bist heute aber früh dran«, sagte die Hausmeisterin zu Sebastian, der die Treppe hinunterstürzte, »was ist denn los mit dir?«

»Nichts«, sagte Sebastian, »es ist Freitag, und da bin ich immer früh dran.«

Solche und ähnliche Fragen stellten Eltern den Schülern und Schülerinnen der 9 K und der 9 L, welche daraufhin entweder gar nichts sagten oder logen. Einige, die besonders nervige Eltern hatten, beschlossen, jeden Tag früher aufzustehen, jeden Tag eine Stunde zu baden oder jeden Tag die Sonntagskleidung anzuziehen, damit es nicht auffiel, dass der Freitag ein besonderer Tag war.

Isabels Mutter fragte nicht. Sie merkte überhaupt nichts, denn sie dachte die ganze Zeit nur an ihren neuen Liebhaber, den sie immer freitags traf. Und Julias Mutter fragte auch nicht. Sie war eine gute, verantwortungsbewusste Mutter, die ihren beiden Kindern vertraute. Außerdem kannte sie den Stundenplan ihrer Tochter, und darauf waren für Freitag eine Doppelstunde Bio, dann Mathe, dann Latein, dann Ethik eingetragen.

»Dass du dafür überhaupt aufstehst«, sagte Julias großer Bruder, »das wundert mich, es sei denn …«

»Psssssst«, sagte Julia.

»Ach so«, sagte Bruno, »erzähl's mir später, okay?«

Julia nickte. Sie hatte aber nicht vor, etwas zu erzählen. Die Schüler hatten es untereinander abgesprochen, niemand durfte ein Wort über den Freitag verraten. Absolutes Schweigen war die Bedingung, die Sine-qua-non-Bedingung, wenn nicht, dann nicht, hatte die Lateinlehrerin erklärt. Untereinander konnte man sprechen und den Unterricht wiederholen, wenn es notwendig war oder wenn man Lust dazu hatte, solange man sich nicht dabei erwischen ließ.

Als Bruno später tatsächlich fragte, was am Freitag los war, verweigerte Julia die Antwort. Er klopfte ihr auf die Schulter.

»Bravo, Julia. Bei mir war es am Mittwoch«, sagte er. »Und macht das Spaß?«

Julia wurde rot und schwieg, doch es war, als hätten sie miteinander gesprochen. In den kommenden Tagen und Wochen wurde Bruno freundlicher zu ihr, er hörte auf, sie zu piesacken, lud sie manchmal in sein Zimmer ein, um ihr Platten vorzuspielen. Wenn ihre Freundinnen kamen, betrachtete er sie mit ganz anderen Augen. Er machte sich nicht mehr über sie lustig, sprach nicht mehr abfällig von Kinderkram, und eines Tages fragte er Isabel sogar, ob sie mit ihm ins Kino gehen wollte. Aber Isabel wollte nicht. Sie wollte lieber mit Julia unter die Bettdecke kriechen und den Unterricht vom letzten Freitag wiederholen. Bruno ging in sein Zimmer. Nach fünf Minuten klopfte er an Julias Tür und erkundigte sich, ob er vielleicht mitmachen dürfte. Die Mädchen schauten sich an, kicherten, schüttelten den Kopf, flüsterten sich ins Ohr, kicherten noch mehr und sagte mit rotem Kopf: »Heute noch nicht, aber ein anderes Mal gern.«

»Noch nicht«, sang Bruno den ganzen Nachmittag, als er seine Hausaufgaben machte, sein Zimmer aufräumte, Gitarre übte, die Schubladen leerte, Staub wischte. »Noch nicht, noch nicht, ein anderes Mal gern, gern, gern ...«

Aus dem Zimmer nebenan hörte er manchmal Geräusche, aber er war tapfer und widerstand der Versuchung zu lauschen. Als Isabel nach Hause ging, gab sie ihm die Hand.

»Nächstes Mal, vielleicht?«, fragte Bruno.

»Vielleicht«, sagte Isabel, »mal schauen.«

»Komm bald wieder«, sagte Bruno.

Er blieb auf der Türschwelle stehen, sah ihr nach, wie sie sich entfernte. Er wäre gern ihrem apfelförmigen Hintern durch die Stadt gefolgt.

Isabel war fünfzehn Jahre alt, wie die meisten Schüler und Schülerinnen der neunten Klasse, und damit im besten Alter für das, was jeden Freitagvormittag auf dem Stundenplan der 9 K und 9 L stand: Sexualerziehung.

Der Biologielehrer, der auch Mathe gab, und die Lateinlehrerin, die auch Französisch gab, hatten schon vor einigen Jahren beschlossen, diesen Unterricht gemeinsam zu halten. Es war fast aus Verschen geschehen, weil die Schule renoviert wurde, weil Räume fehlten, weil die Schüler umquartiert wurden, weil die Heizung ausfiel, weil das Kultusministerium darauf bestand, dass die Schüler nach Geschlecht getrennt wurden, weil der Lehrer unglücklich und die Lehrerin gar nicht verheiratet war, weil der Lehrplan noch etwas Raum für Eigengestaltung ließ, weil der Hausmeister schon morgens betrunken war; weil es Frühling war, weil der Rektor, die anderen Kollegen und der Pfarrer alle etwas Besseres zu tun hatten, als sich um den

Sexualunterricht zu kümmern. Offensichtlich lief alles reibungslos, sodass keiner auf die Idee kam, die Arbeit der beiden Lehrer zu überprüfen. Von ihren Methoden hatte ja niemand die geringste Ahnung. Wenn neugierige Eltern wissen wollten, was man da so lernte, antworteten die Kinder mit Achselzucken.

»Sexualerziehung? Das ist sturzblöd«, hatte Bruno damals zu ihrer Mutter gesagt, »aber es gefällt mir, weil man keine Hausaufgaben bekommt.«

»Aidsvorsorge, Kondome, Befruchtung haben wir gelernt, sonst nichts. Muss man denn noch mehr wissen?«, fragte Kita ihren Vater mit großen blauen Augen, der ihrem Blick auswich.

»Ich kriege eine Eins«, sagte Martin, der sonst nur Fünfer und Vierer hatte.

»Keine Ahnung, jetzt machen wir Genetik. Warum ich keine blauen Augen habe und den Kram«, log Julia.

»Wie war es denn bei dir?«, konterte Simone und erhielt eine Ohrfeige. So direkt wollte sie es eigentlich nicht wissen, aber es wurde nicht mehr darüber gesprochen, also hatte sich die Ohrfeige gelohnt.

»Mich wundert, dass ihr in der fünften Stunde noch so gut gelaunt seid. Habt ihr etwas genommen, Hasch oder so?«, fragte der Ethiklehrer, der auf Kumpel machte. Da niemand etwas sagte, war er beleidigt und verpasste der Klasse einen Aufsatz. Das Thema durften sich die Schüler selber aussuchen, und selbstverständlich war das ein mieser Trick, um doch noch etwas zu erfahren.

Alle hielten den Atem an, als Robert sich meldete und vorschlug: »Für wie blöd halten Lehrer ihre Schüler?«

Die Mehrheit war dafür, der Ethikpauker dagegen, und so mussten sie schon wieder Pro und Contra der Freigabe von leichten Drogen wie Marihuana erörtern. Die Schüler waren gut gelaunt und schrieben irgendetwas, was keinerlei Bedeutung hatte und auf keinen Fall ihre wahre Meinung widerspiegelte. Aber Roberts Vorschlag löste die

»Wie blöd-Bewegung« aus, die schulübergreifend Wellen schlug, bald sogar die Stadtgrenze erreichte und sich von dort aus langsam bis in die Provinz verbreitete. Eine Zeit lang war alles voll von »Für wie blöd«:

»Für wie blöd halten Eltern ihre Kinder?«

»Für wie blöd halten Politiker ihre Wähler?«

»Für wie blöd halten Männer ihre Frauen und Frauen ihre Männer?«

»Für wie blöd halten Menschen Menschen?«

Es gab mehrere »Wie blöd«-Songs, »Wie blöd«-Wettbewerbe, »Wie blöd«-Talkshows, »Wie blöd«-Cafés und Diskos, und weil irgendein raffgieriger Trottel das Ganze patentieren ließ, gab es plötzlich die »Dummdumm-Show« oder »Zum Blödian« oder »Je dämlicher je lieber«. Und es gab so viel Blödzeug, dass sich Psychologen, Journalisten und allerlei gebildete Trittbrettfahrer ernsthaft damit beschäftigten. Doch wie immer war der Zug ohne sie schon längst abgefahren.

Die Bewegung hörte so abrupt auf, wie sie angefangen hatte, als eines Freitagmorgens in gewundenen Buchstaben und metallisch violetter Farbe an der Mauer der Commerzbank gegenüber von der Schule stand: »Für wie blöd hältst du mich?«

Isabel errötete. In der ersten Pause rief sie ihre Mutter an und teilte ihr mit, dass sie eine Theatervorstellung mit der Schule besuchte und erst spät nach Hause kommen würde. Julia, ihrerseits, rief in der zweiten Pause an und erzählte von einem Museum, fügte hinzu, dass sie danach zu Isabel gehen würde, weil sie zusammen Biologie, Latein und Mathe pauken wollten. Mittags verließen die Mädchen zusammen das Schulgebäude. Sie gingen zur Commerzbank und stellten sich unter der leuchtenden Schrift auf. Kurz darauf kam Bruno. Er überquerte die Straße, ohne auf die Autos zu achten, und blieb vor den Mädchen stehen.

»Na?«, sagte er.

»Ja«, sagte Isabel, diesmal ohne zu erröten.

»Wann?«, fragte er.

»Jetzt«, sagten die beiden Mädchen.

»Moment mal«, sagte Bruno zu Julia, »du doch nicht. Du bist meine Schwester.«

»Ja und?«, fragte Julia.

So gingen die drei zusammen zuerst in Julias und Brunos Wohnung, weil die Mutter am Freitagnachmittag immer in der Volkshochschule unterrichtete. Später gingen sie zu Isabel, denn ihre Mutter verbrachte die Freitagabende mit ihrem Liebhaber zusammen. Und am Samstag schickten die Mädchen Bruno weg. Er ging nach Hause, legte sich hin und schlief bis zum Sonntag durch.

Mein unverschämter Liebhaber

Die Geschichte war frei erfunden und floss von allein. Darin ging es um sieben ehemalige Schulfreundinnen, die
einander zu später Stunde und ziemlich angetrunken von
ihren jeweiligen unverschämten Liebhabern erzählten. Die
Pointe war, dass sie alle denselben Mann meinten und es
nicht wussten, denn der raffinierte Erotikmeister verwöhn-
te jede einzelne Frau mit anderen köstlichen Liebesspielen.

Das hätte eine gute Geschichte werden können, eine
dieser Geschichten, die dazu animieren, den Partner gleich
ins Bett zu zerren, doch ich konnte sie nicht zu Ende schreiben. Mein Gedächtnis hat es verhindert. Dieses unzuver-
lässige Instrument, das mich gern im Stich lässt, wenn ich
mich an Namen oder Daten erinnern möchte, erlaubte sich
ganz ungefragt ein Stück Vergangenheit heraufzube-
schwören. Und plötzlich war mein eigener unverschämter
Liebhaber da. Ein Mann, mit dem ich nie geschlafen habe
und mit dem ich auch nie schlafen werde.

Das ist eine wahre Geschichte, die Einzige aus dieser
Sammlung. Dennoch bin ich mir nicht sicher, ob sie
tatsächlich stattgefunden hat, wie ich sie erzähle, denn
mein Gedächtnis ist ein tückischer Geselle. Manchmal wirbelt er reale Ereignisse, Gedanken, Gefühle und Fantasien
durcheinander, vermischt sie mit anderen Erlebnissen und
dichtet hinzu, was ihm gerade passt.

Ich war sieben Jahre alt und todunglücklich. Man hatte
mich aus dem Garten der Großeltern herausgerissen, um
mich in eine Großstadt zu verpflanzen, alles war grau und
fremd, das Haus umgeben von gefährlichen Straßen, die
ich nicht allein überqueren durfte. Im nahe gelegenen Park
war es verboten, den Rasen zu betreten, und ich musste im

Blickfeld der Mutter bleiben, wegen der bösen Männer, die kleinen Mädchen Bonbons schenken und mit ihnen schreckliche Dinge tun. Die ersten Wochen in der neuen Schule waren qualvoll, denn man lachte mich aus, weil ich einen komischen Akzent hatte. So gewöhnte ich mir das Schweigen an.

Eines Abends kam er zum Essen und nannte mich seine kleine Braut. Ich sehe ihn vor mir sitzen, in der Küche unserer Altbauwohnung. Er hat dunkle Haare und dunkle leuchtende Augen. Meine Eltern sind verschwunden, es gibt nur noch diesen Mann, der mich seine kleine Braut nennt und mich mit seinen Augen anfunkelt. Ich habe einen roten Kopf, ich kann seinen Blick nicht ertragen, weil mir überall warm davon wird, ich will aus der Küche rennen, in mein Zimmer flüchten, und ich sitze wie festgenagelt auf meinem Stuhl. Ich höre das irre Klopfen meines Herzens, es pocht in meinen Schläfen, klopft in meinen Füßen, und ich rieche sein Parfüm, als er sich nach vorne neigt, um mich zu küssen. Seine Wange liegt an meiner Wange, wir stehen auf, unendlich langsam, ich sehe, wie wir miteinander tanzen, und ich bin eine Königstochter, die mit ihrem Prinzen tanzt, in einem Palast mit Millionen Lichtern.

Als die Eltern mich an diesem Abend ins Bett schickten, habe ich ihm wahrscheinlich bloß artig die Hand gegeben. Ich kann mich gar nicht daran erinnern, aber ich weiß, dass ich im Bett lag und seiner Stimme lauschte. Und ich blieb wach, bis er sich verabschiedete. Als sich die Wohnungstür hinter ihm schließt, ist er bei mir, in meinem Zimmer. Das ist nun kein winziger eckiger Raum mit zitronengelben Tapeten mehr, sondern ein Saal. An den Wänden hängen dunkelrote seidige Stoffbahnen, und mitten im Raum liege ich auf einem riesigen Himmelbett. Ich trage ein langes Nachthemd aus weißen Spitzen und bin kein kleines Mädchen mehr. Ich bin eine Frau, die voller Sehnsucht auf den Geliebten wartet, der sich langsam, unendlich langsam nähert.

Er war ein guter Freund meiner Eltern, viel jünger als mein Vater und doch viel zu alt für mich, aber er sagte, dass er auf mich warten würde, und ich glaubte ihm. Mir kommt es so vor, als sei er ständig bei uns gewesen, meine Mutter behauptet, er sei regelmäßig ein oder zwei Mal pro Woche zum Essen gekommen und dann bald wieder gegangen. Sie hat sicher Recht, und trotzdem sehe ich ihn, ich sehe ihn über meine Haare streicheln, ich höre ihn sagen, dass ich von Tag zu Tag schöner und später allen Männern den Kopf verdrehen werde, dass er jetzt schon eifersüchtig sei. Ich bin erst sieben Jahre alt und noch ein Mädchen, und ich glaube jedes Wort, das er sagt. Ich spüre, dass er traurig ist, und ich sehe mich auf seinem Schoß sitzen, die Arme um seinen Hals legen und ihn fest halten, um ihn zu trösten. Ich spüre seinen Körper, ich spüre, wie sich sein geschmeidiger Männerkörper langsam entspannt und mir wird heiß. Er hebt mich hoch in seine Arme, und wir sind nirgends mehr auf dieser Welt, und ich will nur, dass es niemals aufhört, so schön zu sein.

Er war unglücklich, weil seine Verlobte ihn verlassen hatte. Damals muss ich bestimmt davon gehört haben, wenn wir zu viert in der Küche saßen, und später hat er wohl auch von anderen Frauen gesprochen, denn mein Vater sagt, er sei ein Weiberheld gewesen, aber daran kann ich mich überhaupt nicht erinnern. Ich weiß, dass eine Gemüsesuppe auf dem Herd köchelte, die Erwachsenen einen Martini Rosso tranken und sich dabei laut unterhielten und lachten, und ich weiß, dass ich ein Glas Himbeer-Sirup bekam. Ich weiß auch, dass er mich niemals angefasst hat, außer um mich zu kitzeln oder fröhlich in der Luft herumwirbeln zu lassen, bis mir schwindlig wurde. Und ich weiß auch, dass ich kein Wort davon glaubte, wenn er sagte, dass er auf mich warten würde, doch alles andere glaubte ich ihm.

Ich war sieben Jahre alt, dann acht, dann neun. Die Stadt gehörte mir, denn ich hatte einen Bräutigam, und er fand mich schön, er fand mich von Tag zu Tag schöner und meinte, ich würde allen Männern den Kopf verdrehen. Nachts legte er sich zu mir und wir waren nackt in einem Himmelbett mit dunkelroten Vorhängen, wir versteckten uns unter der Bettdecke und taten miteinander lauter verbotene Sachen, und während ich diese Geschichte erzähle, habe ich keine Ahnung, ob mein Gedächtnis all das gerade erfunden hat, aber ich weiß noch ganz genau, wie merkwürdig mir zu Mute wurde, als mir meine Mutter viele Jahre später erzählte, dass er eine andere Frau geheiratet hatte.

Ich war bloß zum Abendessen vorbeigekommen, wir saßen in der Küche der Altbauwohnung, nur wir zwei, und einen Augenblick lang fühlte ich mich unglücklich und gekränkt. Danach habe ich ihn vergessen. Ich war schließlich kein Mädchen mehr, ich hatte schon vielen Männern den Kopf verdreht, in meinem Zimmer gab es ein Himmelbett, und dort schlief ich nie allein.

HEYNE
BÜCHER

Marte Cormann

Frauen-Power pur.

»Besser ein netter Typ an der Strippe als ein Ehemann auf der Flucht ...«

Der Club der grünen Witwen
01/10081

Frauen al dente
01/10505

Der Mann im Ohr
01/10988

01/10988

HEYNE-TASCHENBÜCHER